판작루에 오르다

登觀雀樓

해는 산 너머로 지려 하는데
황하는 바다로 흘러들어가네
천 리 머나먼 곳을 보려 하기에
다시 누각을 한 층 더 올라간다네

白日依山盡
黃河入海流
欲窮千里目
更上一層樓

알녀필살 4
석탄 新무협 판타지 소설

초판 1쇄 찍은 날 § 2005년 5월 17일
초판 1쇄 펴낸 날 § 2005년 5월 27일

지은이 § 석탄
펴낸이 § 서경석

편집장 § 문혜영
편집 § 서지현 · 최하나

펴낸곳 § 도서출판 청어람
등록번호 § 제1081-1-89호
등록일자 § 1999. 5. 31
어람번호 § 제2-0598호

주소 § 경기도 부천시 원미구 심곡1동 350-1 남성B/D 3F (우) 420-011
전화 § 032-656-4452   팩스 § 032-656-4453
http://www.chungeoram.com
E-mail § eoram99@chollian.net

ⓒ 석탄, 2005

ISBN 89-5831-549-0 04810
ISBN 89-5831-461-3 (SET)

이겨울로

석일 新武俠 판타지 소설

Fantastic Oriental Heroes

4

□제림

목차

제10장

끝과 시작

끝과 시작 1

❶

　땅 밑을 걷는 사마용추는 발길이 무거웠다. 탁한 공기는 가슴을 조였고 머리 위쪽의 울림은 온몸을 무겁게 했다. 그걸 아는지 벽에 걸린 유등들은 계속해서 흔들렸다.

　전각들 밑으로 이어진 석도는 끝이 보였다. 지나온 통로는 배신자들의 죽음과 함께 붕괴시켰다. 앞의 통로를 나서 계단을 오르면 철무전이다. 하지만 다가갈수록 발걸음이 무거워진다. 기다리는 정소연에게 해줄 말이 없기 때문이다.

　'결국… 십삼 년간의 꿈이 이제 깨지려는가?'

　부단히도 마음의 짐이 되던 옛 기억이 새삼스레 떠올랐다. 자신의 주인이고 사부이며 삶의 의의와 존재를 만들어준 철혈무제 조극강. 그의 심장에 검을 박고 바꿔 버렸던 인생. 그가 누렸던 모든 것을 차지해 버렸던, 그가 만든 전부와 꿈, 이상을 가졌던 시간들이 종언을 고하고 있는 것이다.

머리 위쪽의 울림은 점점 더 강렬해져만 갔다. 울림이 강할수록 가슴을 억누르는 무게는 더해졌다. 흑마왕이 벽력월인궁과 연수하리라곤 꿈에서조차 생각해 보지 않았다. 그들에겐 그럴 만한 아무런 연계점이 없었다.

예상은 빗나가게 마련인 것처럼 저들은 한편이 되어 쳐들어왔다. 과연 저들이 어떻게 서로와 소통하고 한 몸이 된 것인지 궁금하기 짝이 없었다. 저들의 침공은 일시에 봇물처럼 이루어졌다. 증원하러 달려오던 각지의 군사들은 모두 발이 묶였고, 저들은 무한의 사방에서 노도처럼 들어왔다.

대비하던 마음이 허탈할 만큼 완벽하고 급작스런 공세였다. 공세가 주효한 것은 벽력월인궁의 가세였다. 흑마왕이란 존재에 대해서만 준비했던 자신들은 저들의 존재를 간과했다. 너무 오랜 동안의 전쟁과 그로 인한 소강은 서로를 무감각하게 여기게 되었다. 그것이 결정적 패인이었다.

본련으로 모이던 천하 각 곳의 철혈대들은 모두 벽력월인궁의 벽력대와 맞부딪쳤다. 철저하게 계획되고 준비된 저들의 발길은 철무련의 손과 발을 자르고 눈과 귀를 막았다. 불과 하루 사이의 일이었다. 하지만 그 하루를 앞서 간 저들의 공격은 철무련을 붕괴시키고 있는 것이다. 그게 지금이었다.

오직 한 사람, 흑마왕이란 존재를 막기 위해서 벌였던 일들은 오히려 자멸의 수로 변했다. 단 하나의 가능성, 벽력월인궁과 흑마왕의 연수는 진정 생각지 못했었다. 하지만 생각 못한 가능성은 현실이 되었고, 저들은 자신들, 철무련의 계획을 기회로 삼아 쳐들어왔다. 손발을 끊어내듯이 각개격파하면서.

'패인(敗因)… 그래, 우리가 진 거다. 이미 돌이킬 수 없는 지경이지. 오늘로서 전쟁은 끝이 난다. 이것이 무언가. 십삼 년 동안 긴 꿈을 꾼 것인가?'

사마용추는 걸음을 멈췄다. 발 앞에는 계단이 보였다. 계단을 오르면 이제 철무전이다. 그리고 그곳엔 정소연이 자신을 기다리고 있을 것이다.

무겁게 발을 뗀 사마용추는 한 발 한 발 계단을 올라갔다. 발걸음이 계단의 맨 위에 다다랐을 때 잠시 동안 통로의 돌벽을 보던 그는 벽의 한곳을 눌렀다.

거북하게 돌벽이 밀리는 소리를 냈다. 소리와 동시에 옆으로 밀려가는 돌벽의 밖으로 철무전의 내부 전경이 보였다. 바로 앞으로 넓은 좌대가 삼층 계단의 형대로 놓였고 그 위에 태사의가 보였다. 그리고 태사의엔 한 여자가 앉아 있었다.

비밀 통로를 나온 사마용추는 좌대로 다가가 밟고 올라섰다. 뒤쪽의 통로는 은폐할 생각도 없이 열려진 그대로 두고였다. 조심스레 다가간 그의 몸이 태사의의 옆으로 설 때까지도 정소연은 돌아보지 않았다. 그저 앞만 바라보았다.

"떠납시다."

나직한 사마용추의 목소리에 정소연이 돌아보았다. 움직일 것 같지 않던 시선이 옆으로 온 것이다. 하지만 흐리디한 눈동자는 초점이 잡혀 보이지 않았다. 사마용추를 올려다보는 눈길은 그가 아닌 천장의 어느 곳을 보는 것 같았다.

"떠나자구요……?"

흐린 눈길로 되묻는 정소연에게 사마용추는 고개를 끄덕이며 다시 말했다.

"먼저 피신시킨 현수의 뒤를 따라 우리도 떠나야 할 것 같소."

지향점없는 정소연의 시선이 다시 돌아갔다. 돌아간 눈은 철무대전의 넓은 대청을 지나 입구를 바라보았다. 그곳을 보며 고저없는 목소리로 말했다.

"여긴 우리 집이에요. 이곳을 버리고 어디로 가지요?"

단아한 정소연의 옆얼굴을 보며 사마용추는 미간에 골을 그렸다. 하지만 곧 다시 떠날 것을 권했다.

"나 혼자라면 상관없으나, 당신 때문에 그러하오. 더군다나 현수를 돌봐야 하지 않소? 이곳은 이제 사지요. 시간을 지체하면 할수록 위험이 커지오."

고개도 돌리지 않고 정소연은 또 말을 했다.

"쳐들어온 강도와 도적 때문에 집을 버리고 도망간다구요? 이곳이 대관절 어디지요? 이곳은 철무련이에요. 철무련은 그렇게 버릴 곳이 절대 아니에요."

"이보오, 소연! 대세는 이미 기울었소! 이젠 무엇으로도 저들을 막을 수가 없단 말이오!"

흥분한 사마용추에게 정소연의 시선이 다시 돌아왔다. 좀 전과 달리 초점이 분명한 눈으로 그녀는 차분하게 말했다.

"이렇게 버릴 것이라면… 난 결코 빼앗지 않았을 거예요."

바라보는 사마용추의 눈에 안타까움과 분노가 동시에 들끓었다. 아들과 함께 떠나라고 할 때도 말을 듣지 않은 여자였다. 그런 여자가 이제와 말을 들을 까닭이 없었다. 하지만 지금의 이 상황은 고집을 부릴 때가 아니었다.

"적들이 목전에 왔소! 흑마왕 놈이 저 밖에 있고, 조극강의 의형제였던 혁련휘와 위지강천이 달려오고 있단 일이오! 그들을 피해야 하오! 아시겠소!"

노성을 지르는 사마용추를 정소연은 차분하게 바라만 봤다. 말이 끝난 후에도 잠시 동안 그렇게 바라만 보던 정소연은 차분하게 대답했다.

"조극강의 아내가 되어 이곳에 올 때는 내 의지대로 온 것이 아니지만, 당신을 만난 이후에는 생각을 바꿨어요. 그리고 이곳을 집으로 삼기 위해 계획했죠. 철무련을 당신과 나의 것으로 만들기 위해서요. 그리고 그렇게 했어요."

"소연, 지금은 그런 말을 할 때가 아니오. 한시가……."

"그런 이곳을 버리자구요? 다시 조극강을 추앙하는 무리들에게 이곳을 넘기자는 말인가요? 그건 안 돼요. 그는 죽었어요. 우리 손에 죽었지요. 죽은 자의 망령을 좇는 무리에게 철무련을 줄 수는 없어요. 이건 우리 거예요."

사마용추는 호흡이 가빠옴을 느꼈다. 요지부동의 얼굴인 이 여자를 어떻게 움직여야 할 것인지 난감하기만 했다. 하지만 강제를 써서라도 지금은 피해야 했다. 조극강의 죽음에서 보았던 것처럼, 죽고 나면 아무 소용이 없는 것이다.

"잘 들으시오."

사마용추의 목소리는 한층 무겁고 진중해졌다. 그 목소리로 정소연의 시선을 잡아끌고 계속 이야기했다.

"우선은 살아야 하오. 이곳을 포기하고 도망치는 것이 부끄러우나, 여기서 죽어버린다면 다시 찾을 가망도 없게 되는 거요. 우리 눈으로 똑똑히 보지 않았소? 조극강이 죽는 걸 말이오. 그건 끝이오. 모든 것의 종말 말이오."

처음으로 정소연의 눈동자가 흔들렸다. 사마용추는 거듭 말을 이었다.

"우리에겐 아직 미래가 있소. 하나 그것도 살아 있다는 전제에서 있는 거요. 만일 헛된 고집으로 이곳에서 죽음을 맞는다면, 그 모든 미래가 사라지오. 현수의 미래조차도 불투명해지는 거요. 그 애를 그리 만들 수는 없지 않소?"

흔들리던 정소연의 눈동자는 아들 사마현수의 이야기에 이르러 급격한 떨림을 보였다. 사마용추는 또 말했다.

"마음을 가라앉히고 차분하고 냉정하게 생각하시오. 어디서부터 잘못된 것인지는 모르나, 분명 오늘의 일은 우리의 방만과 잘못된 경영에 있었소. 그걸 교훈으로 삼읍시다. 그리고 해남으로 돌아가 후일을 대비합시다."

눈꺼풀마저 흔들리는 정소연은 떨리는 목소리로 물었다.

"친정으로 가자구요?"

"그래요. 해남파에서 모든 걸 정비하고 때를 기다려 봅시다. 현수도 강한 무인의 한 사람으로 키우고 말이오. 이런 만일을 대비해 자금과 각파로부터 얻어들인 비급 등을 해남에 축적했던 것이 아니오? 거기서 다시 시작합시다."

떨리던 정소연의 눈은 스르르 바닥으로 향했다. 그리고 작은 숨소리처럼 말이 나왔다.

"현수를 보내면서 예감은 했지만… 오늘의 일은 거스를 수가 없겠군요."

사마용추는 안도의 한숨을 쉬며 다시 입을 벌렸다.

"훌훌 털어버리고 떠납시다. 저들은 우리가 도주하리라곤 생각지 않을 거요. 설사 안다고 해도 비밀 통로의 위치를 모르는 저들이 어찌할 수는 없소. 이제 이곳을 떠나 새롭게 시작합시다. 예전에 우리가 처음 만났을 때처럼 말이오."

사마용추의 눈을 올려다보며 정소연은 긴 한숨을 내쉬었다. 하지만 곧이어 고개를 끄덕였고, 내밀어진 사마용추의 손을 잡고 태사의에서 일어섰다.

그러나 운명은 언제나 결정적인 곳에서 지침을 돌려놓게 마련인 것처럼, 갑자기 들린 폭음은 그렇게 두 사람의 운명을 휩싸며 터져 들어왔다.

쿠아앙!

엄청난 폭음 소리에 정소연과 사마용추의 시선이 돌아갔다. 놀란 그들의 눈길 앞에서 대전의 저쪽 끝, 거대한 철무전의 문짝이 산산조각으로 터졌다.

후우웅, 하는 거친 바람이 대전의 모든 촛불과 유등불을 흔들며 불어왔다. 그 사이로 가득 날리는 문짝의 나뭇조각들은 마치 모래바람 같았다. 그 바람의 뒤쪽, 터진 철무대전의 입구로부터 한 사내가 걸어들어왔다.

"저, 저자가!"

사마용추가 놀라 말했다. 천천히 여유롭게, 아무 거침도 없이 대전을 걸어오는 사내를 알기 때문이다. 저런 신위와 기도로 걸어올 자는 한 명뿐이었다. 검은 저 얼굴은 사내의 이름과 같았다. 저 사내는 흑마왕이었다.

자신처럼 놀란 눈으로 흑마왕을 보는 정소연의 얼굴을 본 후, 사마용추는 태사의 좌대 아래로 내려갔다. 내려가며 검을 뽑았다. 시이이잉, 하는 맑은 소리가 등골을 타고 흘러내렸다. 놀란 감정은 이미 버렸다. 저 사내를 막아야 했다. 다가오는 저 사내를 막지 않으면 죽을 것이다.

"상공!"

놀람과 극도의 긴장, 그리고 공포가 어우러진 목소리로 정소연이 불렀다. 사마용추는 뒤돌아보지 않았다. 그럴 수가 없었다. 저 사내를 대적하기 위해선 단 한 순간의 틈도 있어선 안 된다. 그런데 정작, 사내가 틈을 보였다.

사 장여를 두고 걸음을 멈춘 사내, 흑마왕은 사마용추가 아닌 정소연을 보고 있었다. 커다란 신장에 검은 얼굴, 얼굴보다 더 짙은 검은 칼을 쥔 그의 모습은 지옥의 마왕, 그 이상도 그 이하도 아니었다. 한데 마주 선 사마용추가 아니라 정소연을 보는 그의 눈이 참으로 이상야릇했다.

물결에 흔들리는 수초처럼 여러 가지 감정이 뒤섞이던 흑마왕의 눈이 한순간 고정됐다. 한가지 빛깔로 변한 눈길은 바윗돌처럼 무거워졌다. 그리고 무거운 목소리가 입에서 나왔다.

"상공이라… 네년은 그 옛날 나에게도 그렇게 말했지."

검을 잡은 사마용추와 정소연 모두 일순간 당황한 눈빛이 되었다. 하지만 한 발을 더 나아간 사마용추는 호된 소리를 질렀다.

"이노옴! 어린 놈이 무슨 격장지계를 쓰는 거냐? 칼을 휘두르러 왔다면 칼을 들어라!"

흑마왕, 계장수의 시선이 사마용추에게로 옮겨갔다.

"어린 놈? 그래, 넌 어린 놈이었지. 동냥치로 떠도는 네놈을 거둬서 먹이고 입혔다. 그리고 내 걸 주었어. 오직 나만의 것인 철령기를 네놈에게 전수했다."

사마용추의 미간이 와락 곤두섰다. 긴장으로 굳었던 정소연의 눈도 치떠졌다. 그런 그들에게 계장수는 차분하게 말을 던졌다.

"그런데 네놈은 내 걸 다 가지려고 했어. 내가 평생을 바쳐 이룩한 기업, 내 생명과 내가 누렸던 모든 것들… 그리고 저기 저년까지 말이야."

사마용추는 흔들리는 검을 다 잡으며 버럭 소리쳤다.

"무, 무슨 소릴 하는 거냐? 네놈이 뭔데 그런 터무니없는 소릴 지껄이는 거냐?"

소리치고 있지만, 사마용추의 안색은 삽시간에 핼쑥해졌다. 그리고 그건 정소연도 마찬가지였다. 계장수는 무덤덤하게 또 말했다.

"내가 무슨 소리를 하는지는 너희 연놈들이 잘 알 것이다. 바로 이 자리에서 일을 도모한 연놈들이 그걸 모른다면 누가 알겠나? 맞아, 내가 아는군."

계장수는 검은 얼굴에 흰 이를 보이며 씨익 웃었다. 그 잇새로 말이 나왔다.

"너희 연놈들의 손에 죽은 나는 확실하게 알지."

순간, 사마용추는 헛숨을 들이키며 휘청 물러났다. 정소연은 태사의 앞에 주저앉았다.

"그, 그게, 무, 무슨, 어, 어떻게……!"

단속적인 말을 주절대며 휘청이는 사마용추는 한 발을 또 물러났다. 그런 사마용추를 보며 계장수는 독백처럼 말을 흘려냈다.

"일식이 시커멓게 뒤덮이던 날. 저년이 내민 약을 먹고 난 쓰러졌다. 다시 일어난 내 심장에 네놈은 검을 박았지. 그때 난 죽었다. 사랑한다고 믿었던 아내와 정부가 된 수하 놈의 모살로 죽었지. 내가 누구냐고?"

휘청이는 사마용추에게서 정소연에게 시선을 돌린 계장수는 낮고 강하게 말했다.

"난, 철혈무제 조극강이다."

넓은 철무전에 한순간 얼음 같은 침묵이 흘렀다. 하지만 그 침묵 속에서 정소연은 눈꺼풀과 입술을 파르락댔다. 그 모양은 곧 숨이 넘어갈 것만 같았다.

사마용추도 두 팔과 다리, 몸통을 정신없이 떨어댔다. 무서워서가 아닌, 극심한 정신적 충격에 후들대는 거였다. 그 몸은 쉬 진정되지 않았다.

혼백이 흩어지는 듯한 두 사람의 얼굴을 보던 계장수는 처음처럼 다시 말했다.

"지옥을 거쳐 돌아오는 길은 길고도 지루했다. 하지만 그 시간 동안 한 번도, 단 하루라도 너희 연놈들을 잊어본 적이 없었지. 왜냐고? 저년이 준 약을 생각할 때마다 속이 뒤집혀 오르고, 네놈에게 찔린 심장이 아파서였어."

휘청휘청대는 사마용추는 입술을 깨물었다. 붉게 터진 그 입술의 고통으로 눈빛을 모으며 신음처럼 말을 내뱉었다.

"너는… 네놈은 누구냐……?"

무표정하던 계장수의 얼굴에 다시 웃음이 걸렸다. 대답이 곧 나왔다.

"믿고 싶지 않은 게로구나. 처음엔 나도 믿을 수가 없었지. 누군가의 몸을 빌어 다시 살아난다는 건, 너희가 아닌 누구라도 믿지 않을 테니까. 하지만 난 살았어. 오로지 너희 연놈들을 다시 만나겠다는 일념으로 살았다."

무엇을 생각하는 건지, 잠시 끊어졌던 계장수의 말은 다시 이어졌다.

"너희는 너희가 저지른 일을 아무도 모를 거라고 생각했을 것이다. 하지만 죽인 자가 있고 죽은 자가 있었으니, 있었던 일은 없어지지 않는다. 해와 달이 없어지지 않는 것처럼 죄업은 죽음으로도 없어지지 않지."

인상이 일그러진 사마용추는 계장수의 얼굴만 보았다. 파르락대던 정소연의 몸도 차츰 잦아들며 계장수를 보았다. 계장수는 두 사람에게 말했다.

"날 죽이던 그때를 기억하겠지? 숨이 끊어지던 그 순간에 내가 너희에게 했던 말 말이야."

일그러진 얼굴 속에서도 사마용추는 의아한 눈빛을 떠올렸다. 정소연의 눈도 그랬다.

"기억이 흐려진 모양이로구나. 다시 얘기해 주지. 난 반드시, 너희 연놈들을 찢어 죽이겠노라고 말했다. 그 약속을 지키러 온 거야. 기억이 나느냐?"

또다시 걸리는 계장수의 미소를 보며 사마용추는 등골의 소름을 털었다. 정소연은 몸통을 부르르 떨었다. 찬바람에 오한 든 사람처럼 몸을 흔든 그녀는 천천히 일어섰다.

태사의를 짚고 일어선 그녀는 대전의 중앙에 선 계장수를 보며 천천히 입을 열었다.

"당신은… 조극강인가?"

계장수는 아무 말도 하지 않았다. 황급히 뒤돌아보는 사마용추의 시선 속에서 정소연은 또 말했다.

"복수를 하러 다시 살아왔다고… 우리에게 그렇게 말하는 건가? 우릴 죽이겠다고?"

대답 대신 계장수는 더욱 짙게 웃었다. 그 웃음을 보며 정소연은 차분하게 말했다.

"네가 조극강이든 흑마왕이든, 아니면 다른 누구이든 간에, 우리의 목숨은 우리 것이야. 그걸 가져가겠다면 네놈은 또 죽을 거야, 그 옛날처럼."

말을 마친 정소연은 태사의 한쪽 손잡이를 눌렀다. 그 순간 놀라운 변화가 일어났다.

계장수가 미소 짓고 서 있던 대전의 중앙, 그 자리의 양옆 바닥이 벌떡 일어섰다. 아니, 불룩 산처럼 솟아났다. 삽시간에 벽이 된 그곳에서 거대한 원형의 칼날이 튀어나왔다.

휘우우웅!

종아리, 허리, 목의 높이로 세 개씩 양옆에서 튀어나온 그것들이 계장수의 몸을 쓸었다. 변화는 그것뿐이 아니었다. 계장수가 딛고 선 바닥에서도 똑같은 칼날이 튀어나왔다.

후아아앙!

계장수의 미간이 뒤틀리는 순간, 머리 위의 철무전 천장에서 거대한 쇠 그물이 떨어져 내렸다. 반경 사 장여는 될 것 같은 쇠 그물은 그냥 그물이 아니었다. 면도 같은 칼날로 이어 엮은 칼날의 그물이었다. 그것이 떨어지는 순간 사마용추는 뒤로 몸을 날렸고, 그물의 위에서는 철창들이 비처럼 쏟아졌다.

미간에 선을 그은 계장수는 몸을 띄웠다. 가볍게 도약한 발밑으로 원형의 칼날이 스쳐 갈 즈음 귀신도를 휘둘렀다. 전후 좌우 상하, 한순간에 계장수의 몸에 검은 선들이 종횡으로 그어졌다. 그것들과 부딪친 칼날들이 부서졌다.

쿠콰콰콰콱!

칼날의 그물들은 휘날리는 멸치 떼처럼 허공에 흩어졌다. 그 위에서 내리 찍히던 철창들은 날과 몸통이 갈라졌다. 휘날리는 그것들 속에서 발을 땅에 댄 계장수는 오른발을 천둥처럼 올려 찼다. 쇠기둥처럼 솟구친 그 발끝에서 터진 철령기는 천장의 기관 장치를 뚫고 하늘로 솟구쳤다.

쿠아아앙!

높다란 철무전의 천장에 구멍이 뚫리는 순간, 계장수는 올려 찼던 발을 내리그었다. 그 발끝을 따라서 검은 철령기는 쫓아 내려왔다. 철무전을 반으로 그으며 내리 찍히던 그것이, 열려진 통로로 들어가던 사마용추와 정소연의 옆으로 떨어졌다.

콰아앙!

비밀 통로가 산산조각으로 터지며 붕괴했다. 몸을 들이밀던 사마용추와 정소연은 황급하게 몸을 날렸다. 철령기의 선이 그어 내려온 옆으로 구른 두 사람은 재빠르게 뒤돌아섰다. 정소연을 사마용추가 막아선 모습이었다.

당황한 두 사람의 모습을 보며 계장수는 천천히 선 자리에서 걸음을 옮겼다.

"내가 없는 동안 많이도 겁이 났던 모양이구나. 너저분한 것들을 설치해 놓은 걸 보니 말이야."

사마용추와 정소연은 다시 처음처럼 눈을 떨었다. 자신들에게 걸어오는 흑마왕의 뒤로 파괴된 기관들이 보였다. 바닥에 불룩 솟은 사각형의 무덤처럼 보이는 두 개의 기관과 그 위에 흩어진 은빛 쇳조각들. 그 빛이 시렸다.

두려움에 뒷걸음질하는 두 사람에게 다가서며 계장수는 다시 말을 했다.

"내가 두려우냐? 아니, 죽는 게 두려우냐? 그래, 그건 아주 두렵고 무섭단다. 난 이미 겪어봤거든. 그걸 너희들이 내게 줬으니 이젠 내가 돌려줄 차례다."

주춤주춤 물러나던 사마용추의 뒤에서 정소연은 갑자기 발악처럼 소리를 질렀다.

"허튼소리 지껄이지 마라! 네놈이 어떻게 그런 일을 알았는지는 모르지만, 죽은 자가 다시 살아날 순 없어! 그자는 내 손으로 죽였어! 끊어진 숨을 확인했다고! 그 끔찍한 놈이 다시 살아났다는 건 말도 되지 않아!"

다가가던 계장수는 걸음을 멈췄다. 그리고 물었다.

"그래? 내가 그렇게도 끔찍했나? 네가 원하는 것은 뭐든지 했는데 말이야. 네 아버지에게 너를 달라고 할 때, 나는 내 진정을 보이기 위해서 정소연이라는 세 글자를 어깨에 연비했다. 그건 널 향한 내 진심이었지."

소리쳤던 정소연은 휘청대며 벽을 등졌다. 부축하는 사마용추의 손길에도 불구하고 그녀는 끝내 주저앉았다. 실성한 것 같은 소리가 뒤를 이었다.

"어, 어떻게… 어떻게 그런 일이… 그건… 아버지와 나… 조극강밖에 모르는 일이야……."

부축하던 사마용추의 손도 풀렸다. 계장수를 다시 돌아보는 그의 눈엔 공포나 두려움보단, 허탈하고 허무한 기운이 물씬 피어났다. 그 눈을 보고 계장수는 또 말했다.

"네가 나에게서 빼앗았던 모든 것들… 그것들이 영원하리라고 생각하진 않았겠지?"

꿈틀꿈틀하는 사마용추의 입술 언저리를 보며 계장수는 말을 덧붙였다.

"빼앗았으면 지킬 줄도 알아야지. 넌 이따위 의미없는 것들을 움켜쥐느라 많은 것을 잃어버렸구나. 내가 네게 가르쳤던 소중한 것들 말이다."

꿈틀대던 입 언저리의 경련은 사마용추의 안면 전체로 퍼져 나갔다. 그것이 정점이 이른 순간, 흔들리던 눈빛이 굵은 의지로 집약되며 파릇하게 돋았다.

"네가 정녕 조극강이라면… 피할 수가 없겠지!"

검을 두 손으로 잡은 사마용추는 천천히 걸어나왔다. 그 모습을 보고 계장수는 기쁜 미소를 지어냈다.

"그렇지 않더라도 너희들이 피할 방법은 없단다."

파릇한 사마용추의 눈빛이 더욱 거세어지고 입술이 악물렸다. 곧바로 움켜잡은 두 손의 검에서 검은 도강이 쑤욱 튀어나왔다. 그걸 앞으로 내밀며 사마용추는 말했다.

"어떻게 돌아왔는지는 모르지만, 내 손으로 다시 돌려보내 주마. 같이 가게 될지라도!"

동귀어진을 해서라도 계장수의 목숨을 끊겠다는 의지였다. 하지만 계장수는 웃었다. 그리고 그 순간 사마용추는 달려나왔다.

후아아아앙!

내밀리는 검끝과 함께 검은 철령기의 도강이 폭발해 나왔다. 계장수의 가슴으로 밀려오는 그것은 검은 악마의 창날처럼 곧고 빠르며 강렬했다.

웃는 계장수의 가슴이 도강에 뚫어질 순간, 귀신도가 위로 솟구쳤다.

키아앙!

올려친 귀신도와 도강이 부딪쳤다. 도강이 천장으로 꺾어져 올라가는 순간, 달려오는 사마용추를 향해 계장수도 마주 달려나갔다. 동시에 올려쳤던 귀신도를 내리그었다.

시이에엑!

사마용추가 내뻗은 검은 도강의 줄기가 주욱 갈라졌다. 더불어 그걸 내뻗은 검과 그 검을 잡은 사마용추의 팔까지도 쭈욱 쪼개졌다. 비명이 곧 터졌다.

"크악!"

검과 오른팔이 동시에 날아간 사마용추는 뒤로 정신없이 물러났다. 어깨 아래까지 잘려 나간 팔에선 피가 터졌고, 앞으로 뛰던 발걸음은 흐트러졌다. 그런 사마용추에게 계장수는 달려오며 몸을 띄웠다. 왼발이 허공을 밟듯 하고 몸이 빙글 돌면서, 오른발이 직선으로 터져 나갔다.

퍼억!

가슴을 때려 맞은 사마용추는 비명도 못 지르고 뒤로 날아갔다. 그 몸이 떨어진 곳은 넋 나간 얼굴의 정소연 옆이었다.

"크어억……!"

꿈틀대며 몸을 뒤채는 사마용추의 입에서 피거품이 터졌다. 옷 위로 발자국이 선명한 가슴은 밟힌 바구니처럼 움푹했다. 고통스런 눈은 다가오는 계장수를 보며 붉어졌다.

"오호, 시작도 못했거늘 벌써 그런 모습이면 실망스럽지. 그동안 게으름을 피웠던 게구나. 철무련의 수장이 된 자가 이 꼴이라니. 쯔쯔쯔쯧."

피거품을 벌컥대던 사마용추는 계장수를 보며 발을 밀었다. 조금이라도 멀어지겠다는 그 의지를 계장수는 짓밟았다.

콰악!

"크어억!"

사마용추의 머리가 들리고 눈은 부릅떠졌다. 피거품은 허공에 터졌고 두 손은 바닥을 긁었다. 오른 발목을 계장수가 짓밟은 때문이었다. 뭉개진 발목에서도 피가 터졌다.

"이런이런, 조금 아팠던 모양이지? 어쩐다, 이런 건 아픈 게 아닌데 말이야?"

미소를 흘리며 말하던 계장수는 사마용추의 발 옆에 무릎을 굽혀 앉았다. 옆에는 정소연이 넋 나간 얼굴로 앉아 있었지만, 개의치 않고 또 말했다.

"진짜 고통은 말이다, 결코 이런 게 아니란다. 그저 이런 육신의 고통은, 육신을 버리면 사라지지. 하지만 마음에 난 상처는 육신을 버려도 없어지지 않는단다. 그 지독스런 고통은, 어떤 이에겐 다시 태어나도 없어지지 않지!"

계장수의 눈은 어느새 파랗게 불을 뿜었고 이는 악물렸다. 그런데 그 순간, 계장수의 옆에 주저앉아 있던 정소연의 손이 솟구쳤다. 그 손은 계장수의 옆 목으로 향했고, 끝에는 은빛의 비수가 시퍼렇게 빛을 뿜었다.

칵!

비수는 정확하게 계장수의 옆 목을 찍었다. 하지만 비수가 부러졌다. 그걸 본 정소연의 얼굴에 당혹이 스치는 찰나, 계장수의 손등이 휘돌았다.

후잉! 쫙!

"커억!"

정소연이 벽을 등지고 뒹굴었다. 얻어맞은 뺨은 터져서 너덜댔고 이는 피와 함께 쏟아졌다. 후들대는 그녀의 뒷모습을 향해 계장수는 음산하게 말했다.

"개 같은 년… 네년의 성정은 여전하구나. 사타구니가 가려운 게냐? 하지만 급하게 굴지 마라. 네년의 정부를 어루만져 준 후에 네년을 긁어주마."

살기 충천한 눈길로 쳐다보던 계장수는 다시 사마용추를 돌아봤다. 퍼런 빛이 비어져 나오는 눈으로 내려다보던 계장수는 천천히 왼손을 뻗었다.

종아리를 더듬고 올라간 손은 사마용추의 허벅지를 거쳐 사타구니에 이르렀다. 고통의 와중에도 뭔가 이상한 예감을 했음인지 사마용추는 부들대며 다리를 오므렸다. 하지만 계장수의 손은 주저하지 않았다. 손이 멈춘 사마용추의 사타구니, 그곳의 한가운데를 덥석 움켜쥐었다.

"크어억!"

또다시 피거품과 비명을 토해내는 사마용추의 사타구니에서 계장수의 손이 떨어졌다. 그런데 손만 떨어진 것이 아니라 옷과 살덩이도 같이 떨어졌다. 아니, 뜯겨져 나갔다. 한껏 벌어진 사마용추의 입에 그것이 처박혔다.

"쿠훅!"

입이 막힌 사마용추는 하나뿐인 왼손을 입으로 가져갔다. 자신의 입에 박힌 것이 무엇인지 알기 때문이다. 그것은 사타구니에서 뜯겨 나간 그것이었다. 소중한 살덩이며 생명을 이루는 근간, 그리고 정소연을 사랑해 주던 그것이었다.

"왜? 빼려고? 그건 안 되지."

사마용추의 왼손을 잡은 계장수는 무심하게 말했다. 그리곤 바닥에 놓고 주먹을 내리찍었다.

쾅!

"크으읍!"

사마용추의 왼손은 처참하게 뭉그러졌다. 그런 사마용추를 계장수는 들어 올렸다. 두 손으로 겨드랑이를 끼어 올린 사마용추를 벽에 붙여 세웠다.

"잘 서봐라. 한 발은 아직 남았지 않니?"

속삭이는 듯한 계장수의 말에 홀린 것처럼 사마용추는 한 발로 지탱하며 중심을 잡았다. 부들대는 그 몸에서 떨어져 나오며 계장수는 또 속삭였다.

"내가 늘상 가르치지 않았니? 은혜는 은혜로 갚고 원수는 원수로서 갚으라고 말이다."

뒷걸음질로 멀어져 간 계장수는 처음 자신이 공격받았던 기관의 잔해들 앞에 섰다. 귀신도를 왼손에 옮겨 잡고 오른손을 뻗치자 철창의 잔해들이 둥실 떠올랐다. 그걸 손에 잡고 사마용추에게 집어 던졌다. 날카로운 소리가 났다.

피융! 콱!

사마용추의 왼 어깨를 뚫고 창대가 박혔다. 곧바로 또 날아온 창날은 오른 어깨에 박혔다. 그 상태로 사마용추의 몸은 벽에 고정되었다. 짚단 인형처럼 벽에 붙은 그 몸에 창두와 창대가 계속 날아왔다. 그것들이 사마용추의 몸을 헤집었다.

피융! 퍽! 피웅! 콱! 씨잉! 퍽!

사마용추의 몸은 벌집이 되어갔다. 철창과 칼날의 잔해들을 던지는 계장수는 무표정한 얼굴이었다. 던져진 쇠붙이들은 교묘하게 급소를 피하며 몸에 박혔다. 그것들을 타고 붉은 피가 흘러내렸다. 특히, 심장 주위에 원형으로 박힌 칼날의 파편들은 피를 뿜어냈다. 심장이 박동할 때마다였다.

고개를 늘어뜨린 사마용추의 모습을 모면서 계장수는 중얼거렸다.

"별로 재미없는데……."

손에 든 쇠붙이를 던지고 계장수는 사마용추에게 다가갔다. 그때까지도 정소연은 바닥에 고개를 묻고 부들대고만 있었다.

천천히 사마용추의 앞으로 다가선 계장수는 늘어진 사마용추의 고개를 들어올렸다. 이미 저승의 문턱을 밟고 있는 그의 눈을 보고 아랫배에 손을 붙였다. 곧바로 철령기를 밀어 넣자 사마용추의 눈이 점점 밝아졌다.

이지가 되살아나는 사마용추에게 계장수는 나직하게 말했다.

"아직은 안 되지. 그렇지 않으냐?"

사마용추의 눈동자는 계장수를 알아보고 흔들렸다. 하지만 계장수는 다시 말했다.

"윗사람의 것을 보고 탐하는 마음을 가졌으니, 네 눈이 죄없다 못하겠구나. 그걸 징벌한다."

계장수의 손가락은 사마용추의 두 눈알을 파냈다.

"세 치도 안 되는 혀로 거짓 충성을 일삼았으니 그 또한 죄를 지었다. 그것도 징벌한다."

입을 벌린 사마용추의 입 안에서 남근이 쏟아졌다. 그리고 혀가 뽑혀 나왔다.

"참과 거짓을 구분해 내지 못하고 미혹의 말들로 정신을 흐렸으니, 네 귀 또한 죄가 크다. 역시 벌을 면치 못한다."

계장수의 손바닥이 사마용추의 귀에 닿았다. 한순간 손이 꿈틀하자, 반대편 귓구멍으로 피가 터져 나갔다.

"근본없이 떠도는 너에게 새 인생을 주었으나 차가운 뱀의 교활함으로 은혜를 저버렸으니, 너에겐 뜨거운 심장의 가치가 소용없다. 그걸 멈추리라."

주먹을 쥔 계장수는 사마용추의 얼굴을 보았다. 철령기의 힘으로 지탱하던 고통스런 얼굴은 이제 표정이 없었다. 그런 그의 심장에 주먹을 박았다.

퍼억!

주먹을 뽑자 피가 튀어 계장수의 얼굴을 적셨다. 악귀처럼 피칠갑된 얼굴로 계장수는 옆으로 돌았다. 그리고 아래를 내려다보며 말했다.

"오래 기다렸다. 이제 네년 차례다."

후드득 떨며 고개를 드는 정소연에게 계장수는 성큼 다가섰다. 그리고 손을 뻗었다. 그런데 누군가 말을 걸었다. 말소리가 들린 곳은 천장이었다.

"그년은 내 거란다."

퍼런 불길을 쏟아내며 계장수는 고개를 휙 돌렸다. 돌아간 시선 속에 한 사내가 보였다. 뚫어진 천장에서 줄을 타는 거미처럼 사내는 느리게 하강했다. 흑색 장삼을 입은 사내의 얼굴은 유난히도 창백해 보였다. 그리고 눈에서 빛이 났다. 그것은 꼭… 붉은 화염 같았다.

❷

어두운 동굴 속에 앉아 엽초희는 잠이 들었다. 아니, 반은 깬 상태였다. 게슴츠레 열린 눈으론 사람들의 움직임이 보였다. 흐린 그림자로 보이는 움직임들은 불분명했다. 그런데 그 움직임들 위로 꿈결의 존재들도 같이 겹쳤다.

단정한 이마에 우뚝한 코, 고집스런 입매에 굳센 눈동자. 한 자루 목도를 등에 메고 단도 하나를 허리 뒤로 지른 소년의 모습. 소년이 웃었다. 미소가 너무 밝아 껴안고 쓰다듬어 주고 싶을 지경이었다. 가슴이 벅찼다.

소년에게 손을 뻗었다. 소년의 웃음은 더 활짝 피어났다. 아름다운 그 볼에 손을 얹었다. 그런데 갑자기 소년이 손을 쳐냈다. 싱그러운 미소는 사라지고 성난 얼굴이 보였다. 왜 소년이 화내는지 알 수 없었다. 달래주고 싶었다. 그래서 껴안아주려고 다가섰다. 그 순간 소년이 변하기 시작했다.

비 온 뒤의 죽순처럼 소년은 불쑥불쑥 커져 갔다. 해맑던 얼굴은 검은빛으로 물들며 석상처럼 변했다. 잠깐 사이에 사천왕상처럼 변한 소년은 이제 소년이 아니었다. 얼굴도 검었고 손도 검었으며, 그 손엔 검은 칼이 들려 있다.

검은 마왕처럼 변한 소년이, 아니, 청년이 다가왔다. 검은 칼을 치켜들며 말을 했다.

"살려준 은혜를 갚으러 왔다고? 그럼 다시 네 목숨으로 갚아라!"

검은 마왕은 칼을 내려쳤다.

"으허억!"

숨넘어가는 소릴 내며 엽초희는 깨어났다. 얼굴과 몸 전체는 식은땀으로 범벅이었다. 자신이 지른 소리 때문인지 사람들이 쳐다봤다. 어디서 왔는지 모를 사람들. 동굴 한가운데의 제단을 정비하는 그 사내들 눈에도 공포가 보였다.

사내들의 시선은 곧 다시 돌아갔다. 불안과 측은함, 긴장과 공포가 한데 어우러진 눈빛이 엽초희를 흘끔거렸다. 하지만 아무도 내색하거나 다가와 말을 걸지 않았다. 사내들은 그저 자신들이 맡은 일, 팔각의 제단을 정비했다.

사방 벽에 밝혀진 횃불 속에서 사내들은 빠르지도, 느리지도 않게 움직였다. 제단에서 이 장여쯤 떨어진 의자에 앉은 엽초희는 그 모습들을 보며 고개를 흔들었다. 흩어지는 땀과 함께 잔꿈결의 조각들도 떨어져 나갔다.

꿈에서 본 흑마왕의 존재는 이곳에 없다. 그자만 생각하면 온몸에

닭살 같은 소름이 돋는다. 그것이 무서워선지 뼈에 사무치도록 죽이고 싶어서인지, 그도 저도 아니면 또 다른 무엇 때문인지는 모호했다. 하지만 이곳에 온 이유는 하나였다. 몽매에도 잊지 못하는 이유, 숨 쉬고 살아 있는 이유다.

그자를 무너뜨릴 수 있다는 것, 인간 같지 않은 그자를 버러지처럼 짓밟을 수 있다는 일말의 가능성, 그걸 제시한 자의 제의를 좇아서였다. 그런데 그걸 제의한 사내는 어딘지 모를 이곳에 데려다 놓고 사라졌다.

검은 장삼을 휘날리며 창백한 얼굴로 미소 짓던 사내. 하얀 그 미소가 왠지 소름 끼치던 그 사내의 손에 초량이 죽었다. 죽던 순간의 초량을 떠올리면 지금도 오한이 돋는다. 사람을 그렇게 죽일 수가 있다니, 그런 기사(奇事)는 듣도 보도 못했다. 그건 꼭 속에 걸 빨아먹고 버린 것만 같았다.

네 명의 가마꾼이며 호위 무사. 그들은 창백한 사내의 눈에서 나온 붉은 기류에 휘감기어 이지를 상실했다. 그 상태로 자신과 가마를 들고 사흘 밤낮을 달렸다. 그렇게 도착한 곳이 이곳이다. 하지만 도착 직후 거품을 물고 쓰러졌다. 그런 네 사람을 푸르고, 붉고, 하얀 세 사내가 빨아먹었다.

검은 장삼의 창백한 사내처럼 세 사내도 기괴했다. 가마꾼들을 빨아먹은 건 그렇다 치고, 중년으로도 청년으로도 보이는 세 사람의 인상은 이상했다. 아니, 무서웠다. 그런 세 사람이 검은 장삼의 사내에게 봉공이라고 불렀다.

퍼렇고, 붉고, 하얀 세 사내의 공경 속에서 검은 장삼 사내는 홀연히 사라졌다. 그 후로 시간이 얼마나 지났는지 알 수 없었다. 하지만 떠나기 전 사내가 해준 말이 아직도 귀에 생생했다. 그 소리가 계속 웅웅거렸다.

"새 삶을 사는 거다. 네 껍질을 버리고 다른 존재가 되는 거야. 그러면 네가 원하는 것들을 이룰 수가 있게 된다. 그놈의 목도 딸 수 있겠지."

창백한 얼굴에 하얀 미소가 번지는 사내의 얼굴은 현실감이 없었다. 하지만 바라보는 사내의 눈은 얼음물을 끼얹는 것처럼 전신을 깨웠다. 머리카락을 한 올 한 올 잡아당기는 것 같은 경직과 소름이 온몸을 긁어댔다.

"후우……."

답답해진 가슴을 숨으로 내뿜으며 엽초희는 사내의 생각을 지웠다. 어떻게 여기까지 오게 됐는지, 자신을 둘러싸고 벌어지는 지금의 상황이 도대체 어떤 건지 이해되지 않았다. 하지만 돌이킬 수 또한 없는 일이었다.

'한 가지! 한 가지만 생각하면 되는 거야. 그 사내의 말처럼 그놈을 내 손으로 다시 찢어낼 수만 있다면… 그것만 된다면 아무것도 필요없어!'

엽초희는 생각을 다잡았다. 이제 와서 다른 생각을 할 이유가 없었다. 초량이 눈앞에서 죽던 그 순간 모든 것을 결정했다. 그런 능력을 가진 자라면 그놈을 죽일 수 있을 것이다. 그놈을 죽일 수만 있다면 이 몸을 거름처럼 써도 아무 상관이 없었다.

'기다려라, 흑마왕! 네놈의 몸을 다시 어루만져 줄 시간이 곧 돌아올 거다! 그때가 되면 네놈은 이 누님에게 살려달라고 빌어야 할 거다! 뿌드득!

이 가는 소리가 입 밖으로 새어 나왔다. 조용한 동굴에 그 소리가 들렸음인지 몇몇 사내가 돌아다보았다. 하지만 사내들의 시선은 곧 다시 돌아갔다. 사내들은 반대쪽, 동굴의 입구 쪽을 보았다가 급히 고개들을 내렸다.

다섯 명의 인물들이 걸어오는 게 보였다. 퍼렇고, 붉고, 하얀 화염을 눈에서 뿜어내는 세 사람. 그들의 뒤로 개처럼 머리를 조아리고 쫓아오는 두 사람. 개새끼의 눈알을 박은 것 같은 대머리와 귓불 늘어진 무표정한 사내였다.

고요한 걸음걸이로 다가온 사내들은 엽초희의 앞에까지 와서 걸음을 멈췄다. 선두에 선 청염의 사내, 청염수라가 주변을 보고 조용히 말했다.

"모두 물러가라 일러라."

청염수라의 말이 떨어지기가 무섭게 대머리의 진태구가 뒤를 보며 낮게 명령했다.

"모두 물러가라, 어서."

진태구의 손짓과 급한 얼굴 표정에, 제단을 정비하던 사내들은 신속하게 사라졌다. 가만히 사라지는 그들의 발자국 소릴 듣던 백염수라가 한마디 했다.

"쓸모없는 것들. 제단에 손들을 파묻을 요량인 겐가?"

눈치 빠른 진태구가 얼른 허리를 굽히며 변명했다.

"송구하옵니다. 기실 제단의 준비는 이미 끝이 났으나 다른 분부가 없었사온지라, 소인이 미처 물리치질 못했습니다. 미련한 것들이니 노여워 마십시오."

백염수라에 이어 이번엔 홍염수라가 말을 했다.

"시키지 않았으니 눈치만 보며 제단만 닦았다? 그건 미련하다고 볼 수 없겠는걸?"

홍염이 불거져 나오는 홍염수라의 웃음을 보며 진태구는 더욱 허리를 숙였다.

"소, 소인의 불민함 때문입니다. 부디 노엽게 여기지 마시기를 바라옵니다."

깊숙이 숙여진 진태구와 그 옆에서 덩달아 허리를 꺾은 노대호의 모습을 보고 백염수라와 홍염수라는 화염으로 웃었다. 그 앞에서 청염수라는 엽초희에게 말했다.

"준비해야 할 시간이 되었다."

엽초희는 청염수라를 똑바로 쳐다보았다. 자신 같은 불꽃이 없음에도 시퍼런 그녀의 눈을 마주 보며 청염수라는 미소 지었다. 짙어지는 그 미소를 보고 엽초희는 물었다.

"날 실망시키진 않겠지?"

엽초희의 말이 무슨 뜻인지를 알기에 청염수라의 미소는 더욱더 짙어져만 갔다.

"봉공의 말씀이 만인(萬人)의 원기(怨氣)를 한데 모은 것과 같다 하더니, 정녕 네년의 기운은 차고도 넘치는구나. 눈에 가득한 원념이 도를 넘었어."

청염수라를 보는 엽초희의 얼굴엔 변화가 없었다. 단지 담담한 음성이 흘러나왔을 뿐이다.

"너희들이 뭘 원하는지, 날 가지고 뭘 하든지 상관없어. 다만, 그놈을 내 손으로 죽일 수 있다는 약속만 지켜주면 되는 거야. 난 그거면 돼."

추호도 흔들림없는 엽초희의 눈을 보며 눈살을 찌푸린 건 오히려 진태구와 노대호였다. 뭔가 감당하기 힘든 기운이 넘어 나오는 그녀의 눈을 마주 보기 힘든 때문이었다. 하지만 청염과 백염, 홍염은 기쁜 미소를 지었다.

이글대는 푸른 불꽃을 눈으로 뿜어대던 청염수라는 고개를 끄덕이며 말했다.

"네년의 원은 이루어질 거다. 신녀의 능력은 추측치 못할지라, 그분을 이끌 바탕이 될 너는 이미 축복받은 존재이다. 더불어 네 생명으로 그분의 숨을 틔우고 그분과 하나되리니, 그때에는 만상이 무릎을 꿇으리라!"

청염수라는 눈에서뿐만 아니라 전신으로 푸른 화염을 쏟아냈다. 화염의 말은 또 나왔다.

"이제 그 위대한 시대의 서막을 열 시간이다! 일어서라!"

외침 같은 말과 함께 청염수라는 두 손의 소매를 떨쳤다. 푸른 화염에도 타지 않는 그의 소매가 소리치고, 푸른 화염은 엽초희의 전신을 감싸 버렸다.

흠칫 놀란 엽초희는 자신의 몸을 보았다. 청염수라에게서 뻗어 나온 푸른 화염은 전신을 감쌌다. 하지만 타오르는 건 없었다. 뜨거움이나 열기도 느껴지지 않았다. 다만 시야가 흐릿해지고 정신이 몽롱해져 갔다.

"위대한 신교의 재래와 신녀의 현신이 도래했도다! 그 위업의 시초를 보혈로써 앙축하리니, 피와 피로 이루어진 신교의 위세는 세세연년 빛이 나리라!"

소리친 청염수라의 소매가 다시 펄럭, 소리치고 떨쳐졌다. 그 직후에 엽초희의 몸이 두둥실 떠올랐다. 떠오른 그녀의 몸에 홍염수라의 붉은 화염과 백염수라의 하얀 화염이 뻗어와 겹쳐졌다. 가마이자 의자에 앉았던 그녀의 몸은 물 위에 뜬 깃털처럼 두둥실댔다. 그 몸이 제단으로 흘러갔다.

천천히, 허공을 부유하는 티끌처럼 이동해 간 엽초희의 몸은 팔각의 제단 위에서 멈췄다. 곧이어 청염수라가 소매를 다시 흔들자 스르르 몸이 뉘어졌다. 그리곤 허공에 떠 있던 깃털이 다시 내려앉듯, 천천히 하강했다.

등짝으로 와 닿는 차갑고 딱딱한 돌 제단의 감촉을 느끼며 엽초희는 눈꺼풀을 뜨려고 애를 썼다. 하지만 이지러지기 시작한 시야와 혼미해진 정신은 그럴 힘을 주지 않았다.

고개를 돌리니 청염수라의 위엄 가득한 얼굴이 보였다. 흐려지는 그 얼굴에서 반대로 고개를 돌리니 백염수라와 홍염수라의 근엄한 모습도 보였다. 전신으로 화염을 뿜어내던 그들이 한순간 두 손을 마주 때렸다.

파아앙!

손뼉 치는 소리가 아니라 뭔가가 갈가리 터져 나가는 소리가 들렸다. 그게 뭔지는 흐릿한 정신으로도 곧 알아보았다. 누워 있는 얼굴 위로 흩날리는 저것들은 분명 자신의 옷이었다. 갑자기 서늘해진 전신의 느낌도 그랬다. 터져 날리는 옷의 잔해들은 불길로 변했다. 그리고 모두 사라졌다.

창피했다. 벌거벗은 몸 따위는 아무렇지도 않았다. 하지만 잘린 두 다리, 화상으로 얼그러진 전신, 칼로 그어진 안면은 수치스러웠다. 그래서 처절하게 이가 갈렸다. 이 모양을 만들어준 놈이, 그놈의 얼굴이 떠올랐다. 이가 득득 갈렸다. 온 전신에 뻣뻣하게 힘이 들어갔다. 그놈을 죽이고 싶었다.

"위대한 신교의 유일신 아리만이여!"

갑자기 들린 청염수라의 목소리는 엽초희의 귀를 종소리처럼 때렸다. 그 순간 뻣뻣하게 힘이 들어가던 몸의 경직이 사르르 풀렸다. 잠과 현실 사이를 오가는 것 같은 정신은 더욱 아득해져만 갔다. 그런데 목소리는 더욱 또렷이 들렸다.

"신녀의 부활을 위해 제물을 바치나이다! 원음(怨陰)이 가득한 이 보혈로써 그녀의 숨을 불어넣으시고, 육신을 찾을 영혼의 눈을 띄워주시옵소서!"

청염수라의 몸에서 푸른 화염은 삽시간에 더욱 짙고 강렬해졌다. 그렇기는 팔각 제단의 반대편을 둘러싼 백염수라와 홍염수라도 같았다. 그런 그들의 몸이 가부좌를 틀고 제자리에 앉았다. 그리고 진언(眞言)이 시작되었다.

동굴 전체를 웅얼거리는 세 사람의 진언 속에서 엽초희는 점점 더 침잠해 갔다. 몸도 마음도, 마치 깊고 깊은 늪 속으로 조금씩 빠져 들어가는 것 같은 느낌이 전신을 휘감았다. 그런데 눈과 귀가 너무도 또렷했다.

팔각 제단의 세 방위를 점하고 앉은 세 괴인의 모습이 눈에, 아니, 머리 속에 선명했다. 동굴 벽 쪽으로 물러나 땅에 엎드린 진태구와 노대호, 두 남자의 겁에 질린 모습도 보였다. 그리고 동굴 속이, 제단에 누운 자신의 모습이 보였다.

이상했다. 시선이 가지 않아도 보이는 모든 것이 그저 풍경처럼 무

의미했다. 청염수라는 또 소리쳤다.

"신교일세(神敎一世) 신녀재래(神女再來)!"

가부좌로 앉은 세 사람의 몸이 떠오르며 제단으로 다가왔다. 앞으로 뻗친 여섯 개의 손은 제단 벽을 파고들었다. 진흙처럼 움푹 들어간 제단의 벽이 마른 흙덩이들처럼 우수수 떨어져 내렸다. 그리고 속벽이 드러났다.

세 괴인의 손이 맞닿은 속벽. 그것이 붉고 푸르고 하얗게 빛을 냈다. 빛을 내는 벽은 온통 알아볼 수 없는 기호와 문자로 주문이 가득했다. 고대 서역의 문자와 범어 같기도 한 그것들은 꼭 살아 있는 것처럼 빛을 뿜었다.

동굴은 저 안쪽 어딘가로부터 검은 바람이 몰아쳐 왔다. 그리고 청염수라는 다시 외쳤다.

"진혈(進血)!"

엽초희는 그 순간 자신의 몸 곳곳을 꿰뚫는 섬뜩한 고통을 느꼈다. 그것은 머리 뒤와 목 뒤, 척추를 따라 내려와 양쪽 둔부, 잘려 나가 뭉툭한 허벅지, 양 손목, 팔꿈치와 어깨, 독맥이 흐르는 모든 곳에서 느껴졌다. 이유는 그곳들을 꿰뚫고 나온 은침이었다.

한순간 엽초희의 몸이 바르르 떨어댔다. 하지만 몸을 뚫고 나온 은침들의 고통은 일순간에 사라진 듯 다시 평온한 모습으로 가라앉았다. 그런데 은침들을 타고 피가 흘렀다. 가늘고 느리게 스며 나오는 그 피들은 제단의 바닥을 흘렀다. 종횡으로 주문처럼 파여진 제단의 골을 타고 피는 계속 흘렀다.

흐른 피들이 모여드는 곳은 엽초희의 머리 위, 사발만한 골이 패인 곳이었다. 그곳에 고인 피가 작은 구멍을 통해 아래로 떨어졌다. 그것은 꼭 제단이 피를 빨아들이는 것 같았다. 살아 있는 짐승처럼 엽초희의 피를 머금는 것이다.

그 때를 맞춘 듯 청염수라의 외침은 더 한층 강해졌다.

"이곳에 있는 것은 무엇이든지 그곳에 있으리라! 그곳에 있는 것은 마찬가지로 이곳에도 있으리라! 이곳에 있는 것과 그곳에 있는 것이 차이가 있다고 여기는 자는 영원히 죽음에서 죽음으로 이르는 길을 걸으리라! 이제 때가 영글어 부활의 보혈을 마시리니, 죽음으로서 이어온 숨을 다시 내쉴지어다!"

청염수라의 푸른 불꽃, 청염은 더할 수 없이 거세어지며 제단을 휩싸고 돌았다. 홍염수라의 홍염과 백염수라의 백염도 같은 기세였다. 검은 동굴 안쪽에서 불어온 어두운 바람은 그런 셋의 화염을 타고 소용돌이쳤다. 그렇게 도는 바람의 소리는 꼭 지옥의 귀신들이 울부짖는 소리 같았다.

하지만 바닥에 엎드린 진태구와 노대호의 눈을 더욱 놀라게 한 건, 제단의 아래쪽에서 번져 오르는 붉디붉은 기운이었다. 그것은 홍염수라의 불꽃보다도 더 붉었고, 그들이 모시는 그분의 적염보다도 더욱 강렬했다.

너무도 붉고 생생해, 마치 피의 몸부림 같은 그것이 숨을 쉬었다. 그랬다. 그것은 숨 쉬기였다. 제단의 밑으로부터 팽창했다 수축했다 하는 그것의 움직임은 숨 쉬기가 틀림없었다. 그리고 그걸 이루게 해주는 게 뭔지도 알았다. 그건 피였다. 엽초희가 흘려내는 피.

"이제 신녀의 숨이 세상과 닿았다! 봉공께서 신녀가 안주하실 그릇과 함께 돌아오시면, 그때는 세상에 신교의 법이 만개하리라! 때가 도래했도다!"

기쁜 듯이 소리치는 청염수라의 목소리에 진태구와 노대호는 고개를 다시 처박았다. 하지만 떨리는 그들의 눈동자에 생생한 것은 뭉클대며 숨 쉬는 붉은 기운이었다. 그것의 뻗어나고 줄어듦이 꼭, 한없이 빠져드는 지옥의 피 웅덩이만 같았다. 자꾸만 뒷꼭지를 파고드는 그 생각을 떨칠 수가 없었다.

끝과 시작 2

❶

"그년은 내가 쓸 그릇이다."

창백한 사내의 희미한 미소를 보며 계장수는 몸을 돌려 세웠다.

"지난 백일간 내가 공들이고 다듬어서 이제 구워내기만 하면 되는 거란 말이지."

여유롭게 말하는 사내에게 계장수는 퍼런 눈길로 물었다.

"넌 뭐야?"

살기가 물컹 피어오르는 목소리에도 사내는 여전히 느긋했다.

"하마터면 늦을 뻔했군. 다 된 밥에 코를 빠뜨릴 뻔했어. 내가 계획한 날 벽력월인궁이 들이닥치다니, 그것도 흑마왕과 함께. 네가 흑마왕이지?"

계장수는 사내의 여유로운 미소를 보며 차갑게 말했다.

"네가 뭔진 모르지만 이년을 가질 생각이면 주마."

뜻밖의 말에 창백한 사내는 잠깐 의아한 눈동자를 만들었다. 하지만 이어 나온 계장수의 말에 곧 굳어졌다.

"조각조각으로 찢어서 뿌려줄 테니 그걸 주워가져라."

말을 던진 계장수는 정소연에게 손을 뻗었다. 바둥대는 그녀의 몸이 스르르 떠올랐다.

"제, 제발! 사, 살려줘요!"

정소연의 목이 계장수의 손아귀에 잡히자 창백한 사내는 굳어진 목소리로 말했다.

"여자를 내게 다오."

한층 더 시퍼런 살기를 뿌리는 계장수는 나직하게 물었다.

"개소릴 하는구나. 내가 왜 그래야 하지?"

창백한 사내는 조용하게 대답했다.

"그년을 내게 주면, 다음번 나를 볼 때까지 너는 살게 될 거다."

계장수의 눈매가 시큰 뒤틀렸다.

"아니라면?"

잠시 차이를 두었던 창백한 사내는 차분하게 대답했다.

"널 제 손으로 죽이겠다는 누군가의 부탁에도 불구하고 이 자리에서 죽일 수밖에."

꿈틀대던 계장수의 미간이 가라앉으며 미소가 나왔다.

"재미있군."

잠시 입가에 떠올랐던 미소가 사라진 계장수는 또렷하게 말했다.

"그럼 한번 해봐."

왼 손아귀에 잡은 정소연에게 계장수의 오른 주먹이 돌아갔다. 느닷없고도 창졸간에 벌어진 일이었다. 하지만 그 모든 상황을 고요하게 바라보던 창백한 사내도 동시에 움직였다.

마치 환영처럼 달려오는 사내의 손에서 붉은 화염이 날아왔다.

쾅!

정소연의 가슴을 계장수의 주먹이 때렸다. 그런데 철벽을 치는 소리가 났다. 계장수가 느끼는 주먹의 느낌도 그랬다. 이유는 창백한 사내의 화염이었다. 찰나간에 공간을 격하고 뻗어진 사내의 화염이 정소연을 감쌌다. 그 위를 간발의 차이로 주먹이 후려쳤다. 울컥하고 피를 뿜는 정소연이 보였다.

후아앙!

"놓아라!"

어느새 달려온 사내의 이격이 뻗어왔다. 마치 소용돌이 창처럼 폭출한 사내의 화염은 왼손 하박을 때렸다. 일격과 이격 모두가 한순간, 거리가 무용할 만큼 빨랐다. 그 거리만큼의 방심이 정소연에게도, 팔뚝에도 예상치 않은 일을 만들었다. 그러나 맞는 그 순간에 철령기를 끌어올렸다.

파앙!

팔에 엄청난 충격이 왔다. 정소연의 목을 잡은 손이 풀려 버렸다. 사내의 화염에 휩싸인 채 멀어져 가는 정소연이 보였다. 그걸 이끄는 사내의 모습도 보였다. 느린 풍경 같은 찰나의 상황이었다. 다시 잡아야 했다.

후이이잉!

강타당한 왼팔에 밀리는 것처럼 계장수는 좌로 돌았다. 곧바로 바닥을 스치며 떠오른 왼발과 오른발이 돌아가며 차례로 사내의 안면을 가격했다.

후잉! 후앙!

하지만 사내는 너무 빨랐다. 마치 실체가 없는 그림자처럼 사내는 간발로 물러났다. 그 몸을 쫓아서 돌아 내린 계장수는 회전의 속도 그대로 손을 내질렀다. 권륜과 권배, 수도와 역수도, 정권과 팔꿈치가 한데 난무하며 자욱하게 공간을 유린했다. 그리곤 재차 다시 떠오르며 발 그림자가 사내를 쫓았다.

슈파파파파파파팡!

"으윽!"

발끝의 느낌과 동시에 사내의 신음 소리가 들렸다. 천수여래의 손 같은 발 그림자를 거둬들이며 계장수는 몸을 멈췄다. 사내가 보였다. 왼쪽 어깨를 부여잡고 눈매를 찡그린 사내는 전신에서 화염이 일어났다. 적염이었다.

"흑마왕! 네놈이 날 화나게 하는구나!"

계장수는 차분하게 사내를 노려보며 대답했다.

"화나면 내보려무나."

사내의 전신을 감싼 화염이 출렁, 더욱 거세졌다. 그런 사내의 뒤로 화염의 끈으로 이어진 것 같은 모습의 정소연이 허공에 떠 있었다. 꼭 거미의 줄에 걸려 고치가 되어버린 모습 같았다.

정소연에게서 시선을 돌린 계장수는 적염의 사내를 보며 다시 말했다.

"내 일을 방해하는 것들은 모두 죽인다. 하지만 그전에 한 가지 네놈에게 묻겠다."

사내의 눈은 이제 적염밖에 보이지 않았다. 그 사내에게 계장수는 다시 물었다.

"네놈은 누구냐?"

전신이 화염으로 일렁거리는 사내는 천천히 몸을 정면으로 세웠다. 얻어맞은 어깨를 어루만지던 손도 내렸고 가슴도 폈다. 그런 그의 뒤로 정소연은 여전히 허공에 떠 있었다. 하지만 가슴의 충격 때문인지 입가로 피를 흘리며 정신을 잃은 모습이었다.

정소연을 연처럼 허공에 늘어뜨린 사내는 말을 했다. 화염이 넘실대는 말이었다.

"내 몸에 손을 대다니 가상하구나. 삼백 년 전이라면 모르겠으나, 그 이후로는 어림도 없는 일을 네놈이 했다. 과연 육왕에 비견되는 놈이라 하겠다."

적염사내의 말에 계장수는 미간을 모았다. 안 그래도 사내가 전신으로 뿜는 적염에 일말의 의구심을 가지던 참이었다. 적염호귀, 임홍빈이 말하던 적염호귀란 자가 아닐까 하고. 그런데 놈은 삼백 년 전이란 황당무계한 소릴 했다.

의구심으로 모아진 계장수의 시선을 보며 적염사내는 다시 말을 꺼냈다.

"일이 이렇게 된 이상, 그 계집의 원을 버리더라도 네놈을 죽여야겠다."

화염으로 일렁대는 사내의 눈은 웃는 것 같았다. 화염의 말은 계속됐다.

"그전에 궁금한 걸 채워줘도 상관없겠지. 내가 누구냐고? 기억나는 가까운 과거에 어떤 도사 놈은 날더러 적염호귀라 불렀지. 참 지독한 놈이었어."

순간, 계장수는 찬 숨을 들이쉬었다. 사내, 적염호귀는 한층 가열된 화염으로 말을 이었다.

"더 아득한 옛적, 육왕이라 불리는 떨거지들이 본 궁을 침범하던 그 시절엔 신궁의 봉공 직책을 맡고 있었지. 그래, 버러지 같은 세상 것들이 암흑마궁이라 부르던 천화신궁(天火神宮)의 봉공 태전동. 그게 내 이름이다."

놀라움 속에서도 계장수는 물었다.

"무슨 소리냐? 네가 그럼… 삼백 년 전의 사람이란 말이냐?"

적염호귀 태전동. 그의 눈가 화염이 일렁대며 다시 말이 나왔다.

"신궁의 법은 현묘하며 그 신이함은 무궁무진하다. 난 다시 재래할 신녀와 또 다른 두 분 궁주님의 현신을 위해 삼백 년을 기다려 왔다. 이제 때가 되었지."

계장수는 말문이 막혔다. 터무니없는 소리지만, 만약 놈의 말이 사실이라면 임홍빈의 사부가 쫓던 놈은 저놈이 확실했다. 무당과 화산, 소림의 후기지수들에게 손을 뻗은 놈도 저놈이고, 북마련에게 마공을 전한 놈도 저놈이 분명했다.

흔들리는 계장수의 눈을 보고 놈은 여유롭게 말했다.

"뭔가 아는 눈이구나? 그래… 그랬지. 네놈이 북마련 버러지들을 짓밟을 때 신공의 출처를 캐물었다지? 모른다면 물을 수 없지. 넌 뭘 아는 거냐?"

대답없이 얼굴만 돌처럼 굳힌 계장수에게 적염호귀는 다시 말했다.

"흐응, 그래. 네놈이 육왕 중 세 놈의 진전을 이었다는 걸 깜박했군. 그랬다면 당연히 우리의 존재를 알겠지. 하지만 의외로구나, 분명 그 당시에 신녀와 함께 사라진 세 놈의 유진이 나타나다니. 도왕의 후예에게 말이야."

말을 줄이던 적염호귀 태전동은 불쑥 다시 물었다.

"네놈은 정녕 도왕의 후대냐?"

대답없이 노려보던 계장수는 느릿하게 답했다.

"아니면 뭐 같으냐?"

화염으로 얼굴 표정을 알아보기 힘든 적염호귀는 의아한 목소리로 말했다.

"네놈의 얘길 들었을 때부터 이상하다고 생각했지만, 지금 보니 확실히 이상해. 네놈은 도왕과 닮지 않았어. 또한 도왕은 가문을 일으키고 명성을 얻은 지 얼마 안 되어 본 궁과 부딪쳤다. 후일을 대비할 틈 따위는 없었지. 그건 다른 놈들도 마찬가지였다. 그리고 신녀와 함께 사라졌지."

"세상일을 다 안다고 생각하지 말아라."

"흥! 맞다. 다 알 수는 없지. 다 안다면 지금까지 기다리지도 않았겠지. 신녀만이 알던 성지 중의 다른 장소를 미리 알았다면 내가 진작에 손을 썼을 거다. 신공을 완성한 지금의 나에겐 당시의 육왕 중 누가 온다고 해도 두렵지 않다."

적염의 기세가 더 한층 불어난 태전동은 또 말을 이었다.

"신의 보우하심으로 신녀가 속박을 깨고 찾아오셨다. 그 오랜 시간을 숨어 지내며 종적을 찾아온 신녀가 스스로 찾아오신 것이지. 육신이 없어 말하지 않으시나, 그동안 금제를 당하신 게 틀림없다. 하지만 이제 우리에게 남은 건 부활과 재림의 시간이다. 육왕의 손을 피해 목숨을 연명하고, 이름 모를 도사 놈의 추적을 피해 숨어 살던 시간을 보상받을 때가 온 것이지!"

일렁대는 적염호귀의 눈을 보며 계장수는 차분하게 물었다.

"그년은 왜 필요하지?"

정소연의 존재를 묻는 계장수의 질문에 적염호귀 태전동의 눈매가 가라앉았다. 화염이 수그러들었지만, 그 모습이 왠지 더 살기 가득해 보였다.

"네놈이 이년에게 갚을 빚이 있다지? 가문과 아비의 원수라고? 그런 거라면 나도 있단다. 이년은 나를 이용해 처먹고 내 등에 칼을 박았지."

적염호귀의 뒤쪽 허공에 매달려 있던 정소연의 몸이 쭉 이동해서 옆으로 돌아왔다. 여전히 화염의 끈으로 이어져, 붉은 화염의 고치가 된 모습이었다.

"내가 유령문이란 문파를 내세워 숨어 지낼 무렵, 이년이 무당과 술사 등의 소문을 듣고 접근해 왔다. 끈덕지게 연결을 시도한 년은 은밀한 비방을 원하더구나. 결국은 철혈무제 조극강을 죽일 비방을 달라는 거였지. 난 한눈에 이년의 가치를 알아봤다. 완벽한 그릇으로서의 가치를 말이야."

"그래서 뭘 해줬나?"

"원하는 걸 줬다. 굴러 들어온 복을 놓치지 않기 위해 신궁의 비방인 원음산명탕을 처방해 줬지. 하지만 역시 좋은 그릇이었어. 이년은 그걸 증명하려는 것처럼 입막음을 위해 유령문을 급습했다. 몰살을 시켰지. 난 신공의 마지막 단계를 익히느라 문파에 없었다. 덕분에 신궁의 귀중한 비공들도 소실됐지."

"철혈대라면 차후로라도 찾았을 텐데?"

"난 항시 대리인을 내세웠다. 전면에 나선 적이 없었지. 내 존재는 말 그대로 유령과 같은 것이었지. 날 아는 자는 문주로 내세운 놈 하나였다."

"그래서, 그 복수를 하기 위해 그년을 잡으려는 게냐?"

"복수라… 그런 건 너 같은 아이나 하는 거란다. 나에겐 더 큰 그림이 있지. 앞서 말했듯이 이년은 그 그림을 그리기 위한 그릇이 될 거다. 그래서 필요하지. 그 때문에 지난 백일 동안 이년에게 약을 먹여 갈고 다듬었다."

"그년의 몸뚱이가 필요한가?"

"그래. 이년의 몸은 최고의 그릇이지. 이 그릇에 신녀의 영체가 담기고, 그걸 이끌어 앉히기 위해 다른 계집의 몸이 보혈로서 길을 닦았다. 이제 준비는 끝났지."

다시 일렁대는 적염호귀의 눈매를 보며 계장수는 나직하게 말했다.

"그년의 몸에다 마고지나의 혼을 담겠다는 말이로구나."

시퍼런 눈길로 적염호귀를 노려보는 계장수는 다짐하듯 다시 말했다.

"하지만 안 돼. 그년은 내 거다. 반드시 내 손으로 죽여야 한다!"

적염호귀 태전동의 전신 화염이 커다랗게 출렁댔다. 그 무언의 움직임을 향해 계장수는 재차 말을 던졌다.

"혹시 생사비결을 아나?"

출렁대던 적염은 화악 팽창했다.

"네놈이… 그걸 어떻게 알지?"

대답없이 고개를 끄덕인 계장수는 혼잣말처럼 중얼댔다.

"그래… 모든 악연의 꼬리가 너희와 이어져 있구나. 잘라낼 수밖에."

계장수의 오른손이 쫙 펴졌다. 그 순간 사마용추의 시신 옆에 놓였던 귀신도가 귀신처럼 날아왔다.

칼을 잡은 계장수는 적염호귀 태전동을 무섭게 노려보며 또박또박 말했다.

"네놈의 꿈은 말 그대로 꿈이 될 거다. 내가 살아 있는 이상, 너희는 아무것도 이룰 수 없어. 더군다나 내 걸 빼앗아가겠다면 대가를 치러야 한다!"

출렁대는 적염호귀의 화염은 이제 폭발하기 직전의 모습 같았다.

"가소로운 놈! 네놈이야말로 꿈을 꾸고 있구나! 네놈이 가진 세 개의 절기가 한 사람의 것처럼 합쳐지지 않는 이상, 넌 육왕 중 셋의 절기를 이었다 해도 결국은 한 사람. 네놈 하나의 능력으론 내 적수가 안 된다. 그런 일은 있을 수도 없겠거니와, 이제 너에게 남은 것은 죽음뿐이다!"

후아아아!

적염이 사방으로 팽창하듯 퍼져 나갔다. 그런데 지금까지의 적염이 아니었다. 말 그대로 붉은 화염, 모든 걸 태우는 지옥의 화염이 터져 나갔다.

"내 힘을 보여주마!"

철령기를 끌어올려 열기에 대항하던 계장수는 주변의 것들이 삽시간에 타오르는 광경에 이를 물었다. 귀신도를 두 손으로 부여잡는 순간, 놈이 달려나왔다.

푸앙!

달리던 놈이 손을 후려치자 화염덩어리가 포환처럼 터져 나왔다. 그걸 귀신도로 올려치자 다른 손에서 또 화염이 터졌다. 내리긋는 순간 놈이 지척에 왔다.

푸파파파파팡!

놈이 두 손을 연속해서 내질렀다. 놈의 손바닥에서 새빨간 선홍의 구체들이 터져 나왔다. 불과 일 장의 공간을 두고 쏟아진 그것들이 전신을 압박했다.

계장수는 이를 악물며 귀신도를 종횡으로 그었다. 칼끝에서 폭발하는 화염의 충격과 그것들이 터뜨리는 엄청난 열기를 느끼며 뒤로 물러났다. 눈조차 뜨지 못할 지경이었다. 그런데 놈이 아가리를 벌렸다. 그 아가리에서 시뻘건 화염의 강기(罡氣)가 폭발했다.

푸아앙!

화염의 구체들을 다 처리하기도 전에 계장수는 가슴에 화염의 강기를 맞았다. 엄청난 충격이 가슴을 때렸다. 충격은 곧 전신으로 퍼졌고, 고통과 화염의 열기는 정신을 아득하게 했다.

몸이 뒤로 날아가는 걸 느꼈다. 마치 뒤에서 누가 잡아당긴 것처럼 몸이 붕 뜨면서 뒤로 날아갔다. 날아가면서 생각했다, 저것이 임홍빈과 풍오자가 말하던 지옥의 겁화라고.

콰앙!

벽에 부딪친 계장수는 벽돌의 잔해들과 함께 무너져 내렸다. 얼얼하고 깨지 않을 것 같은 충격이 전신에 충만했다. 그러나 무엇보다도 가슴의 숨을 막아버린 열기는 견디기 힘들었다. 그런데 옆쪽에 무너진 사마용추의 시신이 보였다.

"끄으응……!"

악물린 소리를 내뱉으며 계장수는 호흡을 찾으려고 애썼다. 자신이 사마용추처럼 될 수는 없는 노릇이었다. 이를 악다물었다. 힘쓴 보람이 있어선지 숨은 곧 틔워졌다. 하지만 가슴으로부터 전신을 파고든 열기는 쉬 흩어지지 않았다.

"허어어… 후우우……."

뜨거운 숨을 내뱉으며 계장수는 가슴을 봤다. 화염의 강기를 맞은 가슴이 시커멓게 죽어 있었다. 상의는 소매만 남고 간 곳이 없었다. 머리부터 발끝까지 불속이었다. 철령기가 아니었다면 타 죽었을 것이다. 하지만 손에 든 칼은 여전했다. 그렇다면 일어서야 했다. 그리고 놈을 죽여야 했다.

"이익……!"

이를 악다물며 일어서는 계장수는 비틀비틀했다. 하지만 저만치 떨어져서 자신을 바라보고 서 있는 적염호귀를 마주 보며 몸을 똑바로 세웠다.

"역시 강골이구나. 다른 놈 같았으면 재가 되었을걸. 어떠냐, 맛이 있더냐?"

미소가 분명한 일렁거림으로 여유롭게 묻는 적염호귀에게 계장수는 간단하게 답했다.

"이번엔… 내 차례다!"

말이 끝남과 동시에 계장수는 앞으로 달렸다. 달림과 동시에 몸에서 자주색 기운이 확, 하고 일어났다. 전신을 감싼 그것이 귀신도에 이어져 터져 나갔다.

후아앙!

독강(毒罡)은 적염호귀의 몸통으로 뻗어갔다. 하지만 그 순간 적염호귀의 몸에서 화염 줄기들이 마주쳐 나왔다. 문어발처럼 뻗어 나온 그것들이 독강과 충돌했다.

화끈한 진동이 퍼지는 그 찰나에, 도약한 계장수는 귀신도를 다시 내리그었다.

"뢰!"

외침과 함께 귀신도의 칼끝에서 푸른 광선이 폭발했다. 그것은 터짐과 동시에 십자의 초승달로 비상했다. 빙글대며 돌아가는 그것은 수없이 많은 날로 재차 쪼개지며 공간을 갈랐다. 그것들이 가는 끝에 적염호귀가 있었다.

푸른 유성의 널[끼]들 속에서 적염호귀가 산산조각날 찰나, 그의 입이 다시 벌어졌다.

푸아아앙!

붉디붉은 선홍의 화염 강기가 쭉 뻗어나갔다. 보호막 같던 화염을 비집고 들어오던 초승달들이 그것과 부딪쳤다. 부딪침과 동시에 핑글대던 회전을 멈추었다. 그리고 찰나간에 모두 부서졌다. 아니, 화염에 녹아버렸다.

허공에 뜬 계장수는 그 광경을 보며 미간을 뒤틀었다. 하지만 자신의 공격을 불사르고 날아오는 저 화염의 강기는 막아야 했다. 철령기를 최대한으로 끌어올렸다. 귀신도를 두 손으로 잡고 칼끝에 그걸 모았다. 그리고 내려쳤다.

부아아악!

쿠아앙!

종전과는 비교도 할 수 없는 충격이 전신을 강타했다. 용암의 늪에 빠지면 이런 느낌일까 하고 생각했다. 고통과 열기, 그 모든 걸 동반한 충격이 몸을 밀어 올렸다. 하지만 그 순간 칼에 정신을 모았다. 그리고 독정에 철령기의 기운을 모아 칼끝에 몰아넣었다. 그리고 내쏘았다.

투우우!

몸이 또다시 뒤로 날아갔다. 날아가면서 보았다, 놈이 입으로 쏘던 화염강의 한가운데가 뚫리는 것을. 그것이 뚫리는 순간 놈이 머리와 몸을 돌렸다. 놈이 독정에 실린 철령기의 공격을 피한 것이다. 놈의 공격을 뚫은 거다.

콰앙!

무너지기 시작한 벽에 또다시 충돌하고 떨어진 계장수는 벌떡 몸을 일으켰다. 아무렇지도 않은 것 같은 모습이었다. 하지만 늘어진 귀신도가 가느다랗게 떨렸다. 그걸 잡은 손이 떠는 것이다. 그리고 팔의 주인인 몸이 흔들리는 거였다.

어지러워지는 시야를 붙잡으며 계장수는 손발에 힘을 주었다. 그런데 힘이 모아지질 않았다. 눈은 자꾸만 감겨지고 온몸은 후들거렸다. 이런 일은 처음이었다. 전신이 불에 타는 것만 같고, 칼은 자꾸만 무겁게 늘어졌다.

그런데 적염호귀 놈은 아무렇지도 않아 보였다. 자신의 공격이 뚫린 일에 놀라는 것 같았지만, 그 밖엔 놈에게 아무런 피해도 없었다. 그런 놈이 다가왔다.

"놀랍구나. 내 멸겁화염강(滅劫火焰罡)을 뚫다니 말이야. 독왕의 무공에 무슨 기운을 합친 거지? 대단하다. 하마터면 입에 구멍이 날 뻔했구나."

적염호귀 태전동은 진정으로 놀라워하는 것 같았다. 그러나 걸음을 멈춘 그는 다시 싸늘한, 아니, 뜨거운 화염으로 말했다.

"그러나 무슨 수로도 넌 나를 이기지 못한다. 신궁의 천겁화공(天劫火功)을 대성한 나에게 너는 적수가 되지 못한다. 네가 도왕의 칼을 쥐고 독왕의 독을 쏘아낸다고 해도 달라지지 않는다. 나는 북마련 따위가 아니란 말이지!"

화염이 일렁대던 적염호귀의 입에서 단호한 음성이 뒤를 이어 나왔다.

"이제 죽어라!"

벌어진 적염호귀의 입에서 화염강이 밀려 나왔다. 느릿하게 분출된 그것이 놈의 전신을 휘감고 돌아 올랐다. 그 기세에 전신의 화염도 같이 섞이며 머리 위로 솟구쳤다. 그리고 그것이 하나의 창처럼 뾰족하게 몸을 세웠다.

휘감기는 동아줄이 세워지는 것 같은 그 모양을 보며 계장수는 혀를 물었다. 비릿한 피가 입 안을 맴돌고 정신이 맑아졌다. 지금 보이는 저것은 놈의 마지막 공격이 분명했다. 저걸 막아야 했다. 하지만 방법이 없었다.

'여기서 죽을 수는 없다! 저놈을 죽여야 하는데… 방법이 없나?'

순간, 놈이 떠들던 말이 떠올랐다. 절기들을 합치면 가능할 것이라던 말. 그리고 실제로 독정에 합쳐진 철령기의 기운은 놈의 화염강을 뚫었다.

'그래! 죽기 아니면 살기다!'

놈은 그럴 일은 있을 수 없다지만 가능했다. 이미 절기를 배우던 때부터 수단지공 하나로써 그것들을 습득했다. 철령기도 아울렀다. 그러니 안 될 일이 아니었다. 또한 이미 독정과 만폭비영 등을 혼용한 경험도 있었다. 장애가 있다면 엉클어진 내부였다. 열기 가득한 속이 다스려지질 않았다.

잡히지 않는 호흡을 계장수가 애써 고를 무렵, 적염호귀 태전동은 화염강의 창을 앞으로 내리며 쏘아 보냈다. 엄청난 기세와 열기가 몰려왔다.

"가라! 흑마왕!"

푸아앙!

화염강은 나선으로 회전하며 공간을 헤집고 날아왔다. 그걸 보며 계장수는 다시 혀를 깨물었다. 그리고 귀신도를 허공으로 집어 던졌다. 동시에 뒤춤의 단도를 빼 들었다. 그걸 앞으로 내밀어 철령기를 내뿜었다.

후아앙!

쭈욱 터져 나가는 철령기의 도강과 화염강의 창이 맞부딪쳤다.

콰앙!

불꽃과 검은 힘의 결정들이 터지며 철령기가 밀렸다. 그것은 그냥 밀리는 것이 아니라 타 들어가는 거였다. 마치 흩어지는 것처럼 밀린 철령기의 도강은 단도 끝에 육박했다. 그런데 그 순간 허공에 던진 귀신도가 울부짖었다.

지이이잉.

울던 그것이 살아 있는 수리의 몸부림처럼 빙글빙글 돌았다. 그러다 날을 들이밀고 날아 내려왔다. 뇌전(雷電)의 속도였다. 검은 몸통에 시퍼런 은빛의 날을 이빨로 내세운 그것이 적염호귀의 가슴으로 꽂혀 내렸다.

그 찰나에 계장수의 손에 쥔 단도는 가루로 터져 올랐다. 하지만 그것들은 자색의 옷을 입고 화염창을 스치며 날아갔다. 그리고 적염호귀의 전신 화염에 박히며 폭죽처럼 명멸했다.

푸파파파파파파파앙!

또다시 막대한 충격을 느끼며 계장수는 날아갔다. 철무전의 기둥을 두 개나 연속해서 부수고 몸을 처박았다. 이미 허물어진 벽은 먼지가 되어 흩날렸고 대전은 불타올랐다. 계장수의 몸도 그렇게 될 뻔했다. 아니, 가슴에 커다란 구멍이 났을 터였다. 하지만 화염의 창은 마지막에 힘을 잃었다.

이유는 하나였다. 계장수 자신의 공격이 주효한 때문이었다. 터지는 단도에 독정과 철령기의 기운을 실어 만폭비영으로 쏘아 던진 것이나, 위지강천을 보고 느낀 어도술에 수단지도의 공력을 실어 던진 것, 그것이 먹힌 것이다.

"크어억……!"

토혈을 한 계장수는 꿈틀대며 몸을 일으켰다. 가까스로 몸을 일으켜 고개를 드니 놈의 모습이 보였다.

적염호귀 태전동. 놈은 제자리에 서 있었다. 전신의 화염도 그대로였다. 등 뒤로 두둥실 매달린 정소연의 존재도 여전했다. 그런데 놈의 왼쪽 어깨쯤에 주먹만한 구멍이 보였다. 화염인지 피인지 모를 것이 넘실대는 그것은 상처가 틀림없어 보였다. 그곳을 뚫고 나간 것이 분명한 귀신도는 반대편 벽에 박혀 있었다.

또한 놈의 몸 곳곳에 그런 상처들이 보였다. 자색으로 물든 그것이 무엇 때문인지는 짐작이 되었다. 독정에 철령기가 실린 만폭비영에 뚫린 상처였다. 그런 상처가 놈의 어깨와 팔과 다리, 가슴과 배, 전신에 가득했다. 하지만 놈은 중독되지 않았다. 몸은 뚫어졌으나 독기는 화염에 타 희미해져 갔다.

석상처럼 서서, 일어서는 계장수를 바라보던 적염호귀는 느릿하게 입을 열었다. 떨리는 목소리였다.

"네놈이… 네놈을… 내가 잘못 생각했구나……."

중얼대는 것 같던 적염호귀는 다시 화염을 일으키며 이를 갈았다.

"너와 나! 둘 중의 하나는 필히 죽어야겠구나!"

놈의 말과 동시에 계장수는 손을 뻗었다. 벽에 박혔던 귀신도는 씨잉 소리를 내며 날아왔다.

계장수는 칼을 두 손으로 잡고 입을 벌렸다.

"넌… 내 손에 죽을 거다……!"

계장수의 눈에서는 시퍼런 살기가 비어져 나왔다. 그러며 계장수는 발을 내디뎠다. 적염호귀는 이를 악물며 화염을 일으켜 세웠다. 하지만 화염의 기세는 좀 전 같지 않았다. 또한 다가오는 계장수를 보는 눈길도 그랬다.

결코 피할 수 없는 대결의 순간, 그것이 계장수의 걸음으로 점점 더 좁혀져 갔다. 하지만 종국으로 치닫는 그 순간에 시린 은빛의 칼날이 대전을 갈랐다.

피이이잉!

카앙!

급히 손을 휘두른 적염호귀의 화염 한 조각이 잘려져 나갔다. 그렇게 부딪치고 다시 솟구친 은빛은 칼이었다. 살아 있는 생명처럼 허공을 나는 그것의 주인은 곧 소리치며 대전에 나타났다.

"대형!"

불타는 대전의 입구 쪽에서 뛰어오는 사내는 위지강천이었다. 그의 뒤를 따라 몸을 날리는 것은 벽력신수 혁련휘였다.

"이노옴!"

달리며 손을 떨친 혁련휘의 두 손에서 시퍼런 수강(手罡)이 벼락처럼 터져 나왔다. 그것이 적염호귀의 화염에 또 작렬했다.

콰앙!

"으윽!"

적염호귀는 옆으로 몸이 밀려났다. 입에서 나온 소리는 그의 상태가 간단치 않음을 알게 해주는 증표였다.

"이것들이……!"

이를 악물며 몸을 세운 그의 앞으로 혁련휘와 위지강천이 내려섰다. 눈을 부릅뜨고 칼을 잡은 계장수의 양옆이었다.

"네놈은 누구냐?"

혁련휘가 소리쳐 물을 때 위지강천의 손으로 칼이 내려앉았다. 그런 그들의 모습을 뚫어지게 노려보던 적염호귀는 천천히 씹어뱉듯이 말을 던졌다.

"삼백 년을 기다린 일… 한순간에 무너뜨릴 수는 없겠지……. 흑마왕, 우리의 일은 후일에 다시 나누자꾸나!"

말이 끝난 그 순간에 적염호귀의 전신에서 화염이 터져 나왔다. 유성의 비처럼 터진 그것들이 시야를 가리고 몸을 움츠리게 하는 순간, 적염호귀는 하늘로 솟구쳤다. 화염의 끈으로 이어진 정소연의 몸을 뒤로 달고서였다. 솟구치는 둘의 신형은 불새의 비상처럼 눈이 부셨다.

"엇! 저놈이?"

위지강천의 칼이 소리 지르며 날아갔다.

피이이잉!

하지만 화염의 조각을 흩어내고 적염호귀는 어둠 속에 사라졌다. 그리고 그 순간, 그때까지 귀신도를 붙잡고 서 있던 계장수는 앞으로 쓰러졌다.

"형님!"

"대형!"

두 사람의 다급한 외침이 계장수의 귓가에 메아리쳤다.

❷

벽력월인궁으로 옮겨온 내내, 꼬박 이틀 동안을 자리보전하고 깨지 않던 계장수가 일어났다. 깨어난 후 의원들도 물리치고 다시 하루 동안을 자리에만 앉아 있었다. 고승의 선경처럼 집중하고 몰두하는 그 모습에 아무도 가까이 가지 않았다.

혁련휘와 위지강천은 철무련의 일을 이수에게 맡기고 계장수와 함께 돌아왔다. 이틀 동안 전전반측(輾轉反側) 계장수를 지켜보며 발을 굴렀다. 그러다 깨어나는 계장수를 보며 환호를 질렀다. 하지만 다시 묵상(默想)에 드는 그를 보고 조용히 물러났다. 방해하지 않기 위해서 처소의 출입도 엄금하였다.

벌써 하루, 침상에 가부좌로 앉아 묵상에 들었던 계장수는 문득 고개를 들었다. 여름에 들어선 따가운 햇발이 사방에 열린 창과 문으로 들어왔다. 밖으로는 의제들과 술을 나누던 정자가 보였다. 정자가 발을 담근 연못에는 오리들이 한가로이 놀고 있다.

연못을 쓰다듬는 바람이 눈에 보였다. 엷고 작은 물결로 밀어가는 그 어루만짐이 오리의 발도 간지럽혔다. 고개를 처박았다 빼며 흔드는 머릿짓에 잔물방울들이 날렸다. 그 속으로 햇발이 들어가 오색의 무지개를 띄웠다.

언뜻언뜻 나타났다 사라졌다 하는 무지개를 보며 계장수는 몸을 일으켰다.

"으윽……!"

가슴의 통증이 격하게 몰려왔다. 아니, 온 전신이 불구덩이 속에서 삐걱대는 것 같았다. 흔들리는 무릎은 다시 주저앉으려 했다. 이를 물고 몸을 지탱했다.

아교처럼 들러붙는 침상을 떨치고 몸을 세웠다. 바닥이 일어서고 벽이 돌았다. 돌아가는 시야 속으로 발을 내디뎠다. 한 걸음 한 걸음, 열린 문으로 걸어갔다.

밝은 빛이 눈에 들어오자 어지럼은 더했다. 문설주를 잡고 밖으로 발을 내디뎠다. 시야의 혼곤함과 어지러움은 조금씩 가라앉았다. 하지만 몸이 흔들렸다. 그렇게 걸음을 떼니 보이는 모든 것이 흔들거렸다. 흔들리는 물상(物像)들의 모습을 호흡으로 조절하며 천천히 정자로 걸어갔다.

정자의 기둥에 의지하고 잠시 숨을 고른 계장수는 한가운데로 나아갔다. 느리고 조심스럽게 앉아서 가부좌를 틀었다. 그리고 호흡을 골랐다.

"후우우."

정자까지 걸어오느라 거칠어진 호흡을 가늘고 길게 들이 내쉬었다. 전신엔 어느새 후줄근한 땀이 흘렀다. 숨을 고르자 내부의 열기도 차츰 가셔갔다.

흐릿하던 시야에 초점을 모으니 흔들리는 그림자가 보였다. 연못 한쪽에 몸을 세운 물버들이다. 가지와 잎들이 허늘허늘 흔들리는 그 모습은 꼭 춤을 추는 것 같았다. 하지만 다시 보면 그 윤곽은 넘실대는 화염 같기도 했다.

적염호귀, 이름이 태전동이라고 했던가? 정말 무서운 놈이었다. 놈의 말대로 삼백 년을 살아온 것이 사실이라면, 지금 모습을 당당히 드러낸 그놈에겐 모든 준비가 끝났을 터였다. 그 마지막을 위해 정소연을 빼앗아간 것이다.

놈에게 졌다. 처음으로 진 것이다. 전생에도 그래 본 적 없고 이 생에도 처음이다. 무공을 완성한 이후 타인과의 대결에서 처음으로 패배한 것이다. 자칫, 죽을 뻔한 대결이었다. 하지만 죽음이나 패배보다도 더욱 중요한 건 정소연을 뺏겼다는 거다. 그년을 가지고 그놈이 할 일을 생각하면 격통처럼 후회가 밀려왔다. 죽을지언정 막았어야만 한 일인 것을…….

'결국 악연이 이렇게 이어지는가? 너무도 공교롭구나. 원수 년의 몸에 없애야 할 요괴가 깃들다니. 마치 누가 있어 꾸민 것 같고 이야기 속의 말과 같구나. 정녕 이러한 것은 우연인가? 아니면 인세를 벗어난 힘의 장난인가?'

실 꾸러미 속에 얽힌 작은 난쟁이가 된 기분으로 계장수는 두 손을 보았다. 검고 거칠고 투박하며 커다란 손. 무수한 난관과 역경과 죽음마저도 헤쳐 온 손. 그 손이 오늘따라 작고 초라해 보였다. 결코 패배 때문에 느끼는 감정은 아니었다. 그저 살아 숨 쉬고 느껴지는 모든 것이 그러했다.

'허무맹랑한 얘기 속에 빠진 기분이구나. 내가 맞서야 할 것들은 과연 무엇인가? 내가 그들을 막아서야 할 이유는 무언가? 모른 척하고 살면 되지 않나? 그런 비상식의 존재들과 내가 왜……? 허허. 나라는 놈도 그렇구나.'

자조의 웃음을 계장수는 웃었다. 마고지나와 적염호귀의 존재들을 떠올리던 생각이 자신의 존재에 미친 것이다. 말 그대로 비상식의 존재들. 그런 존재들과 견주어 자신 또한 별반 다르지 않다는 생각 때문이다.

순탄치 않은 삶이었다. 아니, 격랑과 해일처럼 살아온 인생이었다. 그 인생이 죽음의 순간에 다른 몸을 빌려 다시 나고, 그 생과 이생의 합쳐진 줄기에 얽혀 다시 밀려가는 인생. 그것이 현재의 계장수 자신의 삶이었다.

삶을 이어가는 매 순간순간에 간섭되는 다른 인연의 손길들도 결코 간단치 않다. 자신이 얻은 무공만 해도 삶을 포기할 순간들에 얻어진 것들이다. 배달족의 고묘에서 얻은 철령기, 거짓처럼 얻어진 귀도문의 멸혼귀도법, 유배된 섬에서 만난 독왕과 암왕, 두 늙은이들의 가공할 절기…….

생각해 보면 자신이 살아온 이야기 자체가, 스스로의 존재 자체가 비상식이었다. 일수에 수십, 수백의 목숨을 죽이고 도검을 두려워 않는 자신의 무공은 허황한 꿈과 같다. 그러나 자신은 그런 무공을 익혔고 그런 힘을 발휘한다. 이 세상에 있으되, 이 세상과 엇갈려 나간 존재가 틀림없다.

그런 자신을 쓰러뜨린 자, 적염호귀와 그가 되살리려는 마고지나, 그리고 그로 인해 복원될 다른 존재들은 과연 어찌해야 하는가? 그들을 어떻게 생각하고 판단해야 하는가? 그들을 죽일 수 있는가? 아니, 죽이는 건 고사하고 그들의 행보를 막을 수는 있는 건가? 막지 못하면 어찌 되는가?

답답함이 밀려왔다. 의식을 회복한 후 하루 동안 내내 생각을 거듭했지만 결론이 나질 않았다. 적들은 막강했다. 비록 적염호귀가 상처를 입고 도망갔지만, 그에게 정소연이란 목적이 없었다면 결과는 달라졌을지도 모른다.

'결국 죽여야 할 것들이 하나가 되는구나.'

그렇다. 정소연은 마고지나가 되고 마고지나는 정소연이 될 것이다. 그건 이미 돌이킬 수 없는 결론이다. 하지만 육체를 가지고 모습을 드러낼 마고지나, 그것을 막아야 했다. 그건 이미 누군가의 안배를 벗어나 숙명 같은 거였다.

착각을 하고 살았던 거다, 막을 수 있을 거라고. 인간인지 요괴인지 모를 존재들을 다 쓸어버릴 수 있을 거라고. 그것은 북마련과 철혈대 등을 치면서 더욱 굳어졌다. 지금의 무공과 힘이면 그 누구도 대적하지 못할 거라고.

한순간에 깨진 꿈이다. 적염호귀의 무공은 상상을 초월했다. 그놈이 익혔다는 암흑마궁의 무공은 모든 걸 원점으로 되돌려놓았다. 그놈에게, 그것들에게 대적하려면 지금의 무공 가지고는 어림 반 푼 어치도 없는 일이다.

적염호귀 태전동. 그놈은 삼백 년을 넘게 살았다. 얘기 속의 여우나 호랑이도 그만큼의 세월이면 도가 틀 시간이다. 그 세월 동안 연마한 것이 놈의 무공인 거다. 아마도 대성을 이룬 것은 최근인 듯싶다. 그렇지 않았다면 놈이 숨어 지냈을 까닭이 없었다. 대적할 적도 없는 마당에.

아니, 굳이 추측하자면 두 가지 이유가 있을 수 있다. 놈은 자신을 쫓던 도사, 즉 임홍빈의 사부나 그 후인 등을 꺼려했을 거다. 무공이 아닌 법력으로 공격하는 그의 존재가 두려웠을 거다. 거기다 놈에겐 일이 있었다. 삼백 년을 숨어 지내며 기다려온 결정적인 이유. 마고지나의 재림을 준비하는 일이다.

'그런 이유로 세상 속에 그림자로 숨어 살았겠지. 때로는 도망자로, 때로는 고매한 무공을 논하는 후기지수들의 벗으로서, 또 때로는 몰락한 문파의 소문주로 마공을 전하는… 그 모두가 그놈의 실체이며 분신이었겠지.'

이제 그놈들에게 준비는 끝났다. 세상에 겁난이 닥칠 시간이 도래한 것이다. 하지만 독왕과 암왕 두 늙은이에게 약속했던 일. 마고지나를 막겠다던 자신은 병든 닭이 돼버렸다. 어찌할 것인지, 어떻게 대처해야 하는지 아무 생각도 나지 않는다. 막강했던 자신의 무공은 단번에 꺾어진 거다.

'이 또한 미망이었던 게지. 당적할 적이 없을 거라 여겼던 무공은 갈대처럼 흩어지고… 두 생을 사는 눈으로 스스로를 삼가고 경계했건만, 그 또한 스스로의 눈가림이었던 게야. 그런 경계 뒤에 숨은 자만을 못 본 게지.'

하나도 틀림이 없는 생각이었다. 그저 조그마하게 성취한 힘에 취해 봉사가 되었던 거다. 용렬한 힘에 매여 정작 더 큰 힘이 있음을 망각한 것이다. 우물에 앉아 하늘을 봤음이라, 그렇게 보이는 것이 세상의 다인 줄만 여겼으니 어찌 이런 결과가 없을쏘냐. 너무도 당연한 패배였다.

"허어… 너무도 당연한 것을 언제나 지난 뒤에야 깨닫는구나. 두 번을 살아도 우매하기는 마찬가지일런가? 세상의 힘이라는 것은 과연 어떻게 미치는가?"

탄식 같은 소리를 중얼거린 계장수는 흐느적대는 물버들을 보았다. 연못에 밑동을 담근 물버들은 이는 바람에 연신 가지를 흔들었다. 그런데 그 몸통을 꾸불대며 오르는 것이 보였다. 유연하게 움직이는 그것은 구렁이였다.

"저놈이 뭘 노리는 겐가?"

구렁이의 움직임이 잠시 다른 생각을 잊게 했다. 놈의 물 흐르는 듯한 움직임을 따라 눈길을 주니 나무 구멍 속에 몸을 숨긴 청설모가 보였다. 연신 머리를 내밀었다 집어넣다 안절부절못하는 것이 새끼를 둔어미 같았다.

결국 어미 청설모는 구멍 밖으로 나왔다. 이미 다다른 구렁이는 구멍 속에 머리를 처넣고 꿈틀댔다. 다시 나온 아가리에는 새끼 청설모들이 우악스럽게 삼켜지는 중이었다. 어미 청설모는 나무를 타고 뛰어다니며 몸부림쳤다.

그런데 그때 하늘에서 검은 선이 쭉 뻗어 내려왔다. 그것이 찰나간에 구렁이를 스치며 다시 비상했다. 날아오르던 그것에게서 뭔가가 떨어졌다. 구렁이였다. 떨어진 구렁이에게로 다시 날아 내리는 그것은 한 마리 소리개였다.

검은 빛살처럼 날아 내린 소리개는 구렁이의 머리를 때리고 다시 날아갔다. 화가 난 구렁이는 대가리를 쳐들고 혀를 널름댔지만 소용없었다. 그런 놈에게 소리개는 다시 날아왔다. 구렁이도 잔뜩 웅크리고 준비했다.

바람의 사이를 타고 내린 소리개가 가까워진 순간, 구렁이는 웅크렸던 몸통을 차며 튀어 올랐다. 커다랗게 벌려진 아가리가 흉측스러웠다. 그 입이 소리개의 다리를 물려는 순간, 번개처럼 움츠렸다 뻗친 소리개의 다리가 놈의 머리를 후려 그었다.

구렁이가 땅에 패대기쳐졌다. 반동처럼 즉시 몸을 비틀어 일어섰지만, 때는 너무 늦어버렸다. 날개를 활짝 펼치고 접근한 소리개는 두 발로 구렁이의 목과 몸통을 움켜잡았다. 발톱들이 놈의 가죽을 뚫고 들어갔다. 놈은 긴 몸통으로 소리개를 휘어 감았다. 그 순간 소리개의 부리가 놈의 머리를 찍었다.

한 번, 두 번, 세 번, 네 번… 구렁이가 움직임을 멈출 때까지 소리개의 공격은 계속됐다. 그 한 번 한 번의 쪼아댐은 전광처럼 빨랐다. 온 힘을 모은 절정의 공격임이 여실했다. 일격 일격에 필살의 의지를 담은 공격. 한 번이 아니면 두 번이 되고, 이 공격이 아니면 적이 아닌 내가 죽는다는 의지의 공격.

잠시 후, 구렁이의 움직임은 멈춰지고 소리개를 감았던 몸통이 풀렸다. 공격을 멈추고 주변을 무감정하게 돌아본 소리개는 다시 한 번의 공격을 더 넣었다. 마치 최후를 확인하는 것같이. 그리고는 구렁이를 움켜쥐고 날아올랐다.

전각의 지붕 너머 어디론가 날아가는 소리개의 모습을 보며 계장수는 굳어진 몸을 풀지 못했다. 두 마리 동물이 싸우던 순간, 그는 얼어붙어 버렸다. 특히나 소리개의 일격 일격이 가해지던 순간에는 숨조차 쉬지 못했다.

미물들의 싸움이었다. 하지만 그 속에 모든 것이 담겨 있었다. 죽이지 않으면 죽는다는 것, 먹지 않으면 먹힌다는 것, 상대의 손길에 자비를 기대해서는 안 되며, 자신의 손 또한 추호의 망설임이 없어야 한다는 것. 세상을 사는 진리였다. 두 동물의 생존을 위한 싸움은 세상을 비춘 거울과 같았다.

인정과 자비와 이타심으로 대해야 할 일들이 세상엔 따로 있다. 그러한 것들은 혈족과 이웃사촌의 밭을 함께 갈며, 그 고랑에서 참을 나눌 때에나 해당하는 일이다. 그러한 것들을 무참하게 짓밟는 세상의 근저에는 폭력과 야만이 있다. 그것들에 대항할 힘이란 역시 그것들밖에는 없다.

'그렇군. 힘이란 세상에 저렇게 미치는 것이지. 힘있는 것이 힘없는 것들을 짓밟고 먹어버리는. 하지만 그런 것들을 바로잡을 것 또한 세상 속의 힘이다.'

계장수는 소리개가 날아간 곳에서 시선을 거두지 못했다. 과연 둘 중에 누가 더 힘센 자였을까? 구렁이 몸의 반밖에 되지 않는 소리개는 단 한 순간의 집요한 공격으로 구렁이를 먹이로 삼았다. 소리개가 더 센 놈일까?

'아니야. 둘 중의 누구도 이길 수 있었고 또한 먹이가 될 수 있는 상황이었다. 하지만 승패가 갈린 요인은 구렁이의 마음과 소리개의 마음이 달랐기 때문이지.'

이미 먹잇감에 취해 하늘의 공격을 등한시했던 구렁이. 커다란 몸통에 힘이 가득한 이빨과 위세, 먹이를 입에 문 단 한 순간의 포만한 방심이 죽음을 불렀다.

반면 소리개는 그 한순간만을 노렸고, 격돌에 임해서는 추호의 주저함 없이 전신의 일격을 내리찍고 또 내리찍었다. 그 처절한 모습이 자꾸만 계장수의 눈에 어른거렸다.

"일격(一擊)에… 필살(必殺)의 의지를 담고!"

자기도 모르게 중얼댄 계장수는 몸을 벌떡 일으켰다. 어지러움이나 몸의 고통도 무시한 채 정자를 돌아 내려갔다. 곧바로 연못물로 향한 그는 거침없이 들어갔다.

첨벙대며 물로 들어간 몸이 연못의 중심, 가슴까지 이르렀을 때 멈춰 섰다. 그리곤 스르르 눈을 반개하며 물결의 흐름을 느꼈다. 더불어

내부로 침잠했다.

십이경맥(十二經脈). 내부를 더듬는 눈으로 바라보는 곳은 십이정경이었다. 몸속에서 서로 연계되며 고리를 이루고 순환하는 그 경로를 차례로 더듬었다.

수태음폐경(手太陰肺經), 수양명대장경(手陽明大腸經), 족양명위경(足陽明胃經), 족태음비경(足太陰脾經), 수소음심경(手少陰心經), 수태양소장경(手太陽小腸經), 족태양방광경(足太陽膀胱經), 족소음신경(足小陰腎經), 수궐음심포경(手厥陰心包經), 수소양삼초경(手小陽三焦經), 족소양담경(足小陽膽經), 족궐음간경(足厥陰肝經)…….

석모도에서 마고지나와 처음 맞닥뜨렸던 그때, 엄청난 생령들의 힘이 몸속에 들어왔었다. 제어치 못할 힘은 오히려 독이 될지라, 독왕과 암왕은 그 힘을 나누어 몸속의 요소요처에 갈무리했다. 그것들이 십이정경에 있었다.

그것들을 이제 풀어내야 할 때였다. 설혹 힘을 못 이겨 몸이 터져 죽는다 해도 이젠 결행해야 했다. 몸속에 봉인된 생령의 힘이 더해진다고 해도 그들을 이기리라는 보장은 없다. 하지만 해야 한다. 가능한 한 가지의 수라 해도 모두 동원해야 하는 거다. 그리고 망가진 몸을 되살려야 한다.

'내가 언제부터 죽음을 두려워하였는가? 할 일을 두고서는 죽는 것조차 비겁한 일!'

마음을 다잡은 계장수는 십이정경 속에 고인 그 힘의 문을 두드렸다. 천천히 아이를 어루만지듯이, 그러나 곧 북을 두들기듯 빠르고 격렬하게.

반응은 곧 나타났다. 북소리처럼 퍼지던 몸속의 울림이 점점 강한 진동으로 변해갔다. 그에 따라 연못 속에 잠긴 계장수의 몸도 울림을 보였다. 몸에 닿은 연못의 물들이 작은 파문으로 퍼져 나갔다. 물결의 파문들이 가장자리에 닿고 뒷물결과 부딪칠 무렵, 계장수는 북들이 터지는 걸 느꼈다.

꽝, 꽈앙, 꽈앙, 꽈콰콰쾅!

몸속의 폭음은 언젠가 어릴 적의 경험처럼 전신을 난타했다. 절맥으로 막혔던 몸을 철령기로 뚫어낼 때처럼, 갇혀 있던 힘들은 일제히 노도처럼 튀어나왔다. 마치 해일처럼, 군마들의 무리처럼 달리는 그것들은 서로 만나고 뒤섞이며 머리부터 발끝까지 휩쓸었다.

연못에 잠긴 계장수의 몸이 격하게 흔들렸다. 꼭 누가 쥐고 흔드는 것 같은 그 모습은 앞뒤로도, 양옆으로도, 그 사이사이로도 거칠게 흔들렸다.

눈에서는 붉고 푸르고 검고 노랗고 다시 하얗다가 검어지고, 오색의 기운과 갖가지 기운이 넘실댔다. 얼굴은 무표정했고 다물린 입술은 파르르 떨렸다. 그렇게 몸의 흔들림과 눈의 광채가 격해져 가던 어느 순간, 계장수의 몸에서 빛이 터졌다.

아니, 그것은 빛이라기보다는 작은 번개 같은 거였다. 정수리의 백회혈부터 시작한 그 빛은 목과 어깨, 가슴과 배와 다리를 거쳐 발과 손에 이르기까지 차례로 터졌다. 그와 동시에 물이 물러났다.

연못의 물이 계장수를 중심으로 둥그렇게 물러났다. 마치 보이지 않는 막이 있어 밀어낸 것만 같았다. 그 중심에서 계장수의 몸은 계속 빛을 터뜨렸다. 경맥이 흐르는 순서대로, 또 그 역순으로, 좌우 대칭으로 빛은 터졌다.

어느새 후원엔 바람도 잦았다. 아니, 바람은 후원을 비껴 흐르는 것 같았다. 새들과 벌레들도 날아갔고 새끼 잃은 청설모도 숨어버렸다. 그런 후원 연못의 한가운데서 빛을 터뜨리던 계장수의 몸이 천천히 떠올랐다.

깃털처럼, 승천하는 선인처럼 고요하게 떠오른 계장수의 몸이 한 길 높이에서 멈췄다. 뇌전처럼 명멸하던 빛은 이미 사라졌다. 그런데 이번엔 계장수의 입이 벌어졌다. 벌어진 그 입에서 오색의 빛이 쏟아져 나왔다.

오색의 빛, 일렁대는 그 기운들은 연못에서 보이던 무지개 같았다. 엷은 비단 이불 같은 그것들이 계장수의 몸을 휘감고 둥글게 돌기 시작했다. 그러자 연못의 물도 같이 돌아갔다. 결코 격하지 않고 순응하는 흐름처럼, 자연스럽게 돌아가는 연못은 태극(太極)의 회오리처럼 맴을 돌았다.

아래는 연못의 물이, 위에는 오색의 기운이 계장수의 몸을 싸고 돌아갔다. 그 흐름 속에서 계장수는 한 가지 음률의 노랫소리를 들었다. 낭랑한 그 소리는 머리 속 저 깊은 곳, 근원을 알 수 없고 방향도 모르는 곳에서 들려왔다. 마치 헤아릴 수 없는 세월을 뛰어넘어 들려오는 것 같았다.

一始無始一 일시무시일이니
析三極無盡本 석삼극무진본이고
天一一地一二人一三 천일일지일이인일삼이라
一積十鉅無櫃化三 일적십거무궤화삼이니라.
天二三地二三人二三 천이삼지이삼인이삼이니
大三合六生七八九 대삼합육생칠팔구하고

運三四成環五七 운삼사성환오칠하니
一妙衍萬往萬來 일묘연만왕만래라.
用變不動本 용변부동본이요,
本心本太陽 본심본태양이니
昂明人中天地一 앙명인중천지일할지니
一終無終一 일종무종일이니라.

　청쾌하고 낭랑한 울림의 소리는 끝이 났다. 그 소리가 끝나는 순간
계장수는 격한 전율을 느꼈다. 그것은 우주 속을 무애하게 누비는 기
쁨 같았고, 세상의 시작과 끝, 모든 진리의 처음과 마지막을 본 느낌이
었다.
　'아아……!'
　참을 수 없는 법열(法悅)에 계장수는 두 팔을 벌리고 세상을, 우주를
안았다. 그 순간 그를 둘러싸던 오색의 기운들이 화사한 꽃가루처럼
터졌다. 그리고 모두 계장수의 모공 속으로 빨려 들어갔다, 모래에 스
미는 물처럼.
　오색의 빛들은 모두 사라졌다. 그 때를 맞춘 것처럼 연못의 물도 좌
악 밀려들며 합쳐졌다. 중심의 공간은 사라졌다. 회오리치던 움직임도
없어졌다. 다시 평온한 수면이 생겨났다. 그 위로 계장수가 내려왔다.
　수면과 한 치의 차이를 두고 멈춘 계장수의 몸은 물을 밟듯이 섰다.
감긴 눈과 얼굴은 부처의 미소처럼 잔잔함을 물었다. 벌려진 두 팔은
아직 그대로였다. 주변은 벌레와 새들의 소리가 다시 들렸다. 구멍 속
의 청설모도 보았다.
　한순간, 계장수의 눈꺼풀이 스르르 뜨여졌다. 눈동자에선 담담하게

맑은 빛이 흘러나왔다. 그 눈은 계장수 자신을 둘러싼 모든 것을 바라보았다. 하늘과 땅과 연못과 바람과 더불어 그 속에서 숨 쉬는 모든 것들과…

"내 머리 속의 울림은 어디로부터 온 것인가?"

계장수의 음성은 조용했다. 조용한 그 음성은 물결처럼 파동치며 주변으로 퍼져 나갔다.

그랬다. 그것은 공기 중에 밀려가는 물결이었다. 나무와 풀과 정자와 연못과 바위와 생명들과 전각들을 스친 그 파동은 모든 것을 쓰다듬었다.

파동에 스친 그 모든 것들은 으스스 몸을 떨어대었다. 하지만 아무일도 없었다. 그저 모든 것이 평온했다. 그리고 그 평온 속으로 계장수는 걸어나갔다.

끝과 시작 3

❶

"제길, 무식하게도 까부쉈군."

용태웅의 말에 풍오자와 임홍빈은 대답없이 철무련 본전만 보았다.

"저거, 이제는 철무련이 아니라 벽력월인궁이라고 불러야 하나?"

대로의 한복판에서 팔짱을 끼고 말하는 용태웅의 외모는 사람들의 시선을 끌었다. 하지만 남의 눈을 의식하지 않는 용태웅은 계속 불퉁거렸다.

"철무련의 자랑이던 철무전이 개박살이 났군. 담장은 죄 무너지고 전각은 불타고, 죽은 자들도 발에 걸릴 정도로 널렸을 텐데… 빨리도 치웠군."

위엄과 천하 패권의 상징이던 철무련은 용태웅의 말처럼 반파된 상태였다. 격전이 얼마나 치열했는지를 보여주는 증거는 도처에 가득했다.

무너지고 부서진 건물들이 그랬고, 움푹움푹 커다랗게 파인 구덩이들이 그랬다. 거기다 죽은 자들이 흘린 핏자국과 수많은 무기의 잔해들은 더욱 그랬다.

"대체 얼마나 많이 죽은 걸까?"

임홍빈이 넋 나간 듯한 얼굴로 읊조렸다. 왠지 허망하면서도 안타까움이 밴 목소리였다.

"못해도 기천 명이 죽었겠지. 젊은 목숨들이 한순간에 사라졌어."

대꾸하는 용태웅의 목소리도 무거웠다. 풍오자는 두 사람의 사이에서 한숨처럼 말했다.

"원시천존… 본성(本性)을 찾지 못하고 살업(殺業)의 굴레로 세상을 저버렸으니 저들을 어이할꼬."

염송하는 것 같은 그 목소리에 묻혀 세 사람은 무거운 시선만 던졌다. 그런 세 사람의 눈길이 가는 곳에는 사후 처리에 여념이 없는 벽력월인궁의 무사들만 보였다. 물경 수천에 달하는 그들은 쉬지 않고 움직였다.

이제 철무련은 사라진 것이다. 그저 흔적만이 남은 그 자리엔 새로운 주인들이 발을 밟아댔다. 누구도 생각지 못했고, 그 어느 누구도 꿈꾸지 못했던 일이다. 그런데 그걸 한 사내가 해냈다. 세상이 흑마왕이라고 부르는 사내가.

멍한 눈으로 철무련 쪽만 바라보던 임홍빈은 무심하게 읊조렸다.

"대관절 그 친구는 벽력월인궁하고 어떻게 된 걸까?"

흑마왕 계장수와 벽력월인궁. 그 둘이 이어진 관계를 말하는 것이다. 그건 정말 의외였다. 하지만 같이 있던 나머지 둘이라고 그걸 알까닭이 없었다.

"그러게 말이야. 뭐 하나 이어질 끈이 없는데? 남하고 안 섞이는 놈이 어떻게 저놈들하고 섞인 거지? 거참 이상하단 말야? 안 그렇습니까, 도장 어른?"

이어진 용태웅의 물음에 풍오자는 턱을 긁으며 말을 꺼냈다.

"엮어진 놈들이나 알지 누가 알겠누. 원래 적의 적은 친구가 되는 법. 그놈하고 저놈들도 그렇게 눈이 맞았을지도 모르지, 철무련 때문에 말야."

"에? 그게 말이 됩니까? 그건 일반론이고, 그놈은 일반론으로 단정할 놈이 아니잖아요? 만일 그렇다면 저놈들이나 그놈 중에 누가 먼저 손을 벌렸단 얘긴데, 양쪽 다 뻣뻣해서 그럴 놈들이라고는 생각 안 되는데요?"

"맞아, 뭔가 이상해. 서로 알지도 못하고 자존심만 턱없이 높은 자들이 그랬다는 건 이상하지. 더구나 그 친구 같은 독불장군이 남과 손을 잡았다는 건 확실히 이상해. 결국은 우리마저 떼어놓고 이런 일을 벌인 거잖아."

용태웅과 임홍빈의 거듭된 반론에 풍오자는 버럭 소리를 질렀다.

"어, 이런 개녀러시키들아! 그래서 내가 엮어진 놈들이나 알지 않겠냐고 했잖아! 내가 봤냐, 봤어? 그렇게 궁금하면 그 자식 붙잡고 물어봐!"

"아, 왜 성질은 내고 그래요? 누가 뭐랬다고."

"그러게. 괜히 신경질이셔."

"이이, 개눔들이!"

산발한 머리가 부르르 떨리는 풍오자에게서 냉큼 시선을 돌린 용태웅은 임홍빈에게 말했다.

"야, 그놈이 어딨나 쟤들한테 물어보자."

"그럴까? 저 사람들은 알겠지?"

터지기 직전인 풍오자는 신경도 쓰지 않고 두 사람은 벽력월인궁 무사들에게 다가갔다.

"야, 이 개놈들아! 거기 안 서!"

풍오자가 소리치지만 두 사람은 아무 상관 않고 벽력대원들에게 다가갔다. 무너진 철무련의 정문에서 복구 작업을 하던 그들이 오히려 풍오자를 보고 손을 멈췄다.

"이봐, 말 좀 묻자고."

거대한 덩치의 용태웅이 다가오자 그들은 하던 일을 완전히 멈췄다. 하지만 인상은 좋지 않아 보였다. 처음엔 미친 늙은이가 소리 지르는 모습에서 의아함을 느꼈으나 그 다음엔 용태웅의 덩치에 놀랐고, 마지막엔 반말에 미간을 굳혔다. 그것이 지금 용태웅을 보는 벽력대원들의 반응이었다.

아무렇지도 않게 임홍빈과 다가간 용태웅은 수십의 무사들을 주욱 둘러보며 말했다.

"혹시 흑마왕이 어디 있는지 아나? 아는 사람은 말 좀 해봐. 우린 친구들인데, 멀리서 왔다구."

벽력대원들은 노려만 보고 대답하지 않았다. 왠지 심상치 않은 기운을 느낀 임홍빈은 옆에서 작게 말했다.

"눈들이 왜들 저러지? 꼭 때릴 것 같은데? 모르는 거 아냐?"

용태웅이 뜨악하게 쳐다볼 때 풍오자가 뒤에서 짜증을 부렸다.

"야이 등신 같은 놈아! 그래도 저것들이 명색 벽력댄가 뭔간데 그렇게 물어 가지고 택이나 말해 주것다. 공손하게, 예의 바르게, 넌 그런 기본도 모르냐?"

뭣 때문인지 주먹을 쥐락펴락하던 용태웅이 쌍심지로 돌아보았다. 못 본 척한 풍오자는 턱을 긁어대며 앞으로 나섰다.

"케헴, 내가 물어보지. 이런 일엔 역시 연륜이 필요한 법이지. 세월은 거저 가는 게 아니거든."

험상궂게 노려보는 수십의 벽력대원들을 휘이 둘러본 풍오자는 턱을 세우고 말했다.

"들어라. 흑마왕 그 자식이 어딨는지 아는 놈은 냉큼 말해라. 먼 길을 왔더니 본 도장이 피곤하구나. 높은 놈들에게 귀한 손님들이 오셨다고 일러라. 커험."

옆에서 보던 용태웅은 고개를 푹 숙였고 임홍빈은 동그래진 눈으로 대뜸 소리쳤다.

"아니, 그게 공손하고 예의 바른 거예요? 그게 도대체 뭡니까? 그게 작정하고 약올리는 소리지. 나참, 그거야말로 기본도 안 된 소리잖아요!"

"뭐, 임마? 그런 기본은 너희 같은 놈들이나 찾는 거고, 나 정도 사회적 지위와 명성을 누리는 어른은 주변에서 알아모셔야지. 그게 기본인 거다!"

뻔뻔스럽게 말하는 풍오자에게서 벽력대를 힐긋 본 임홍빈은 조급하게 말을 받았다.

"저 사람들은 그런 기본이 없는 것 같아요. 그리고 도장 어른을 누가 알아보겠어요? 미친 늙은이로 안 보면 다행이지요."

"뭐, 뭣! 미친?"

풍오자의 눈썹이 거칠게 곤두서는 그 순간, 벽력대원들의 뒤쪽에서 선임인 듯한 자가 걸어나왔다.

"너희들은 누구냐?"

얼굴과 손목 등에 아물지 않은 상처가 가득한 사내는 용태웅을 쏘아보았다. 손은 검자루를 잡은 채였다.

"말했잖나, 흑마왕의 친구라고. 그를 만나기 위해서 왔다."

용태웅의 대답에 사내는 차갑게 말을 받았다.

"친구라고? 느닷없이 나타난 자들이 그런 말을 하면 누가 믿겠나? 증거를 보일 수 있나?"

용태웅의 눈썹도 꿈틀 올라섰다.

"증거를 보이라? 이거 아주 웃기는군 그래."

한 발을 내딛는 용태웅의 기세에 사내는 검을 뽑았다. 그리고 그 순간 사내 뒤의 모든 대원들이 검을 뽑았다.

"어랍쇼? 이것들 봐라?"

눈에 힘이 들어간 풍오자는 임홍빈에게서 돌아섰다. 임홍빈은 불안한 눈으로 모두를 쳐다봤다. 긴장된 순간, 벽력대원들을 향해서 용태웅은 다시 말했다.

"무슨 증거를 보이라는 거냐? 위로 전갈을 올려보면 알 일이다."

선임사내는 용태웅에게 시선을 맞추고 대답했다.

"근본 모르는 자들의 말을 믿고 움직이는 벽력대가 아니다. 이곳은 전쟁이 벌어진 곳이다. 아직도 적의 간세와 잔당들이 날뛰는 곳이란 말이다."

"뭐라? 간세? 우리가 간세란 말이냐? 이런 씹어먹을 놈이!"

노성을 터뜨리는 풍오자에게 사내는 여전히 차갑게 말했다.

"간세가 아니라면, 미친 자들이 분명하겠구나. 여기가 어딘지 알고

서도 하는 짓들이라면 말이다."

"이 새끼!'

격한 고함 소리가 들린 것은 그 순간이었다. 선임사내가 말을 마치던 바로 그 순간, 그 찰나에 용태웅의 거구가 폭풍처럼 튀어나왔다. 그리고 주먹이 뻗쳤다.

후아앙!

"안 돼!'

주먹질 소리와 풍오자의 외침이 동시에 들렸다. 하지만 찰나의 상황은 그렇게 끝이 났다. 뭐가 뭔지 모를 짧은 폭풍이 지나간 것 같은 상황. 그것의 결과가 보였다. 선임사내의 앞에 서 있는 거구의 용태웅과 놀란 얼굴의 그 사내. 둘은 움직임을 멈추고 정물처럼 서로를 바라보았다.

투두둑.

사내의 갑옷이 허물어져 내렸다. 가슴을 횡으로 지나간 힘은 갑옷을 산산조각 냈다. 그것의 잔해들이 떨어져 내렸다. 그리고 그 힘이 도착한 마지막 종착지. 사내의 오른손에 들린 검이 흩어졌다, 마치 깨지는 유리처럼.

찌잉.

우수수 흩어져 내리는 검을 본 선임사내는 기겁한 얼굴로 물러났다.

"허억!'

주춤대는 그 발걸음과 믿지 못할 상황을 본 대원들은 경악했다. 풍오자의 안심하는 소리가 그 뒤를 이었다.

"휴우, 다행이다."

하지만 곧 벌컥대는 소리로 쏘아붙였다.

"어이, 개눔시키야! 난 진짜로 때리는 줄 알았잖아!"

용태웅은 피식 웃었다.

"설마 그럴 리가요. 나도 도장만큼은 머리를 굴립니다."

임홍빈은 동그란 눈으로 두 사람을 번갈아 봤다. 그리고는 대화의 속뜻을 알아냈다.

기실, 두 사람 다 실제로 이들과 부딪칠 생각은 없었던 거다. 그런 일은 오해의 골을 더 깊게 만들 뿐이고, 말이야 바른말이지 저들의 요구는 당연한 거였다. 누가 누군지 알고 덥석 맞아들이겠는가. 결국은 이 일의 근저는 호기심 반, 장난 반, 그리고 자신들의 존재를 알리는 증거인 셈이었다.

놀란 눈으로 바라보고 있는 벽력대원들에게 용태웅은 느긋하게 말했다.

"자, 이 정도면 증거가 됐겠지? 이제 가서 말하라고."

옆에 선 풍오자는 감탄스런 듯이 지껄였다.

"아, 저 책임감과 무인의 근성. 역시 벽력대야. 그렇지 않냐, 홍빈아?"

임홍빈은 눈을 멀뚱그레하게 뜨고 사내들을 봤다. 일그러지는 그들의 얼굴은 수치심을 느끼는 것 같았다. 그리고 그런 그들의 뒤, 철무련의 정문 안쪽에서 누군가 걸어왔다.

"무슨 일이냐?"

강인한 얼굴과 몸매가 무인의 전형을 보는 것 같은 사내, 벽력대주 이수였다.

"저들은 누구냐?"

이수의 물음에 선임사내는 검자루만 남은 손을 숨기며 고개를 숙였다.

"대, 대주."

현장을 감독하던 이수는 멀리서 정문의 상황을 보고 다가온 것이다. 그런 이수를 흥미로운 눈길로 보는 풍오자와 덩치가 산만한 커다란 용태웅, 그리고 멀뚱거리는 임홍빈을 차례로 보던 그는 다시 다그쳐 물었다.

"저들은 누구며, 무슨 일이냐고 묻지 않느냐? 네 검은 어찌 된 게냐?"

선임사내는 고개를 들지 못한 채 대답을 했다.

"흑마왕의 친구라 자칭하는 자들입니다. 사실 관계를 알 수 없어 대치하던 중이었습니다."

"흑마왕의 친구?"

다시 돌아온 이수의 눈은 세 사람의 면면을 자세하게 살폈다. 그러다가 뭔가가 생각난 듯, 미간을 모은 그는 풍오자를 보며 넌지시 말을 걸었다.

"혹, 귀하들이… 대협과 동행하던 그들이오?"

왠지 자신없는, 꺼림칙한 물음이었다. 그런 느낌은 턱 긁는 풍오자의 산발한 모습에 이르러선 절정이었다. 하지만 대답은 그 느낌을 주는 자가 했다.

"알았으면 뭘 더 물어, 이 자식아."

듣던 이수의 눈이 어벙해졌다. 풍오자는 또 말했다.

"그 시커먼 자식은 지금 어딨는 거냐? 빨리 그놈한테 안내해라. 나도 인제 슬슬 장난치기 싫어진다. 여기서 더 미적거리면, 그땐 너희들 알아서 해라."

들고 다니기 귀찮았는지, 등에 돌려 멘 한철검을 풍오자는 잡아 뽑았다. 그 순간 서리처럼 뽑어져 나온 여섯 자 길이의 검강을 보고 이수는 숨을 들이켰다.

❷

폐허가 된 철무련의 터에서 벽력문으로 안내되어 온 지 이틀. 다시 만난 풍오자는 눈을 가늘게 뜨고 계장수를 살펴봤다.

"그동안 뭔가 일이 있었구나?"

역시 늙은 생강은 매운 법이런가. 계장수에게 변화가 있음을 직감한 그는 턱을 긁었다.

"뭐냐, 그 얼굴은? 꼭 외딴 절 집에 모셔놓은 목불상 같은 꼴 아니냐?"

물처럼 담담한 기도를 보이는 계장수를 풍오자는 마땅찮게 말했다. 하지만 뭔가 얻은 것이 있어 보이는 변화 자체를 그리 말하는 것은 아니었다.

"뭐가 어떻다고 그래요? 내 보기엔 그놈이 그놈이구만. 야, 안 그러냐?"

용태웅이 묻자 임홍빈은 고개를 갸웃하며 대답했다.

"그대로인 것 같기도 하고 조금 달라진 것 같기도 하고… 잘 모르겠는걸?"

"에라이, 등신아!"

딱!

"아야! 왜 때려, 이씨!"

뒤통수를 붙잡고 임홍빈이 달려들자 용태웅은 큰 주먹을 다시 들고
말했다.

"더 맞을래?"

"이씨……!"

"잘 봐, 등신아. 저 자식 눈에 든 게 뭐냐? 두고 온 색시 생각에 가득
해서 망부석처럼 됐잖아. 저게 달라진 거냐? 떨어진 계집 생각에 눈이
먼 거지?"

"그렇다고? 그러고 보니 그런 것 같기도 한데?"

"그러고 보니까가 아니라 그렇다니까. 아, 척 하면 삼천리고 쿵, 하
면 담 넘어가는 호박 소리지. 귀신을 속여라. 혼례도 안 치른 것들이
노는 꼴이라니, 제기랄 거."

아니꼽게 계장수를 노려보는 용태웅에게 풍오자는 옆에서 가당찮다
는 듯이 말했다.

"얼씨구. 아주 제대로 놀아나는구나. 내 보기엔 네놈 꼬라지가 더
가관이다. 너, 그거 아냐? 흘레 붙는 개들 옆에서 침 흘리는 수캐가 어
떤 모양인지?"

"뭐요? 아니, 내가 그럼 침 흘리는 수캐란 말요? 저놈이 흘레 붙는
그놈이고?"

버럭대는 용태웅의 얼굴에서 시선을 돌린 풍오자는 혀를 차며 계장
수를 보았다. 그러다 뜨악해진 계장수를 보고 말을 더듬었다.

"아, 오, 오해 마라. 그러니까 내 말은 네가 흘레 붙는단 얘긴 아니
고… 뭐, 말인즉슨, 이를테면……."

"다 말해 놓고서 오해는 무슨 빌어먹을 오해여!"

콧김 뿜는 용태웅을 풍오자는 냉큼 노려봤다. 하지만 계장수의 물음에 답하는 게 우선이었다.

"화연은 잘 있소?"

"그럼그럼. 네놈의 소문이 있은 후에 따라나서겠다는 걸 말리느라 애를 먹었다. 원, 계집이 창피한 것도 모르고 사내 생각에 난리 치던 꼴이라니."

다시 가늘어지는 계장수의 눈빛을 발견한 풍오자는 얼른 헛기침으로 말을 돌렸다.

"허, 허험! 허흠! 그, 그건 그렇고, 그동안 아예 판을 갈아엎었더구나?"

"맞어! 도대체 우릴 떼놓고서 철무련을 때려잡다니, 그게 무슨 짓이야?"

냉큼 끼어든 임홍빈의 말에 분위기는 즉시 돌아갔다. 용태웅도 바로 거들었다.

"무슨 짓은 뭔 무슨 짓이야? 저 살고 다 때려죽인 짓이지. 아무튼 무식한 건 알아줘야 돼."

대수롭잖게 용태웅이 얘기했지만, 그들은 소문을 듣고 모두 정신이 나갈 지경이었다. 철무련의 동태와 악흑마궁에 관련된 정보를 캐겠다며 혼자 길을 나섰던 놈이 아예 철무련과 부딪친 것이다. 한마디로 경악할 노릇이었다.

철무련 분타의 궤멸 소식이 들리고 그들의 군세가 모인다는 소문을 들었을 땐 길 떠날 준비들을 했다. 거의 발광의 수준으로 울부짖던 모용화연을 달래느라 셋은 진땀을 흘려야 했다. 데려갈 순 없는 노릇이었다. 그런데 소문은 물길을 타고 삽시간에 퍼졌다. 벽력월인궁과 흑마왕이 철무련을 쳤다는 거다.

불과 사흘 만에 뱃길로 퍼진 그 소식을 듣고 모두는 놀라움 속에서도 안도를 했다. 벽력월인궁이라면 유일하게 철무련에 맞설 수 있는 세력이었다. 그들과 함께했다면 최소한 승률이 반은 되는 것이다. 하지만 문제는 따라가겠다는 모용화연이었다. 그녀를 붙잡고 풍오자는 반나절을 얘기했다.

모용화연은 눈물을 닦고 승복했다. 자신이 같이 가봐야 짐밖에 되지 않는다는 걸 알기 때문이다. 더군다나 동주와 애령이도 돌봐야 했다. 또한 신가 형제의 사업체는 현재 유일하고도 안전한 은신처였다. 그래서 세 사람만을 보냈다. 하지만 떠나는 그들에게 그녀는 거듭 계장수를 부탁했다.

"어쨌든 네가 해야 할 일의 한 가지는 매듭을 지었구나."

풍오자의 눈을 본 계장수는 모용화연의 영상을 지워내며 대답했다.

"그렇기도 하고 그렇지 않기도 하오."

궁금한 눈으로 임홍빈이 냉큼 물었다.

"그게 무슨 소리야?"

시선을 후원 쪽의 정자로 돌린 계장수는 잠시 사이를 두었다가 말했다.

"적염호귀를 만났소."

반응은 격하고 뜨거웠다.

"뭐, 뭐라고?!"

"그게 정말이야?"

뜨거운 물을 뒤집어쓴 것처럼 반응하는 풍오자와 임홍빈의 뒤에서 용태웅은 눈을 껌벅대며 물었다.

"그놈이 누군데? 언젠가 얘기한 그놈 말이야? 얘 사부가 쫓았다는 그놈?"

용태웅의 의문은 무시하고 풍오자는 격하게 물었다.

"그래서 어떻게 됐는데? 그놈을 어떻게 만난 거야?"

뒤이어 임홍빈도 화급하게 물었다.

"그놈은 어떻게 됐어? 엉?"

탁자에 둘러앉은 세 사람의 시선을 옆얼굴로 느끼며 계장수는 천천히 대답했다.

"그놈한테 죽을 뻔했다."

한순간 장내에는 침묵이 흘렀다. 그 침묵은 임홍빈의 침 넘기는 소리와 함께 다시 깨졌다. 홍빈은 조심스레 물었다.

"그, 그놈이… 그렇게 세단 말이야?"

계장수는 여전히 정자를 본 채 고개를 끄덕였다. 풍오자가 또 물었다.

"놈이 뭘 노리고 나타난 거냐?"

정자를 보던 계장수의 눈이 돌아왔다. 아무 감정도 보이지 않는 그 눈은 풍오자의 눈을 보고 말했다.

"놈이 정소연을 가지고 갔소."

"뭐라? 정소연? 그놈이 그녀를 왜……?"

"암흑마궁의 제일궁주이자 그들의 신녀인 마고지나, 그 요괴를 되살리기 위해서요."

"뭣이라? 암흑마궁? 마고지나?"

놀라는 풍오자의 옆에서 임홍빈은 침을 꿀떡꿀떡 삼켰다. 용태웅은 여전히 눈만 껌벅댔다.

"역시 우리의 예상대로 그들이었단 말이냐? 암흑마궁의 부활을 노린 잔당들이란 말이지?"

턱과 수염을 부르르 떠는 풍오자를 보며 계장수는 다시 입을 열었다.

"물론 그들이오. 또한 적염호귀는 홍빈의 사부가 쫓던 그자이며, 북마련에게 마공을 전한 자이고, 삼백 년 전부터 때를 기다려 온 암흑마궁의 봉공이오."

임홍빈은 헛바람을 들이켰다.

"헛! 그, 그런……!"

껌벅대던 용태웅의 눈도 돌처럼 무거워졌다. 풍오자는 놀라던 눈에서 살기를 뿜어냈다. 세 사람을 차례로 주시하며 계장수는 다시 말을 이어냈다.

"놈의 이름은 태전동. 놈이 입에서 뿜어내는 화염은 그들의 신공이라 했소. 그것에 대적하다 타 죽을 뻔했소. 놈도 부상을 입고 도주하긴 했지만, 놈이 목적을 버리고 사생결단을 냈다면 필연 그놈의 손에 죽었을 거요."

세 사람은 다시 침묵했다. 그리고 계장수는 또 말했다.

"이제 그들은 곧 모습을 드러낼 거요. 그때가 되면 우리의 우려처럼 세상은 도탄에 빠지겠지요. 하지만 우리에겐 그들을 대적할 힘이 부족하오."

바위처럼 무거워진 얼굴로 계장수를 보던 풍오자는 침중하게 물었다.

"어찌하면 좋겠느냐?"

풍오자의 묻는 눈에서 마찬가지 얼굴인 용태웅과 임홍빈의 눈까지 주시한 계장수는 담담하게 입을 열었다.

"언젠가, 우리가 처음 만났던 화산에서 내 무공의 근원을 물었지요? 아니, 궁금해했지만 묻지 않았구려. 그저 내가 들려준 섬 얘기 속에 묻었었지요. 그리고 그 후로도 의문이 있었지만 묻지 않았소. 그 얘길 해주겠소."

반짝이는 세 사람의 눈길 속에서 계장수는 석모도의 이야기를 들려주었다. 과거에 해주지 않았던 귀신의 이야기, 즉 마고지나의 존재와 그걸 붙잡고 있던 반선의 두 늙은이, 독왕 당천성과 암왕 석중달의 얘기……

그들과 얽혔던 일들을 계장수는 한 식경가량 이야기했다. 말을 듣는 세 사람의 표정은 놀람과 경악, 그리고 이해의 눈빛으로 계속 변했다. 물론 이야기 중에도 계장수 자신이 조극강의 환생이란 것은 말하지 않았다.

이야기가 끝이 났을 무렵 세 사람은 몽롱한 눈으로 정신을 차리지 못했다. 그만큼 꿈같고 허황스러웠으며, 현실에선 있을 법한 이야기가 아니었다. 하지만 그 이야기의 주인공이 눈앞에 있었다. 그건 말하는 계장수였다.

"마고지나 그것이 도망칠 때 내 몸에 엄청난 힘이 들어왔소. 그걸 그분들이 봉쇄해 놓은 거요. 하지만 이번에 죽을 위기를 겪으며 그 봉쇄를 풀었소."

다시 놀란 눈이 된 풍오자는 급하게 물었다.

"그래도 되는 거냐? 괜찮은 거냐?"

"뭐야, 괜찮은 거야? 얼굴 보니 괜찮은 것 같은데?"

용태웅까지 가세한 그들의 물음에 계장수는 고개를 끄덕였다.

"과유불급(過猶不及)이라. 세상의 모든 것이 그렇듯, 넘치는 건 모자람만 못하지요. 하지만 요행히 작은 깨달음이 있어 내외자재(內外自在)함을 알게 됐소."

계장수의 대답에 잠시 의미를 헤아리던 두 사람은 동시에 놀라 소리쳤다.

"내외자재? 뭐야? 그럼 구애됨이 없는 경지?"

"그, 그건 말로만 듣던 선문(仙門)의 초입……?"

얼굴을 이상하게 일그러뜨린 용태웅과 경악한 입을 다물지 못하는 풍오자를 향해 계장수는 무표정하게 말했다.

"있으나 없으나 매한가지, 없고 있는 것에 얽매이는 것은 인간의 마음. 애초에 모든 곳에 있고 모든 곳에 없으니, 때로는 이슬이 되어 땅을 적시고 더러는 비가 되어 내를 지나 대해에 이르니, 결국엔 또다시 구름의 밑천이 되어 천지를 두어 흐르는 물. 가두려 하면 돌아 넘치고, 거스르려 하면 비껴 흐르니, 모든 이치가 그러하오. 결국엔 마음으로부터 구속됨이 없어야 할 것이오."

뭔가 심오한 것을 놓치지 않으려는 듯 두 사람은 계장수의 말을 곱씹고 또 곱씹었다. 하지만 알 듯도 하고 모를 듯도 한 그 말의 의미는 쉬 다가오지 않았다. 옆에서 바라보던 임홍빈은 그런 두 사람에게 물었다.

"도대체 뭔 소리예요? 그러니까 그게 좋다는 소리예요, 나쁘다는 소리예요?"

풍오자와 용태웅이 동시에 버럭 소리 질렀다.

"아, 시끄러워!"

"너, 죽인다!"

찔끔한 임홍빈이 입 내밀며 계장수를 보았다. 계장수는 고민에 잠기는 두 사람에게 다시 말을 걸었다.

"당장에 깨우쳐질 일이 아니오. 나 역시 끝자락을 잡았을 뿐. 지금 당장 할 일은 따로 있소."

두 사람은 궁금한 눈으로 계장수를 보았다. 계장수는 자리에서 일어나 두 사람의 뒤쪽으로 걸어갔다.

"내가 가진 걸 나눕시다."

계장수의 장심(掌心)이 두 사람의 명문혈에 가 닿았다. 그리고 두 사람이 뭐라고 할 사이도 없이 힘을 불어넣었다.

"헛!"

"웃!"

두 사람이 흠칫하는 사이 계장수는 단호하게 소리쳤다.

"이끌어 다스려요!"

그때서야 두 사람은 몸의 경직을 풀었다. 그리고 노도처럼 밀려드는 계장수의 힘을 받아들였다. 그건 말 그대로 노도였다. 계장수의 몸속 어디에 이런 광대무변한 힘이 있었는지 놀랄 만큼 도도하고 그침이 없었다. 더구나 그 힘을 받는 사람이 한 사람이 아닌 두 사람이었다. 힘을 받는 두 사람은 과연 이후의 계장수에게 무엇이 남을까 걱정이 될 지경이었다.

하지만 걱정을 계속할 겨를이 없었다. 밀려들어 오는 힘을 이끌어 다스려야만 했다. 그렇지 않으면 지금의 이 노력이 허사가 될 터였다. 본래 있던 힘을 끌어올려 융화를 시키고, 합쳐진 새 힘으로 온몸을 닦아내야만 했다. 좁아진 곳은 넓히고 막힌 곳은 뚫을 것이며 없는 길을 새로 내야 했다. 그것이 풍오자와 용태웅, 두 사람에게 주어진 지금 이 순간의 과제였다.

운공에 열중하는 두 사람의 얼굴엔 아무런 변화가 없었다. 일체의 감정 변화나 자극에 반응하는 움직임도 없었다. 그렇게 얼마나 시간이 흐른 것일까. 입 벌리고 바라보던 임홍빈은 계장수가 물러서는 것이 보였다. 해는 아직 그대로였지만 무척 많은 시간이 흐른 것도 같았고 그 반대인 것도 같았다. 하지만 그때까지 아무런 변화가 없던 두 사람 이 변하기 시작했다.

등 뒤로 물러난 계장수와 탁자에 마주 앉은 임홍빈이 보는 가운데 두 사람이 몸이 흔들리기 시작했다. 얼굴은 평온했고 두 눈은 감겼지 만 폭풍을 겪어내는 것 같은 느낌이 두 사람에게서 전해졌다. 그걸 보 이는 것처럼 두 사람은 사방으로 흔들렸다. 그러다 떠올랐다. 그건 너 무 갑작스러웠다.

"엇!"

임홍빈이 놀라 외마디 소리를 지를 때 두 사람은 탁자 위로 한 자가 량을 떠올랐다. 그리고 온몸이 우두둑거리며 소리 지르기 시작했다.

"이, 이거, 뭐야?"

거듭 놀라는 임홍빈에게 계장수는 안심하라는 눈빛을 보냈다. 그 눈 을 보고 임홍빈은 입을 닫았지만, 놀래키는 두 사람의 몸은 또 변해갔 다.

이번엔 몸에서 밝은 빛이 새어 나왔다. 손바닥으로 해를 가리면 가 장자리로 그 빛의 윤곽이 보이듯이, 빛은 눈부시게 두 사람의 몸에서 뿜어졌다.

천연하게 돋아나는 빛은 눈을 아프게 하지는 않았다. 하지만 그 빛이 조금씩 갈라지며 경계를 이루더니 오색의 빛깔로 이루어졌다. 그것이 절정에 이룬 순간, 한순간에 그것들이 터졌다. 산산이 가루처럼 터진 그것들이 두 사람의 몸속으로 스며들었다. 그리고 떠 있던 몸이 천천히 내려앉았다.

정녕 보고도 믿지 못할 기사였다. 그래서 임홍빈은 헛소리처럼 중얼댔다.

"원시천존… 이럴 수가……!"

임홍빈의 벌어진 입이 다물리기 전에 두 사람의 눈이 번쩍 뜨였다. 그건 말 그대로 번쩍 뜨인 거였다. 짧은 그 순간에 눈에서 오색의 광채가 터졌다. 하지만 찰나, 보인 것도 의심스러울 만큼 빨리 사라진 빛의 뒤에서 두 사람의 눈동자가 움직였다.

"이것이… 이것이……."

말을 못하고 입술을 떠는 용태웅의 옆에서 풍오자는 탄식처럼 읊조렸다.

"평생의 정진이 한순간의 깨달음만 못하다더니… 이런 것인가? 진리란 이렇게 벼락처럼 다가오는 것인가?"

진한 여운의 끝자락을 잡는 것 같은 두 사람에게 계장수는 말을 건넸다.

"시험해 보시오."

풍오자와 용태웅, 두 사람은 뒤돌아 일어섰다. 옆으로 물러서는 계장수를 지나 그들은 후원으로 나섰다. 그리고 용태웅은 주먹을 들고, 풍오자는 검을 뽑아 들었다.

정적처럼 전방을 보던 두 사람의 손은 동시에 움직였다.

"갈!"

"하앗!"

풍오자의 한철검이 등을 떠났다. 용태웅의 주먹은 허공을 때렸다. 새처럼 날아오른 검은 새하얀 빛으로 전신을 감싸고 솟구쳤다. 하지만 곧 오색의 빛으로 물들며 불새처럼 날았다. 그것이 허공의 한 점을 비틀어 돌고 내려올 때, 용태웅의 주먹에서 터져 나간 파란 공은 후원의 연못 위에서 수직으로 솟구쳤다.

파란 뇌전의 정수를 보는 것 같은 공과 오색의 불새 같은 검은 상승하고 하강했다. 그 둘의 몸통이 부딪치려는 찰나, 기이한 비틀림으로 서로를 스쳐 가며 괴성을 질렀다. 마치 전설 속 괴수들의 울부짖음 같았다.

키아아아아!

허공 가득히 울부짖고 솟구친 푸른 공은 하늘을 종횡으로 누비며 난자했다. 하늘은 그 한구석이 허물어지는 것 같았다. 같은 순간 연못으로 찍어 내리던 한철검은 거짓말처럼 멈췄다. 수면에 검끝이 닿을락말락한 모습이었다.

"세상에……!"

임홍빈이 또 넋 나간 소리를 하자 풍오자의 손과 용태웅의 손이 다시 움직였다. 거둬들이는 그 손짓에 따라 한철검은 방향을 틀어 느리게 풍오자에게 날아왔다. 손 앞에서 검신을 돌린 검은 손잡이를 얌전히 내밀었다. 또한 푸른 공은 뇌전처럼 내려와 거짓말처럼 손바닥 위에 멎었다.

천천히, 먹물이 풀리는 것처럼 손바닥으로 스며드는 푸른 공을 보고 임홍빈은 꺽꺽거렸다. 같은 순간 한철검을 감쌌던 오색의 빛도 풍오자의 손으로 사라졌다.

감개가 무량한 표정으로 한철검을 보던 풍오자와 역시 같은 얼굴로 자신의 손을 보던 용태웅은 계장수를 바라보았다. 뭔가 벅찬 감회가 흘러나오는 둘의 눈을 보며 계장수는 미미하게 고개를 끄덕였다. 그리고 말했다.

"적들이 얼마나 강할지는 나도 잘 모르겠소. 하지만 우리가 그들을 막아야 한다면, 결코 망설이거나 주저하지 맙시다. 우리가 그러는 순간에 그들은 더 강해지오."

마주 보던 용태웅과 풍오자도 고개를 끄덕였다. 굳이 말하지 않아도 서로의 마음을 앎이다. 그 무언 속에 기쁨과 고마움과 서로에 대한 격려와 동료애, 그 밖의 모든 것들이 담겨 있음이었다. 그런데 임홍빈은 다른 듯했다.

"뭐야? 두 사람은 뭔가를 주고, 나는 뭐 없어? 난 뭐 안 주는 거야?"

대답은 눈을 흘겨 뜬 풍오자가 했다.

"넌 이 자식아, 거울이 있잖아!"

"뭐요? 거울하고 이거하고 뭔 상관이에요?"

대드는 임홍빈에게 이번엔 용태웅이 말했다.

"너, 개 발에 편자란 소리 알지?"

"뭐? 그런데?"

"다 소용이 있어야 한다는 소리지. 너한테 칼을 주면 무나 썰지 다른 소용이 있겠냐?"

"아니, 그런!"

반박하려던 임홍빈은 할 말이 없는 듯 부어터진 모습으로 입을 닫았다. 하지만 그냥은 물러설 수 없었는지 계장수에게 마지막 화살을 던졌다.

"좋아. 그건 그렇고, 벽력월인궁하곤 어떤 관계야? 어떻게 그렇게 된 거지? 원래 알던 사이야?"

무표정하던 계장수의 얼굴에 당황이 스쳤다. 풍오자와 용태웅의 눈도 궁금함을 담고 돌아왔다. 모두가 진작부터 궁금해하던 사실이었다. 그런데 잠시 잊었던 일이다.

세 사람을 보던 계장수는 정자 너머로 시선을 돌리며 중얼거렸다.

"허험, 뭐, 그건… 아, 맞아! 여기서 누군가 부르면 술을 가져오던데. 떠나기 전에 목이나 좀 축일까?"

슬쩍 돌아서는 계장수에게 풍오자가 따라붙었다.

"술이라고? 정말 부르면 가져오냐?"

그 뒤를 따라 용태웅이 주절댔다.

"정말? 그럼 한번 불러보자고."

혼자 남은 임홍빈은 세 사람을 노려보면서 입술을 물어댔다. 하지만 그도 곧 따라나갔다.

"안주는 뭘 주는데?"

어느새 늘어진 해가 후원을 비스듬하게 비추어 내렸다.

❸

동굴이 마주 보이는 곳에 앉은 적염호귀 태전동은 해가 지고 달이 져가도 움직이지 않았다. 가부좌로 앉은 곳은 널따란 기반석이다. 전각 등의 기초가 되었을 그것은 지금 태전동의 엉덩이를 받쳐 주었다. 긴 세월 속에 폐허가 된 성지의 영광은 먼지만 남은 것이다. 그 위에서 태전동은 화염을 뿜어댔다.

붉디붉은 적염은 태전동의 몸 주위로 삼 장여나 뻗어나갔다. 태양은 아직 나오려면 멀었는지 사방은 암흑이었다. 별들도 빛을 잃은 그 새벽 하늘 아래서 적염은 붉은 밝음으로 훨훨 타올랐다. 꼭 살아서 움직이는 것 같았다.

화르륵 화르륵… 암흑을 집어삼키는 것처럼 뻗쳐 나오는 적염은 그 기세가 사뭇 맹렬했다. 화려하고 위험한 그 불길 속에 앉은 태전동의 얼굴은 심각했다. 석상처럼 굳은 얼굴, 일견 높은 산의 마지막 능선을 넘는 것 같은 표정. 무엇인가 임박한 목표와 물러설 수 없는 의지가 함께 보였다.

태전동의 얼굴만큼이나 분지 안을 비추는 붉은 화염은 무섭고 거칠었다. 그 기세는 달리는 끝, 절정을 향해 치닫는 천리마의 달음박질과도 같았다. 그러나 오르막이 있으면 내리막이 있듯, 지칠 줄 모르는 기세를 뿜어 올리던 적염이 조금씩 가라앉았다. 삼 장에 이르던 화염은 점점 기세를 흩트리며 작아졌다. 급기야는 태전동의 몸에서 한 자까지 줄어들었다.

줄어든 적염은 엷게 팔락대며 번져 버린 그림의 윤곽처럼 태전동의 모습을 감쌌다. 그러다 일순간 모두가 사라졌다. 거짓말처럼 자취를 감추고 없어졌다. 하지만 그건 소멸한 것은 아니었다. 모두 태전동의 몸속으로 스며들었다. 마치 처음부터 화염 같은 건 없었던 것처럼, 태전동의 몸 주위엔 아무것도 없었다. 하지만 그 순간 태전동의 두 눈이 번쩍 뜨였다.

화악, 하고 붉은 번개가 섬광처럼 터진 것은 착각 같았다. 빛은 터지기가 무섭게 흩어졌다. 하지만 그 잔영이 어른거리는 태전동의 눈은 붉은 빛보다 더 섬뜩했다.

천천히 사물의 윤곽을 구분해 가는 태전동의 눈은 분지 안을 보았다. 그러다 동굴을 보고 시선을 멈췄다. 서늘한 목소리는 끊어지듯 이어 나왔다.

"흑마왕… 내 몸에… 네가… 구멍을 냈단 말이지……?"

어깨를 어루만지는 태전동의 손은 가늘게 떨리는 것처럼 보였다. 하지만 손이 만지는 곳엔 상처가 없었다. 흑마왕 계장수의 귀신도가 뚫고 지나간 자리는 깨끗이 사라졌다. 보이는 건 흑의 장삼에 뚫어진 구멍뿐이었다.

"육왕 중 셋의 진전을 이었다 하더니만… 그 정도 일 줄은 정녕 몰랐구나."

감탄인지 증오인지 모를 소리를 중얼대는 태전동은 자신의 몸을 살폈다. 부상과 중독은 천겁화공의 묘력으로 말끔해졌다. 하지만 의복에 난 구멍들은 상처만큼이나 선명했다. 이런 상처는 삼백 년 전에도 입어보지 않았다.

물론 그때는 육왕을 피해 도망치는 신세였지만, 그 후에 만난 도사 놈의 법력에 당한 이후로는 처음 입는 커다란 부상이었다. 더군다나 자신은 예전과 달리 천겁화공을 대성한 상태였다. 그런데도 놈에게 당했다.

흑마왕이라는 그놈, 몸서리쳐지는 도왕 계문설의 후예 놈. 그놈도 제 선대만큼이나 지독하고 끔찍한 놈이었다. 놈은 커다란 부상을 입은 것이 틀림없었다. 하지만 마지막까지 칼을 붙잡고 자신을 노려봤다. 만약 그 자리에서 결단을 내려 했다면, 조력자들이 더해져 자신 또한 생사를 장담할 수 없었을 것이다.

"지독한……! 대체 어디서 그런 놈이 나왔단 말인가?"

이를 갈 듯이 말한 태전동은 문득 동굴을 보았다. 눈길이 그에 미치자 생각도 옮아갔다. 동굴 안, 저곳에선 지금 세상의 역사를 뒤바꿀 대업이 진행되고 있다. 아마도 잠시 후가 되면 정소연이란 그릇을 뒤집어쓴 신녀의 부활이 이루어지리라. 그걸 위해 청염과 홍염, 백염의 세 수라가 의식을 진행 중이다.

"그래… 흑마왕 네놈이라고 해도 신녀의 손길이 닿으면 가루가 되리라. 물론 그전에 다시 만난다면 이번엔 내 손이 결코 살려두지 않을 것이다!"

어둠 속에 다짐을 흘려낸 태전동은 가부좌를 풀고 일어섰다. 한 번 발을 떨치자 그의 몸은 허공을 부유하는 귀신처럼 주욱 땅을 스쳐 갔다. 몸이 멈춘 곳은 동굴 앞. 잠시 동안 안을 들여다보던 발길이 다시 움직였다.

동굴 저 안쪽으로부터 일렁이는 붉은 기운을 좇아 태전동은 계속 걸어갔다. 땅 위를 미끄러지는 움직임은 아니었다. 한 발 한 발 내디뎌 걷는 보통의 걸음이었다. 그렇게 걸어간 걸음이 멈춘 것은 팔각의 거대한 제단이 보이는 곳이었다.

지나온 동굴보다 더 넓어 보이는 동굴의 중앙을 보며 태전동은 숨을 들이켰다. 자신이 바라보는 동굴의 정중앙, 팔각의 제단이 모셔진 그 위의 허공에 정소연이 보였다. 허공의 한가운데 못 박힌 것처럼 떠 있는 그녀는 붉은 광채로 밝게 빛났다.

제단의 주변으로는 청염과 홍염, 백염의 세 수라가 화염의 결계를 만들고 진언을 외워댔다. 그 뒤로 엎드린 이십여 명의 사내들과 그들의 맨 뒤에서 고개를 처박은 두 사내가 보였다. 그중 한 사내의 눈길이 들려 태전동과 마주쳤다.

질린 기색으로 급히 처박히는 사내의 머리를 보며 태전동은 미소를 지었다. 진태구라는 놈이었다. 그 옆의 놈은 노대호. 한 놈은 보이지 않았다. 금와라는 놈이다. 죽었다고 했다. 무림맹과 흑마왕 간의 결투에 휘말려 죽었다는 거다. 진태구란 놈이 그렇게 말했다. 아마도 놈의 계략일 게다.

쓸모있는 놈이었다. 제 자신의 주변을 정리하고 가지를 쳐내는 단호함도 그렇고, 처세와 모략, 기지와 냉혹함, 무리를 이끄는 자의 결단력이 있는 놈이었다. 저놈들을 택한 이유는 다시 나올 세상에 끈을 대기 위함이었다. 눈빛이 위험한 놈이긴 했지만 그런 만큼 쓸모가 있는 놈이었다.

'버러지 같은 놈. 하지만 너 같은 놈은 꼭 필요하지. 넌 힘에 눌리고 네 이득을 찾아 고개를 조아리는 척하지만, 이미 네 목숨은 신녀의 것이 되었다.'

진태구를 보며 태전동은 더욱 깊게 미소 지었다. 그런데 바로 그때 제단에 변화가 일었다.

구우우우웅.

제단이 울어댔다. 붉은 태양광에 휩싸인 듯한 모습이었다. 작은 지진처럼 진동도 사방으로 퍼졌다. 그 흔들림의 원인인 제단 위에는 피골이 상접한 엽초희가 마지막 피를 흘려냈다.

붉은 광휘로 감싸인 제단은 밑바닥으로부터 시뻘건 구름 같은 것이 솟아올라 왔다. 조금씩 조금씩 제단을 타고 오르는 그것은 먹물이 번지듯, 물이 차 오르듯, 느릿하고 섬뜩한 모습으로 제단 전체를 먹어 올라왔다.

피구름 같은 그것이 제단을 완전히 뒤덮었을 때, 허공에 뜬 정소연의 몸으로 가는 선들이 뻗어 올라갔다. 거미줄이 퍼지듯, 붉은 그물이 펼쳐지듯, 피 같고 화염 같은 붉은 선들이 정소연의 몸을 잠식했다. 발과 종아리를 거쳐 허벅지와 아랫배를 타고 올라, 가슴과 목을 감싸고 머리끝까지.

정소연의 몸을 점령한 붉은 선들은 꿈틀꿈틀 맥동 쳤다. 제단을 감싸 버린 아래쪽에서 올라간 선들은 핏물이 통과하는 혈관처럼 꿀렁댔다. 그때마다 정소연을 감아버린 선들은 더욱 굵어지며 팽창했다. 그건 꼭 젊은 장정의 팔뚝 혈관이 곤두서는 것만 같은 모습이었다. 그러다가 한순간 또 변화했다.

제단을 감쌌던 붉은 운무, 화염의 덩어리 같은 그것이 선을 통해 빨리는 것처럼 정소연에게로 옮겨갔다. 잠깐 사이에 제단을 둘렀던 피구름은 정소연의 몸을 허공에 두고 덮었다. 그런데 거미줄 같은 선들이 남아 있었다. 제단 위로 연결된 그것들은 엽초희의 전신에 닿아 열심히 꿈틀댔다.

마른 장작처럼 변한 엽초희의 몸이 어느 순간 부르르 진동처럼 떨어댔다. 그 움직임이 있은 직후, 그녀의 몸에 걸려 있던 선들이 하나둘씩 떨어져 나갔다. 하지만 단 하나의 선은 그녀의 정수리 한가운데서 떨어지지 않았다. 그것이 꿈틀대며 맥놀이 친 순간, 붉은 영체의 덩어리가 쑤욱 빨려 나왔다.

놀랍고 무섭고 끔찍하며 오한이 드는 순간이었다. 엽초희의 정수리에서 빨려 나온 건 넋, 그녀의 영체였다. 그것이 거머리에게 빨린 핏덩이처럼 불쑥 빨려 나온 것이다. 허공에 발간 빛으로 보이는 그것은 빨아낸 선의 끝에 당겨져 피구름에게로 올라갔다. 그리고 한 덩어리로 합쳐졌다.

삼켜 버리는 것처럼 정소연의 몸이, 붉은 피구름이 출렁대는 순간 누군가 헛바람 소리를 냈다. 하지만 정작 놀라운 건 그때부터였다. 붉디붉은 피구름으로 덮여 있던 정소연의 몸뚱이가 서서히 드러나기 시작했다. 정확히는 드러나는 것이 아니라 붉은 운무가 그녀의 몸속으로 스며드는 것이었다.

허공에 뜬 정소연. 그녀의 전신을 둘러 감은 굵고 붉은 선의 그물들, 그것들이 혈관의 팽창과 수축처럼 맹렬히 요동쳤다. 그때마다 붉은 운무는 점점 더 많이 신속하게 그녀의 몸속으로 스며들어 갔다. 그리고 마침내 더 이상의 피구름이 남아 있지 않은 때, 조여드는 것처럼 선들은 함입(陷入)했다.

혈관처럼, 그물처럼 전신을 덮은 선들이 정소연의 몸속으로 조여 들어간 순간, 죽은 것처럼 눈을 감고 있던 정소연의 긴 속눈썹이 스르르 움직였다. 가만히 들린 눈꺼풀 안에는 흰자위만 보이고 검은 동자가 보이질 않았다. 그런데 그 눈이 희뜩 돌아갔다고 여겨진 순간, 지옥이 펼쳐졌다.

"끼아아아악!"

정소연의 입이 벌어지고 괴성이 터져 나왔다. 끔찍한 그 목소리가 터지는 순간, 그녀의 몸에서 붉은 선들이 같이 터졌다. 제단 아래의 사방으로 번개처럼 작렬한 그것들은 사람들의 머리통을 꿰뚫었다. 그때까지 무서워 고개조차 들지 못하던 이십여 명의 사내들이었다. 진태구의 수하들이었다.

"커헉!"

"끄으윽!"

"케헤엑!"

기괴한 신음 소리를 내며 사내들은 눈을 까뒤집었다. 하나같이 정수리를 관통당한 그들의 머리에는 붉은 선들이 칼날처럼 꽂혀 있었다. 그것들이 한순간 요동치며 꿈틀거렸다. 그리고 사내들은 나무토막처럼 쪼그라들었다.

"으허억!"

"허억!"

진태구와 노대호가 놀라서 뒤로 주저앉았다. 정신없이 바닥을 밀어댄 그들은 동굴 벽에 등을 대고 숨을 몰아쉬었다. 자신들의 주변에서 벌어진 끔찍한 일들에 넋이 나갈 듯한 얼굴이었다. 그들이 놀라는 그 순간에도 사내들은 죽어갔다.

어느덧 동굴 안에 있던 이십여 명의 사내들, 진태구의 수하들은 마른 장작이 되어 바닥을 뒹굴었다. 그 일을 만든 장본인, 허공에 부유하는 정소연은 붉은 선들을 거둬들였다. 생령을 빨아댄 촉수들이 몸속으로 사라진 순간, 정소연은 제단으로 내려섰다.

천천히 하강한 그녀의 두 발이 제단 위에 닿고, 그 발에 밟힌 엽초희의 껍질은 부서졌다. 꼭 일부러 그러는 것처럼 정소연의 발은 느릿하게 엽초희의 몸뚱이를 내리 눌렀다. 버석대는 소리가 들렸다. 가슴이 함몰되는 소리였다. 하지만 그 소리가 멎고 정소연의 몸이 멈춘 그때, 세 명의 수라가 경배했다.

"위대한 유일신 아리만의 자손이시여! 신녀의 재림을 앙축하나이다!"

청염수라의 외침과 함께 홍명과 백염을 비롯한 그들은 엎드려 절을 했다. 동굴을 울리는 그 소리를 들었음인지 정소연의 눈동자가 흔들렸다. 흰자만이 가득하던 그 눈은 뒤룩뒤룩 흔들리다 갑자기 검은 동자가 확, 솟았다.

비로소 사람의 눈처럼 된 정소연의 눈은 천천히 동굴 안을 둘러보았다. 그리고 입이 열렸다.

"여기가… 어디지?"

사람의 목소리였다. 하지만 분명한 건 신녀의 목소리가 아니란 거였다.

세 수라의 머리가 동시에 들렸다. 뒤쪽에서 여태까지의 상황을 지켜보던 적염호귀 태전동은 훌쩍 앞으로 나섰다. 그는 알아차렸다. 저 목소리는 정소연의 목소리였다. 저것이 아닌 신녀의 목소리가 울려 퍼져야 했다.

"신녀시여! 옛 신하가 배알하나이다! 각성하소서!"

태전동의 외침에 정소연의 눈은 다시 까무룩 흰자로 뒤집혔다. 부르르 경련하는 것 같던 얼굴이 멈춰지고 다시 검은 동자가 확 솟았다. 목소리가 또 나왔다.

"그놈… 흑마왕 그놈! 그놈은 어딨지? 약속을 지켜! 나와의 약속을……!"

이번에도 신녀의 목소리가 아니었다. 저건 신녀를 깨우는 매개가 되었던 엽초희의 목소리였다.

미간을 뒤튼 태전동은 다시 한 발을 나서며 입을 벌렸다. 그런데 정소연이 또 변화했다.

"그으으어억……."

있는 대로 입을 벌리고 인상을 일그러뜨리던 정소연의 눈이 다시 흰창으로 뒤덮였다. 고개는 뒤로 젖혀지고 전신은 바람을 맞는 것처럼 후들거렸다. 하지만 잠시 후 몸의 흔들림이 멈췄다. 넘어갔던 고개도 다시 넘어왔다.

흰창만이 가득하던 정소연의 눈에 붉은 적염이 감돌기 시작했다. 그것이 깊이를 알 수 없는 무저갱의 끝으로부터 솟아 나오듯 눈매를 비집고 나왔다. 그러다 일순간 확, 터지는 봇물처럼 돌출해 나왔다. 그와 동시에 검은 동자도 생겨났다.

뻗치는 적염의 기세에 발을 물린 태전동은 급히 무릎을 꿇었다. 자신의 눈을 부시게 한 저 적염은 자신의 적염과는 차원이 달랐다. 또한 홍염수라의 홍염과도 달랐다. 자신조차도 저어하게 만드는 저것은 신녀의 화염이었다.

"신녀시여!"

격동을 참지 못하는 듯, 태전동의 목소리는 떨림이 일었다. 부복한 그 모습을 느릿하게 내려다본 정소연, 아니, 마고지나는 천천히 입을 벌렸다.

"너를 다시 보게 되었구나."

기이한 울림이 섞인 목소리였다. 하지만 또렷한 그 음성은 분명 인간의 목소리였다.

"소신! 이날을 위해 긴 시간을 기다렸습니다! 이제 신녀의 재림을 보았으니 죽어도 여한이 없습니다!"

격동에 가득한 태전동의 모습을 보며 마고지나는 희미하게 미소 지었다. 그 미소에 대고 청염과 홍염, 백염의 세 수라도 기쁘게 외쳐 댔다.

"신녀시여!"

"주인이시여!"

"생명이시여!"

세 명의 수라는 오체투지했다. 미소가 더욱더 짙어진 마고지나는 느릿하게 말했다.

"고개를 들라, 봉공."

잔떨림을 보이던 태전동의 머리가 들려졌다. 마고지나는 붉은 기운만이 감도는 눈으로 바라보며 다시 말했다.

"긴 시간을 참아주었구나. 그로써 오늘이 왔다. 차후의 시간은 영광만이 있을 것이다."

태전동은 눈물을 흘렸다.

"신녀시여……!"

마고지나는 붉게 웃었다. 그랬다. 그건 붉게 웃는 거였다. 그 소리없는 웃음은 그렇게밖에 말할 수가 없는 거였다. 하지만 그녀의 웃음은 멈춰졌다.

"한 가지 묻겠다."

미소가 사라지는 마고지나의 얼굴을 보며 태전동은 격동을 자제했다.

"하문하십시오."

좀 전보다 붉은빛이 짙어진 마고지나의 눈은 태전동의 눈을 직시하며 입을 벌렸다.

"내 잠을 깨우는 심지가 되어준 이년, 엽초희란 년의 기억 속에 있는 흑마왕이란 놈. 그놈이 정녕 도왕 계문설의 후예가 분명하더냐?"

태전동은 공손히 대답했다.

"그러하옵니다. 비단 계문설의 후예일 뿐만 아니라 독왕 당천성과 암왕 석중달의 비전을 이은 놈이옵니다. 그 근본이… 몹시 불투명한 놈이올습니다."

마고지나의 시선을 맞받지 못하고 태전동은 고개를 슬그머니 내렸다. 여전히 무표정한 얼굴로 바라보던 마고지나는 담담한 목소리로 다시 말했다.

"내가 담길 그릇이 되어준 이년, 정소연이란 년은 조극강이란 놈의 내자였더구나?"

태전동은 슬쩍 고개를 들었다.

"그렇습니다만……."

"네가 한때 이년과 끈을 대었더구나."

"유령문이란 문파로 숨어 지내던 때… 원음산명탕의 처방을 지어준 적이 있습니다. 그로 해서……."

"이년은 입막음을 위해 네 등을 쳤다는 것이지?"

"송구합니다. 소신의 처신이 미흡하여 그 같은 일을 겪었습니다."

고개를 깊게 조아리는 태전동에게 마고지나는 다시 물었다.

"그 일을 당하매, 신교의 비전인 생사비결을 소실했겠지?"

태전동은 고개를 다시 쳐들었다.

"그, 그 일을 어찌……?"

마고지나의 얼굴에 다시 붉은 미소가 걸렸다.

"이제야 다 알겠어. 내 속박을 끊고, 내 힘을 앗아갔던 그놈이 누구인지."

무슨 소리인지 태전동은 물어보려 했지만, 감당 못하게 뻗어 나오는 마고지나의 붉은 기운에 고개를 다시 내렸다. 그 뒷머리에 대고 마고지나는 다시 말했다.

"두 년의 기억들을 합해보니 모든 게 또렷해지는구나. 정소연이란 년이 원음산명탕으로 죽인 건 제 남편 조극강이고, 엽초희 년이 섬으로 보낸 소년은 도왕의 후예다. 그 소년 놈과 접촉했던 섬에서는 그걸 알지 못했지."

구석에서 떨고 있는 진태구와 노대호의 모습으로 시선을 돌린 마고지나는 음산한 음성으로 말을 이었다.

"그 모든 놈이 한 놈인 거야. 조극강이란 놈이 그 아이 놈이고 그 아이 놈이 흑마왕이란 놈이다."

숙여졌던 태전동의 고개는 다시 들려졌다. 놀라는 그 눈길은 쳐다보지도 않고 마고지나의 혼잣말처럼 말했다.

"이년들의 기억 속에 다 있다. 생사비결을 태우던 조극강이란 놈과 섬으로 유배시킨 소년 놈, 되돌아와 두 다리를 잘라낸 흑마왕이란 놈의 영상까지 모두 다."

진태구와 노대호를 무심하게 보던 마고지나의 눈은 태전동에게로 다시 돌아왔다. 그리고 결론이 나왔다.

"흑마왕이란 그놈은 도왕 계문설의 후예로 다시 태어난 조극강이란 놈이다."

태전동의 눈은 더할 수 없이 커졌다.

"그, 그럴 리가……!"

개의치 않고 마고지나는 또 말했다.

"너와 그놈이 싸우기 전, 그놈이 정소연에게 말했다. 자신을 죽이던 순간의 두 연놈에 대해서 말이야. 약을 먹고 쓰러진 것과 가슴에 검을 박고 죽던 순간… 그놈이 그놈이야. 생사비결의 진언으로 살아난 것이지."

차분하게 말하던 마고지나의 눈빛이 갑자기 거세어졌다. 뒤를 이은 목소리도 그랬다.

"그놈과 난 이미 만난 적이 있지. 그놈이 도왕의 칼을 잡던 성지에서 말이야!"

격하게 흔들리는 태전동의 눈을 뚫어지게 보던 마고지나는 눈빛을 갈무리했다. 그리고 조용하게 다시 말을 꺼냈다.

"그놈과 전쟁을 치러야 할 것이다. 그놈은 반드시 나를 죽이려 달려들 것이다. 나의 사명이 그러하듯, 그 일이 그놈에겐 숙명인 것이지. 하지만 이젠 상관없다. 이제 다시 세상에 나왔으니 같은 실수를 반복하지는 않는다. 또한 그놈은 육왕이 아니지… 그냥 다시 태어난 놈일 뿐이야……."

말을 흐리던 마고지나는 태전동에게 물었다.

"어떤가? 삼백 년을 대비했으니 준비는 다 되었겠지?"

마고지나의 눈을 보던 태전동은 침을 삼키며 대답했다.

"그러하옵니다. 보시는 것처럼 소림과 무당, 화산의 후계자들을 감화시켜 신교의 수라로 만들었고, 삼백 년 전에 하명하신 그 일을 위해 그들의 후예를 오랜 시간 동안 소신의 그늘에서 관리해 왔습니다. 어긋남은 없습니다."

마고지나의 눈이 출렁, 붉은빛을 일렁였다.

"수고했구나."

한마디를 던진 마고지나는 동굴의 입구 쪽, 푸르스름하게 여명의 빛이 새어 들어오는 그곳을 보며 붉은 미소를 뿌렸다. 그 미소가 번져 전신이 출렁댈 무렵, 미소처럼 붉은 독백을 나직하고도 강렬하게 읊조렸다.

"이제 때가 도래했다! 신교의 광휘가 천지를 뒤덮고 유일신 아리만의 은혜가 우주를 감싸는 날, 모든 천지만물의 개벽이 이루어져 복락을 누리리라!"

마고지나의 전신에서 일렁대던 붉은 기운은 사방으로 화악 퍼졌다. 그것에 닿은 모든 것들이 가루가 되어 흩어졌다. 이미 죽은 자들의 시신도, 밟고 선 제단도, 동굴 속의 습한 공기도 모두 재가 되었다. 오직 그 앞에 머리 숙인 태전동과 세명의 수라, 그리고 진태구와 노대호만이 숨을 쉴 뿐이었다

제11장
역천지적(逆天之敵)

역천지적(逆天之敵) 1

❶

"거리와 저자에 참요(讖謠)가 나돌기 시작했소."

위지강천이 청수한 눈매를 굳히며 말했다. 힐긋 그 표정을 살핀 혁련휘는 계장수에게 다시 시선을 던지며 말을 받았다.

"형혹성(熒惑星)이 적광(赤光)을 보인 지 벌써 보름이 넘었습니다. 이는 재화(災禍)와 병란(兵亂)의 징후로써, 고래로부터의 예시와 조짐입니다. 그 때문에 참요가 나도는 게지요. 하지만 그것들에는 분명 배후가 있을 터입니다."

혁련휘의 목소리는 대전 안을 맴돌았다. 정작 그 말을 듣는 당사자인 계장수는 들었는지 말았는지 알 수 없는 표정이었다. 찻잔을 잡은 두 손도 움직임이 없었다. 두 궁주가 집무하던 벽력월인대전은 그래서 더 공허했다.

움직임없는 계장수의 모양을 바라보던 위지강천은 조바심난 얼굴로 말을 걸었다.

"대형, 어찌하리까? 각지의 병사들을 동원해 참요와 항설(巷說)을 퍼뜨리는 자들을 발본색원하리까? 철무련을 흡수한 지금의 세력이면 충분하오이다."

두 손에 둥그렇게 쥔 찻잔을 보던 계장수가 시선을 들었다. 위지강천의 자신 넘치는 얼굴을 본 그는 담담하게 물었다.

"참요의 내용은 뭐라 하더냐?"

잠시 의아스런 눈으로 계장수를 보던 위지강천은 혁련휘를 한 번 돌아본 후 대답했다.

"뭐, 소제도 자세히는……. 하지만 참요라는 것이 백이면 백 그렇듯이, 기왕의 것을 부정하고 장차 있을 것을 찬양하는 내용이라 모호하기 짝이 없습니다. 그러나 그 근저에는 민심을 이반시키고 선동하는 내용이 깔려 있지요."

"내용을 말하라니까 엉뚱한 소리를 하는구나."

혁련휘가 말하자 잠시 그를 쳐다본 위지강천은 못마땅한 표정으로 다시 입을 열었다.

"굳이 말해야 한다면 하긴 하겠소만, 이따위 노랫소리보다는 실마리를 찾아 나서는 것이……."

"그래서 들어보자는 거다."

말을 자른 계장수의 대답에 위지강천은 잠시 사이를 두었다가 입을 벌렸다.

"흰 돌은 검다 하고 검은 돌은 희다 하네. 큰 강과 넓은 바다에 희고 검은 돌이 널렸지만 그 빛깔을 알아보는 이는 없다네. 대낮에도 달이 뜨고 한밤에도 해가 뜬다네. 누리의 돌아감이 이러하지만 아무도 모른다네. 해 뜨는 뽕나무[扶桑] 아래서 나와[生] 해 지는 큰 못[咸池]에 이르러 깨우친[覺] 이가 우리에게 오시니, 하늘님의 하나뿐인 딸이시네. 기뻐하고 춤을 추세. 온 누리의 장님과 벙어리, 귀머거리는 그분의 말씀으로 터지리로세. 어리석은 하늘 아래의 백성들도 참 세상의 개벽을 볼 것이로세."

말을 마친 위지강천은 계장수를 지그시 보며 입을 닫았다. 다시 찻잔으로 시선을 내린 계장수는 속으로 구절구절을 곱씹는 듯, 신중한 표정이었다.

이윽고, 혁련휘와 위지강천의 조용한 시선 속에서 계장수는 다시 입을 열었다.

"마고자나 년이 세상에 스며들 준비를 하는군. 하지만 그 노래 속에서 별다른 단서를 찾을 수는 없겠어. 그것들이 단서가 될 만한 꼬리를 보이지도 않겠지."

천천히 혁련휘와 위지강천의 눈을 마주 본 계장수는 낮은 목소리를 이어냈다.

"그것이 마침내 부활했어. 보지는 못했지만, 난 느낄 수가 있다. 그년의 강한 존재감을 말이야. 예전에 그것과 닿았던 느낌을 잊어본 적이 없었지."

목소리의 여운이 가시기도 전에 혁련휘가 말을 받았다.

"결국, 그 적염호귀 태전동이란 놈이 정소연의 몸에 그것을 되살렸겠지요. 하지만 그것들의 존재를 알면서도 종적을 쫓을 수 없으니 답답하군요."

위지강천이 끼어들었다.

"그것들이 매양 숨어 있지만은 않을 터인데, 과연 그것들이 세상에 나올 방법은 무엇일까요? 이미 그 시작은 되고 있다고 보아야 하지 않겠습니까?"

참요와 각종의 가담항설(街談巷說)이 퍼지는 걸 두고 이르는 말이었다. 고개를 끄덕인 계장수는 찻물을 들이킨 후 다시 말했다.

"시작일 뿐만 아니라 숨겨두었던 뿌리도 드러나겠지. 그놈은 삼백 년을 산 놈이야. 그런 놈이 아무런 준비도 없이 있었다는 건 말이 안 되지."

"과연 그놈은 무엇을 준비해 두었을까요? 그들의 궁터는 삼백 년 전에도 알려지지 않았습니다. 그저 전염병처럼 퍼진 그들의 신앙을 신봉하는 자들이 개 떼처럼 세상을 휩쓸었지요. 또다시 그런 일이 벌어질까요?"

무거워지는 혁련휘의 음성은 옛얘기를 했다. 당연한 예측이었다. 삼백 년 전에도 암흑마궁은 개벽을 내세워 천지가 뒤바뀔 것을 말하였고, 그 역사의 주재자로서 신녀의 존재를 찬양했다. 알려지지 않은 그들이 본거지를 육왕이 쳐들어갔지만, 그들의 붕괴와 함께 돌아온 이는 넷이었다.

검왕 최염과 창왕 오세명, 권왕 용정필과 도왕 계문설, 암왕 석중달과 독왕 당천성이 빠진 그들 넷이 돌아왔지만, 그들은 약속처럼 함구하고 세상을 등졌다. 그중 유일하게 알려진 도왕의 귀도문이 사람들의 기억에 있었을 뿐, 몰락한 그 가문을 제외한 다른 이들은 잊혀져 간 것이다.

중원무림의 여섯 왕으로 불렸던 그들이 왜 그렇게 잊혀져 갔는지, 남은 자는 왜 그렇게 몰락해 간 것인지, 어째서 아무 말도 없이 세상을 등진 것인지 아는 사람은 아무도 없었다. 하지만 그때는 그들이 있었기에 마고지나를 막을 수가 있었다. 그 일이 지금 또 되풀이되고 있는 것이다.

온기가 다한 찻잔을 내려다보던 계장수는 혼잣말처럼 입을 열었다.

"어차피 벌어진 일이라면 피할 수도 없거니와, 내게는 피해지지도 않는 일인 거지. 더구나 그것과 나, 둘 모두 하늘의 뜻을 거스른 존재들. 둘 중의 하나가 완전히 소멸하거나 둘 다 없어질 때에만 일이 끝나겠지."

독백 같은 계장수의 말에 눈길을 모은 혁련휘와 위지강천은 뭔가 말하려고 입들을 벌렸다. 하지만 이어 나온 계장수의 말이 더 빨랐다.

"그들을 내가 먼저 찾아 나서겠다. 세상 어디에 숨어 있든, 그것들을 찾아내서 결판을 지어야겠다. 내일 날이 밝는 대로 떠날 테니 그리들 알거라."

"대형!"

"형님, 너무 성급한 것은 아니오이까?"

위지강천의 큰 소리 뒤에 나온 혁련휘의 물음에 계장수는 고개를 가로저었다.

"그렇지 않다. 이대로 들려오는 소문만을 듣고 앉아 있을 수는 없다. 그렇다고 셋째의 말처럼 인원을 동원한다고 해도 효과를 볼 것으론 기대하지 않는다. 그들이 꼬리를 감춘다면 나도 그림자가 되어 그들의 뒤를 캐겠다."

"그 말씀은……?"

위지강천의 늘어지는 물음에 계장수는 다시 답했다.

"바람이 불었으니 비가 오겠지. 그들이 참요를 퍼뜨려 민심을 파고든 이상 조만간 가시적인 움직임이 있을 것이다. 나 역시 소문을 따라

돌며 그들의 꼬리를 밟겠다. 그것이 이루어지면 그들의 몸통을 찾고, 박살을 내겠다."

"대형, 그러한 일이라면 세력을 동원하는 것이 낫지 않겠습니까? 굳이 위험하게 대형이 직접 일을 도모할 필요는 없지 않습니까? 우린 그럴 만한 힘이 있습니다."

걱정이 앞서는 위지강천의 말이었다. 그 말은 적염호귀에게 쓰러졌던 계장수의 일도 함께 거론한 거였다. 혁련휘는 옆에서 생각에 잠긴 얼굴이었다.

"너희들이 뭘 걱정하는지는 안다만, 대비는 이미 갖추었다. 내가 한번 진 놈에게 또 질 것 같으냐?"

웃는 계장수의 검은 얼굴을 보고 위지강천도 혁련휘도 희미하게 마주 미소 지었다. 하지만 께름칙함이 남은 그 얼굴들은 여전히 걱정에 가득한 표정이었다.

"형님의 기력이나 성정을 모르는 바는 아니지만, 이제는 적염호귀가 아닌 마고지나란 것을 상대해야 하지 않소이까? 소제는 그것이 걱정이오이다."

염려 가득한 혁련휘의 눈을 보고 계장수는 미소를 더욱 키웠다.

"그래, 그것을 상대해야 하지. 하지만 언젠가 들은 말처럼 하늘이 그것에 대한 추의 역할로 안배한 것이 나란 존재라면, 물러설 이유는 없다."

담담하지만 단호한 계장수의 말에 혁련휘와 위지강천은 쉽사리 입을 떼지 못했다. 그런 그들에게 계장수는 또 말했다.

"내가 홀로 움직이겠다는 것은 은밀함을 기하기 위함이다. 그러는 사이 너희들은 내부적인 대비를 해야겠지. 본격적인 그들의 발호가 있을 때를 대비해서 말이야. 그런 일이 없기를 바라지만, 그때가 되면 너희들의 힘이 필요하다."

잠시 서로를 쳐다본 혁련휘와 위지강천은 묵묵하게 말했다.

"형님의 뜻이 정 그러하다면 따르겠소이다. 하나 각처의 분타에 조응하도록 항시 연락을 취해주시오. 소제 역시 잠을 잘 때도 신을 벗지 않겠소."

"대형의 고집은 역시 꺾을 수가 없구려. 떠나게 되면 그 이상한 패거리와 함께 가겠지요? 뭐, 섭섭하긴 하지만, 대형이 불러줄 때만 기다리겠소."

두 형제의 대답에 계장수는 더욱 짙게 웃었다.

"뜻을 따라주니 고맙구나. 정녕 이렇게 되지 않기를 바랐건만, 결국은 너희들도 휩쓸리게 되었어. 난 그것이 마음에 걸린다, 잘한 것인지."

위지강천은 툴툴거리는 소리로 말을 받았다.

"대형답지 않은 소리는 집어치우쇼. 죽다 살아나더니 점점 더 계집 같은 소리만 늘어놓는구려? 그런 말씀은 마시고… 궁금해서 그러는데 물어봅시다?"

의아한 눈빛을 보이는 계장수에게 위지강천은 흘겨보는 듯한 눈으로 물었다.

"그 패거리의 말을 언뜻 들으니, 대형이 숨겨놓은 처자가 있다던데 사실이오?"

"뭐? 그게 정말이냐?"

혁련휘가 가세하자 계장수는 눈에 띄게 당황했다.

"아, 아니, 그게 뭐……."

"말해 보슈, 사실이오?"

"정말입니까, 형님?"

좌우로 시선을 돌리던 계장수는 한숨을 내쉰 뒤 대답했다.

"사실이다."

잠깐 동안 아무런 대답도 없던 두 사람은 동시에 소리쳤다.

"허어! 이럴 수가!"

"회춘이오, 회춘! 이제 갓 스물댓이랍디다!"

위지강천의 말에 혁련휘의 눈은 더욱더 둥그래졌다.

"그렇구나! 그렇게 젊은 여인을… 전에도 그러더니만."

"아, 그 재주가 어디 가겠어요? 날더러 뭐라 할 게 아니라니깐."

잠자코 듣던 계장수는 버럭 소리 질렀다.

"시끄러! 난 지금 스물한 살이야! 네놈들 같은 노인이 아니라구!"

찔끔한 두 사람은 계장수의 눈치를 살피며 궁시렁댔다.

"아, 누가 뭐라 했소?"

"괜히 역정이셔."

동시에 쩝쩝거리고 입맛을 다시던 세 사람은 다시 서로를 차례로 돌아본 후에 동시에 웃었다.

"하하하하!"

"허허허허!"

"으하하하!"

밝은 웃음이 실내에 퍼지고 그 여운이 사라질 무렵, 계장수는 마지막 당부를 했다.

"당면한 적은 암흑마궁이 되었지만, 숨을 죽이고 있는 무림맹을 잊어서는 안 된다. 내 겪은 바로는, 그들 또한 다르지 않은 생각을 품고 있다. 저희들의 요구대로 세상을 재편하려는 위험한 생각과 계획을 가지고 있지."

고개를 끄덕이는 두 사람 중 위지강천은 다짐하듯 말했다.

"염려하지 마십시오. 청진이 무슨 생각으로 저렇게 있는지는 모르겠으나, 우리가 있는 한 그들의 뜻대로 이루어지는 것은 단 한 가지도 없을 것이오."

믿음직하단 표정으로 고개를 끄덕인 계장수는 다시 말을 꺼냈다.

"그래, 좋구나. 더불어 한 가지 당부는, 내 일행들에게 지금처럼 서로의 목적을 위해서 연합한 세력으로 행세해 달라는 거다. 그들까지도 혼란에 빠뜨리고 싶지는 않구나. 그래야 한다면 모르겠으나, 모르는 게 약일 수 있지."

두 사람은 또 나란히 고개를 끄덕였다. 그러다 위지강천은 불쑥 또 질문을 던졌다.

"그런데 그 미친 늙은이 풍오자 말이오."

혁련휘까지도 의아스런 눈길을 던지자 그는 뒷말을 계장수에게 물었다.

"그거 정말 미친 겁니까, 아닙니까?"

혁련휘는 인상을 찌푸리다 혀를 찼고 계장수는 얼굴이 뜨악해졌다. 그러다가 퉁명스럽게 대답했다.

"네가 직접 물어보려무나. 넌 미친 거냐 안 미친 거냐 하고 말이야."

자리에서 일어서는 계장수를 보며 위지강천은 심각하게 고민했다. 하지만 결심한 듯, 계장수를 따라 일어섰다. 혁련휘는 위지강천의 소매를 급히 잡고 말했다.

"제발 참아라. 그 미친 늙은이가 어떤 늙은인지 몰라서 그러는 거냐? 옛날에 겪어봤잖아?"

돌아본 위지강천은 눈동자가 흔들렸다. 그러다가 슬그머니 물었다.

"그거… 미친 거 맞지?"

혁련휘는 한숨을 내쉬었다. 그 소리를 들으며 계장수는 대전을 나섰다. 그런데 왠지 자꾸만 헛웃음이 나왔다.

❷

"이렇게 무턱대고 나선 게 잘한 일일까?"

자못 심각한 임홍빈의 말에 모두의 눈길이 모여들었다. 하지만 곧 다시 심드렁하게 돌아갔다. 말들은 안 했지만 표정은 한결같았다. 하나마나한 소리란 거였다.

구강(九江)의 저잣거리는 복잡했다. 벽력월인궁을 떠나 장강의 줄기를 따라나선 지 벌써 열흘째. 특별히 귀 기울일 만한 소문 따위는 돌지 않았다.

한마디로 따분하고 고생스러웠다. 그 와중에도 참요는 계속 번져 나갔다. 하지만 단서가 잡히지 않았다. 근원을 쫓으면 그저 모두 아이들의 노랫소리를 들었다는 거였다.

맥 빠지는 날들이 계속됐다. 그러나 그런 소문이라도 쫓아야 한다는 것이 계장수의 의견이었다. 달리 따를 수밖에 없는 상황이었다. 노래를 부르는 아이들조차도 거리에서 들은 소리라 하며 처음 퍼뜨린 자를 알지 못했다.

꼬리가 사라진 암흑마궁의 무리들. 그들이 움직인다면 필연 색다른 소문이 일게 마련일 것이다. 그걸 찾아 나선 거다. 특하나 예전에도 포교로서 민가에 침투했던 무리들이니만큼, 그와 같은 방법이 될 거라는 예상이 따랐다.

이리저리 구경하는 사람들처럼 저자를 누비던 일행 중 풍오자가 턱을 긁으며 말했다.

"어, 목도 마르고 배도 출출한데?"

포구와 저자를 걸은 지 반 시진도 안 되었건만 풍오자는 정해진 순서처럼 먹는 타령을 했다. 웬일인지 용태웅은 딴지를 걸지 않았다. 그저 한 번 힐끗 보고는 뜻밖의 소리를 했다.

"저기 잔술 파는 곳이 있구려. 저기 가서 잠시 다리 좀 쉬입시다."

풍오자가 반색한 건 두말할 필요도 없었다.

"그래? 그거 좋지! 허, 소면도 파는구만!"

다른 사람 생각도 않고 냉큼 달려가는 뒷모습을 보고 임홍빈은 혀를 찼다.

"잔망스런 늙은이 같으니. 쯔쯔쯧."

벌써 잔술 파는 곳에 다가간 풍오자는 뭐라고 뭐라고 주인에게 떠들어댔다. 임홍빈의 혀 차는 소리 속에 용태웅은 계장수에게 말하며 걸어갔다.

"좀 쉬자."

고개를 끄덕인 계장수도 풍오자를 보며 걸어갔다. 다가가니 풍오자는 벌써 한 잔 술을 비워내고 거푸 들이키는 중이었다.

"카아, 이거 괜찮은데? 탁주(濁酒)가 이런 맛이 있는 줄은 몰랐는걸? 어이, 주인장. 동이째로 내놓으라고, 어서."

중년의 주인이 내오는 동이를 보고 풍오자는 화색이 돌았다. 그가 퍼질러 앉은 돌덩이 주변으로 일행은 앉았다. 탁자도 없고 의자도 없이 돌덩이 몇 개를 의자 대신 가져다 놓은 그런 곳이었다. 하지만 경치는 좋았다.

포구가 다 보였다. 시원한 강도 보였고 배들도 훤히 보였다. 선창에서 비스듬히 오르막이 이어진 길을 따라 저자가 시작되는 길의 왼쪽 산기슭 아래가 일행의 위치였다. 솥단지와 술동이 몇 개가 보이는 전부지만 운치가 있었다.

"주인장, 사람 수대로 소면도 좀 말아주구려."

용태웅이 주문하자 중년의 주인은 고개를 조아려 보였다. 한숨 돌리는 표정으로 용태웅은 강을 보고 말했다.

"어허, 날이 더워져서 그런가. 자꾸 맥이 빠지는걸? 뭐 기운나는 걸 먹어야 하려나?"

옆에 앉은 임홍빈이 풍오자를 흘겨보며 말을 받았다.

"술이나 마셔. 저렇게 기운이 뻗치잖아."

"뭐?"

마뜩찮게 임홍빈을 본 용태웅은 시선을 따라가 풍오자를 봤다. 풍오자는 음주 삼매경이었다. 그 꼴이 아니꼬워서 한마디를 던졌다.

"거 작작 좀 드십쇼. 해가 저렇게 쨍쨍한 게 안 보입니까?"

"미친놈."

"뭐요?"

"해 높은 거 하고 술 마시는 거 하고 무슨 상관 있냐?"

"이 노인네가 증말! 아, 낮술 마시고 취한 놈은 어미 아비도 몰라본다잖아요?"

"뭐? 낮술 마신 놈?"

"아, 아니, 노인네가… 허험, 어르신이 그렇다는 얘기는 아니고요, 그저 사람들이 말하기를……."

"괜찮아. 어차피 세상에 미친놈 투성인데 제정신 가진 놈이 손해지 뭐. 안 그러냐?"

"예에?"

"너도 마셔라."

화낼 줄 알았던 풍오자가 내미는 잔을 보고 용태웅은 임홍빈과 계장수를 돌아다보았다.

"왜? 마시기 싫어? 싫음 말구."

다시 거둬지는 잔을 용태웅은 냉큼 붙잡았다.

"누가 싫답니까?"

흘겨 뜬 눈으로 풍오자는 동이를 잔에 기울였다. 그리곤 잔을 입에 들이붓는 용태웅에게서 계장수에게로 시선을 돌렸다. 정해진 순서처럼 술을 권했다.

"너도 한잔해라."

용태웅이 비운 잔은 계장수에게로 전해졌다. 그 잔에 술을 따라주며 풍오자는 무심하게 물었다.

"그런데… 그놈들하곤 정말 이해 타산으로 만난 관계인 거냐?"

가득 찬 잔을 입으로 가져가던 계장수는 움직임을 멈췄다. 풍오자는 또 물었다.

"정말로 네놈이 그놈들을 찾아가서 전략적 제휴를 제의했냔 말이다."

그제야 질문을 알아챈 계장수는 물론, 용태웅과 임홍빈도 궁금한 눈을 모았다.

"말한 대로요."

간단하게 대답한 계장수는 잔을 넘겼다. 하지만 풍오자의 가늘어진 눈은 여전했다.

"근데 그놈들 말이야, 벽력신수 혁련휘와 월인천강도 위지강천. 그 두 놈은 나도 좀 알거든? 옛날에 조극강이와 함께 만난 적이 있단 말씀이야?"

시선을 외면한 계장수는 관심없는 표정을 지었다. 정작 말을 받은 건 임홍빈이었다.

"그래요? 그래서 그 위지강천인가 하는 사람이 그렇게 죽일 듯이 노려봤군요."

"뭐, 이 자식아!"

이제는 찔끔도 하지 않고 임홍빈은 궁금한 눈으로 다시 물었다.

"그래서요? 말하시려고 하는 게 뭐예요?"

"뭐는 뭘 뭐야? 니덜은 못 봤냐? 그놈들이 저 자식한테 깍듯이 대하는 거?"

"그게 뭐 어때서요?"

이번엔 용태웅이 물었다. 울화통이 터질 듯한 표정으로 풍오자는 버럭 말했다.

"내가 얘기했잖아! 그놈들은 내가 안다고! 그놈들이 그럴 놈들이 아니란 말이지! 걔덜은 죽은 조극강이 외에는 그 누구도 사람 취급 안 하던 놈들이야!"

그제야 풍오자의 말뜻을 알아차린 용태웅과 임홍빈은 계장수의 얼굴로 시선을 모았다. 하지만 곧 흥미없는 얼굴로 툴툴댔다.

"제길, 노인네가 의심은 많아 가지고설랑."

"그러게 말이야. 난 또 무슨 얘기라고."

풍오자의 얼굴은 붉으락푸르락했다. 때마침 나온 소면에 관심을 돌린 두 사람의 태도는 그를 더욱 불붙게 만들었다.

"야이, 개녀러새끼들아! 사람 말이 말 같지 않아? 내가 말했잖아! 그놈들은 자존심으로 사는 놈들이야! 목에 칼이 들어와도 남과 손잡을 놈들이 아니란 말야!"

소면 사발에 얼굴을 파묻은 두 사람은 신경도 쓰지 않았다. 그러다 씩씩대는 모습이 보기에 안쓰러웠는지 임홍빈은 다시 말했다.

"화내지 마시고 소면 좀 드셔요. 소고기 국물이 아주 구수해요. 정말이에요."

파르락대던 풍오자는 임홍빈과 그 옆에서 맛있게 먹는 용태웅, 그리고 역시 같은 모양인 계장수를 보았다. 그러더니 스리슬쩍 소면 그릇을 집어 들었다.

"우육면이란 말이지? 고기 점은 별로 없는 것 같은데?"

어느새 풍오자의 입으로 소면은 허겁지겁 넘어가고 있었다. 그 모양을 물끄러미 보던 임홍빈은 고개를 가로저었다. 그리고 벌써 그릇을 비운 용태웅은 아무렇지도 않게 말했다.

"아무리 천하를 다투는 그들이라도 흑마왕의 제안을 거절할 수는 없었겠지요. 또 거절할 이유도 없잖아요? 누이 좋고 매부 좋은 일인데. 그리고 그들이 아무리 자존심 강한 인물들이라 해도, 상대가 흑마왕인 겁니다."

소면 먹던 풍오자의 눈이 들렸다. 그 눈을 보고 용태웅은 다시 말했다.

"그들은 지는 해, 흑마왕은 뜨는 해. 거기다 목전의 이익이 부합되는 공동의 적. 그거면 얘기는 끝난 거지요. 그들도 계산이란 걸 할 줄 알면 말입니다."

껌벅대는 풍오자에게서 시선을 계장수에게 돌린 용태웅은 다른 얘기를 했다.

"난 그런 것보다도 저 친구가 걱정입니다. 어르신과 제게 나눠준 힘의 공백이 있을까 봐서요. 물론 기우이겠지만, 그 엄청난 힘을 생각하면 걱정 안 할 수 없지요."

풍오자와 임홍빈의 시선도 계장수에게 꽂혔다. 천천히 소면 그릇을 내려놓은 계장수는 입을 닦으며 말했다.

"그 일이라면 걱정할 필요 없어. 난 내게 필요없는 걸 덜어낸 것뿐이야. 그때도 말했듯이, 그런 힘은 이젠 내게 필요없어. 내외가 여일함을 깨달은 지금은 힘의 구애를 느끼지 않아."

소면가닥을 쭈욱 빨아 삼킨 풍오자는 쩝쩝대며 물었다.

"큰 부상을 당했다던 놈이 대관절 그런 각성을 어찌 이룬 게냐? 그것도 하루 반나절 만에 말이야. 난 그것이 궁금하구나."

용태웅도 고개를 깊숙이 끄덕였다. 임홍빈의 눈도 반짝반짝 빛을 냈다. 계장수는 세 사람의 눈을 차례로 마주친 후 조용하게 대답을 꺼냈다.

"그것을 말하자면… 참으로 신이하고 황홀하며 격정적인 경험이었소."

별처럼 빛을 뿜는 세 사람의 시선 속에 계장수의 음성은 이어졌다.

"적염호귀에게 패한 좌절과 그 원인을 화두로 잡고 생각에 몰두하던 중, 머리 속 저 깊은 곳으로부터 강한 울림이 들려왔소. 그것은 꼭…

아득한 옛적의 어느 곳으로부터 들려오는 이인의 목소리 같았소. 아니, 어쩌면 내 목소리였는지도 모르겠소."

세 사람은 침을 삼켰고 계장수는 다시 말을 이었다.

"그 울림, 그 목소리는 가르침의 소리였소. 그것이 본래부터 내가 알고 있던 것이었는지, 아니면 다른 섭리에 의한 것인지는 모르겠소. 하지만 그것은 벼락처럼 들려왔고, 그 시작은 이러했소. 일시무시일 석삼극무진본……."

계장수의 입에서 가르침의 말소리가 들려 나왔다. 그 말소리가 끝날 때까지 세 사람은 꼼짝 않고 듣고만 있었다. 이윽고 여든한 자의 읊조림이 끝난 후, 풍오자는 복잡한 표정으로 입을 벌렸다.

"그것은 천부경(天符經)이구나."

다른 사람들의 시선이 풍오자에게 돌았다. 계장수보다도 임홍빈이 먼저 물었다.

"천부경이요? 그게 뭔데요?"

계장수의 얼굴에 눈길을 맞춘 풍오자는 조심스레 대답했다.

"그것은 배달족의 정신적 근원과 가르침의 근본을 이루는 세 가지 경전 가운데 하나이다. 천부경, 삼일신고(三一神誥), 참전계경(參佺戒經)이 그것이지."

"배달족의 경전이요?"

용태웅이 질문하자 풍오자는 고개를 끄덕였다.

"그래, 각기 조화경(造化經), 교화경(教化經), 치화경(治化經)이라 하는 것들로 배달족의 사상과 얼의 밑바탕을 이루는 고매한 법이 담긴 경전이지. 특히 참전계경은 '사람으로서 온전하게 됨을 꾀한다'는 뜻으로 홍익인간과 재세이화의 가르침이 담겼다. 또한 삼일신고는 강재

이뇌(降在爾腦), 즉 하느님이 이미 내 머리 속에 계시다는 천인합일의
경지를 말하고 있다.”

풍오자를 바라보는 용태웅과 임홍빈의 눈이 점점 더 동그래졌다. 계
장수의 눈도 다를 바 없었다. 하지만 풍오자의 입은 또 다른 말을 쏟아
냈다.

“천부경의 기본 이치를 풀어 말하면 다음과 같다. 하지만 그것에서
무엇인가 깨달음을 얻고 가르침을 받는 것은 사람의 따라 다르다. 또
한 그 근본의 이치를 좁쌀만큼이나 이해한다는 것은 우주를 품는 것과
다르지 않다.”

그렇게 말한 풍오자는 천천히 경을 읊듯 읊조렸다.

하나에서 비롯하되 하나에서 비롯함이 없느니라.
세 끝으로 나누나 근본은 다함이 없느니라.
하늘은 하나를 얻어 하나가 되고, 땅은 하나를 얻어 둘이 되고,
사람은 하나를 얻어 셋이 되나니, 하나가 쌓여 열이 되면 크니라.
이 변화가 다함이 없으되 삼극의 변화로 말미암음이니라.
하늘은 둘(음양)로써 셋이 되고 땅도 둘로써 셋이 되며
사람도 둘로써 셋이 되느니라.
큰 셋(세 짝)을 합치면 여섯이 되고, 여기에 하나, 둘, 셋을 합하면
일곱, 여덟, 아홉이 되느니라.
셋을 네 곱하면 둥글어지고, 다섯, 일곱,
하나(부동의 근본 자리에서 꿈틀거림)에서 불어나느니라.
만 번 가고 만 번 와서, 쓰기는 변하나 근본은 변하지 않느니라.
본래 마음이며(도의 하나) 본래 태양이니라.

광명이 사람 가운데 하늘과 땅이 하나임을 드높이니,

하나로 끝나되 하나에서 끝남이 없느니라.

낭랑한 풍오자의 목소리가 그쳤다. 머리와 수염이 산발한 그의 모습
을 바라보는 세 사람은 한동안 말이 없었다. 그러다가 계장수가 입을
벌렸다.

"대관절 도장은 그런 것들을 어찌 알고 계시오?"

임홍빈도 용태웅도 어린애들처럼 같이 고개를 끄덕였다. 풍오자는
피시식 웃었다.

"어찌 아냐고?"

또다시 흔들리는 임홍빈의 얼굴을 보고 풍오자는 대답했다.

"우리 민족의 것이니 당연히 알겠지. 그렇지 않으냐?"

용태웅이 더듬거리며 물었다.

"그 말씀은… 도장께서 배달족이란 말입니까?"

무겁게 고개를 끄덕이며 풍오자는 말했다.

"그래, 내 본래 이름은 고문진(高雯瑨). 멸망한 대고구려국(高句麗國)
의 후손이다."

"고구려요? 중원의 동북방과 그 위쪽의 모두를 다스렸던 대제국 고
구려 말입니까?"

놀란 얼굴로 되묻는 용태웅에겐 시선도 주지 않고 풍오자는 계장수
에게 말했다.

"말하지 않았다만, 난 본래 한인(漢人)이 아니다. 이 땅을 다스리던
민족의 후손이지. 그런데 내가 보기엔 네놈도 그렇구나. 네놈이 화연
에게 주었다는 백제 가문의 용봉지환도 그렇고, 네 머리 속의 울림이

그렇다."

점점 굳어지는 계장수의 눈을 직시하며 풍오자는 또 말을 던졌다.

"너에게 깨달음을 준 머리 속의 그 가르침. 천부경은 인연이 없는 자에게 아무렇게나 전해지는 것이 아니다. 넌 분명 그걸 배운 적이 있을 거다."

그 말을 끝으로 풍오자는 언제 무슨 일이 있었냐는 듯, 불어버린 소면 그릇에 다시 젓가락질을 해댔다. 그런 그를 보며 궁금함을 참지 못한 용태웅과 임홍빈은 안달을 냈다. 엉덩이를 들썩대는 그들은 계장수와 풍오자를 번갈아 보며 입술을 떨었다.

"가만있자, 이게 그러니깐두루 지금……!"

"이게 대관절 뭔 소리야? 엉? 알면 얘기 좀 해줘."

들러붙는 임홍빈을 보며 미간을 구기던 용태웅은 생각에 잠기는 계장수를 보고 입을 닫았다.

계장수는 깊은 생각 속으로 잠겨 들어갔다. 눈길도, 표정도 변화없이 가라앉은 그의 머리가 무얼 생각하는지는 알 수 없었다. 하지만 매우 중대한 생각이며, 결코 방해해서는 안 된다는 것이 보는 자들의 느낌이었다.

종알대려는 임홍빈의 입을 틀어막은 용태웅은 풍오자를 봤다. 풍오자도 불어터진 소면을 더 먹을 동안 그답지 않게 조용했다. 그런 그가 계장수를 보며 눈을 반짝였다. 얼른 계장수를 봤다. 계장수의 눈도 그렇게 빛이 났다.

자리에서 일어서는 계장수를 보며 용태웅은 임홍빈의 입을 풀었다.

"뭐야? 무슨 일이야?"

묻는 임홍빈에게 대답도 않고 계장수는 선창가로 내려가기 시작했다. 그가 보며 가는 곳을 용태웅과 풍오자는 동시에 바라봤다. 수부와 뜨내기 장사치 등, 사내들이 모인 곳이었다. 도박판, 계장수가 향하는 곳은 작은 도박판이었다. 주사위를 던져 승부를 정하는 그곳으로 계장수는 걸어갔다.

❸

"작은 수야 작은 수! 작은 수에 걸라니까!"

떠드는 장년사내에게 물주는 험악한 목자를 부라렸다.

"거, 좀 조용히 하쇼! 떠들지만 말고 돈을 걸던가! 거참, 빌어먹을! 퉤잇!"

거칠게 침을 뱉은 물주사내는 험악한 목자를 바로 바꾸며 좌중을 향해 말했다.

"자, 어서 돈들을 거십쇼. 무조건 열 뱁니다, 열 배!"

물주사내가 엎어놓은 주사위 바구니를 열댓 명의 사내들이 내려다 보았다. 하지만 선뜻 나서지 못하고 서로서로 시선을 교환하며 우물거렸다.

뱃사람과 뜨내기 등짐장사치인 그들에게 도박에 대한 안목이 있을 리가 없다. 하지만 하루 벌어 하루 사는 그들의 돈을 뜯으려는 도박꾼들은 항시 모여들었다. 그건 피를 빨러 축사로 날아드는 등에의 습성과도 같은 것이었다.

"아, 작은 수라니까 그러네! 틀림없다니까? 아까도 내가 맞혔잖아?"

처음에 떠들던 장년사내가 또 떠들었다. 자세히 보니 사내는 오십

줄은 훨씬 넘어 보였다. 어딘지 미더워 보이는 인상이 아니었다. 그래서 그런지 사람들은 사내의 말을 귀담아듣지 않았다. 대신, 벌써 네 번이나 돈을 딴 맨 앞의 털보사내를 따라 돈을 걸었다.

"큰 수!"

털보사내가 돈을 걸자 그 옆에 같이 쪼그려 앉은 두 사내가 냉큼 돈을 걸었다. 그 모습을 망설이고 지켜보던 다른 사람들도 잽싸게 돈들을 걸었다.

물주사내는 눈알을 휘두룩 돌리다가 주사위 바구니로 손을 뻗었다. 그런 물주사내의 눈과 털보사내의 눈이 마주치며 빛을 낸 건 아무도 몰랐다.

"자, 그럼 결과를 보겠습니다. 큰 수 아니면 작은 수. 일부터 삼까지면 작은 수에 건 사람이 건 돈의 열 배를 딸 것이고, 사부터 여섯까지면 큰 수에 건 사람이 열 배의 돈을 딸 것입니다. 말 그대로 돈 놓고 돈 먹기지요."

누런 이를 드러내고 물주사내는 웃었다. 사람들은 침을 삼키며 물주사내의 손만을 봤다.

"자, 그럼 개봉합니다."

엎어진 주사위 바구니를 잡은 물주사내의 손에 힘이 들어갔다. 그런데 그때 누군가 제지했다.

"잠깐! 나도 걸겠소!"

물주를 비롯한 모든 사람들의 시선이 모였다. 처음에 떠들던 그 장년사내였다. 마르고 길쭘한 인상인 사내는 은원보 하나를 좌탁 위에 올려놨다.

"작은 수!"

단호하게 말하는 사내의 얼굴을 본 물주가 순간적으로 뺨을 꿈틀거렸다. 맨 처음 돈을 건 털보사내와 그 옆에서 따라간 두 사내도 같은 얼굴이었다. 꼭 경련하는 것 같은 얼굴이었다. 그러나 다른 사람들은 보지 못했다.

"봅시다!"

돈을 건 사내는 물주를 재촉했다. 바구니를 잡은 물주의 손이 부르르 경련했다.

"뒤늦게 왜 이러시오."

꺼리는 듯한 물주의 말에 사내는 어이없다는 표정으로 말을 받았다.

"뭔 소리요? 바구니를 까기 전에 돈을 걸었는데 뭐가 뒤늦게요? 그러면 안 된다는 법이라도 있소?"

눈꺼풀을 파르르 떠는 물주에게 사내는 다시 단호하게 다그쳤다.

"잔말 말고 봅시다!"

눈가를 경련하던 물주사내는 점점 더 인상이 험해지는 털보사내와 시선을 마주쳤다. 그 모양이 이상했는지, 바라보던 장년사내는 덥석 물주의 손을 잡았다.

"손이 저린 모양인데 내가 대신 까주지."

"이, 이봐!"

놀란 물주가 소리쳤지만 사내의 손은 더 빨랐다.

삽시간에 바구니는 치워졌고 좌탁 위에 주사위가 드러났다.

"헛! 뭐야? 작은 수다!"

"이런 제길!"

"뭐야, 저거!"

결과에 놀란 사람들이 외쳤다. 그럴 수밖에 없는 것이 모두가 큰 수에 돈을 걸었기 때문이다. 돈을 잃은 그들의 눈엔 어이없어하는 물주의 표정이나, 성난 얼굴로 일어서는 털보사내와 그 옆의 두 사내는 보이지도 않았다.

"거봐! 작은 수라니까! 이거 오늘 횡재했는걸?"

장년사내는 은원보를 다시 챙기며 물주사내에게 손을 내밀었다.

"자, 은원보 열 개 내놓으쇼, 어서."

장년사내가 내미는 손과 얼굴을 물주사내는 번갈아 쳐다보았다. 하지만 어이없기도 하고 맥이 풀려 보이기도 한 그 얼굴은 돈을 주겠다는 얘기를 할 것 같지 않았다. 그저 앉은뱅이 의자에 앉아 다리 짧은 좌탁에 손을 늘어뜨리고만 있을 뿐이었다.

손을 내민 장년사내에게 말을 건 것은 털보사내였다.

"이봐, 늙은이!"

마른 얼굴을 돌린 장년사내는 털보를 보았다.

"나? 지금 나 부른 거야?"

"그럼 너말고 누굴 부른 것 같아? 엉?"

얼굴 가득한 수염을 꿈틀대며 털보는 다가섰다. 가슴을 편 고압적인 그 기세 옆으로 두 사내가 달라붙었다. 천천히 손을 거둔 장년사내는 돌아 일어섰다.

"늙은이라구? 허어 이거 참. 아직 환갑도 안 지났는데 늙은이라니, 기분 더럽구만 그래."

"주둥이 깝치지 마라, 이 자식아!"

털보는 이제 막말을 했다. 장년사내도 그렇고 도박판에 돈을 걸던 다른 사람들도 인상을 찌푸리며 물러섰다. 털보가 왜 그러는지 이젠 대충 짐작되기 때문이었다.

"보아하니 떠돌이 등짐장수인 모양인데, 가던 길이나 처갈 것이지 왜 남의 장사에 끼어들어? 우리가 너 같은 늙은 새끼 돈 보태주려고 이 짓 하는 줄 알아?"

털보는 이제 확실하게 제 정체를 드러냈다. 그들은 물주와 한통속이며, 사기 도박을 위해 바람을 잡던 바람잡이인 것이다. 교묘하게 잃고 따고를 반복하며, 순진한 뱃사람들의 주머니를 털어내는 것이다. 그걸 장년사내가 방해했다.

"쌍! 안 그래도 장사 안 돼서 머리통이 찜통인데! 뱃구레에 칼이라도 박아줄까? 자식새끼들이 염하기 힘들게 만들어줘? 죽 죽 그어줄까? 엉?"

털보와 그 옆의 두 사내가 험악하게 나오자 사람들은 급급히 뒤로 물러났다. 하지만 장년사내는 심드렁하게 바라보다가 입을 열었다.

"다 좋은데, 나한테 줄 돈만 주면 되지 않겠니?"

"이 새끼가 그런데 정말!"

흥분한 털보사내는 품에서 팔뚝 반 길이만한 단검을 꺼냈다. 옆의 두 사내도 꼭 그만한 길이의 단검을 하나씩 빼 들었다. 싸늘한 눈으로 사내들을 바라보던 장년사내는 천천히 자신의 등짐을 지며 말을 꺼냈다.

"좋다. 없던 일로 하지. 그만한 일에 피까지 보고 싶지는 않다."

등짐을 지고 뒷걸음을 하는 장년사내에게 털보는 다가왔다.

"남의 장사 다 깨놓고 이제 와서 없던 걸로 하자고? 그렇게는 못하겠는걸? 네가 가진 은원보를 내놓던가, 아니면 목을 내놓던가 해라."

뒷걸음을 멈춘 장년사내는 차가운 표정으로 말을 받았다.

"나를 만만히 보는 모양인데, 천하 각지를 다니며 너희 같은 무뢰배들은 수도 없이 겪었다. 소싯적엔 사람 상하는 일도 꽤 많았지. 이쯤에서 관두자."

털보와 두 사내는 더욱더 성큼 다가섰다.

"오호라, 그래서? 이거 무서운걸? 어디 한번 우리도 상하게 해보라구! 어서!"

털보는 피실피실 웃었다. 하지만 그 웃음이 다 사라지기도 전에 소리치며 달려들었다.

"이 새끼!"

털보의 단검이 장년사내의 목 어림을 후려 그었다. 동시에 두 사내의 단검도 옆구리 쪽으로 찔러왔다. 짧은 그 순간 장년사내는 뒤로 물러서며 지팡이를 올려쳤다. 등짐을 지고 다닐 때 몸을 지탱해 주던 지팡이였다.

탁, 소리가 나게 털보사내의 단검에 지팡이가 부딪쳤다. 털보의 단검이 팅기는 순간 장년사내는 왼쪽 사내에게 지팡이를 후려쳤다. 달려들던 사내가 어깨를 맞고 주저앉았다. 같은 순간 오른쪽에서 달려드는 사내에게 몸을 비끼며 무릎을 올려쳤다.

"컥!"

명치를 정통으로 맞은 사내가 엎어져 숨을 컥컥거렸다.

상황은 순식간에 일단락났다. 멍한 얼굴로 바라보는 털보사내 앞에 한 사내는 어깨를 감싸 쥐고 주저앉았고 또 한 사내는 명치를 가격당해 널브러졌다.

무공이라 하기엔 조잡하고 격식이 없었지만, 몸에 밴 싸움 기술이 분명했다. 단순히 힘과 숫자를 믿고 까불던 털보네와 사내는 달랐다. 장년사내의 말대로 각지를 떠돌며 무뢰배들을 상대하던 실력이 틀림없었다.

"쯔쯔쯧. 나이 좀 먹었다고 얕보면 안 되지. 손에 그런 것까지 들고서 말이야."

장년사내는 고개를 좌우로 저어댔다. 마주 선 털보는 아직도 단검을 들고 움직이지 않았다. 상대를 잘못 가늠했다는 후회가 그 얼굴에 조금씩 밀려들었다. 그런데 그런 털보의 표정에 야릇한 변화가 막 피어올랐다.

"내가 그만두자 하지 않더냐? 다행히 피는 보지 않았다만……."

털보의 얼굴에 다른 표정이 생기는 걸 본 장년사내는 순간 아차 했다. 판단이 선 순간 급히 몸을 낮추며 돌아섰다. 하지만 너무 늦고 말았다.

"억!"

몽둥이에 옆머리를 후려 맞은 장년사내는 등짐과 함께 쓰러졌다. 소리없이 다가와 몽둥이를 후려친 자는 물주사내였다. 털보가 달려오며 소리쳤다.

"밟아버려!"

물주사내의 몽둥이가 장년사내의 몸에 다시 작렬했다.

"이 새끼! 죽엇!"

"억!"

장년사내는 몸을 본능적으로 웅크리고 머리를 감싸 쥐었다. 같은 순간 달려온 털보사내는 단검을 치켜들었다가 내리찍었다. 살인까지는 몰라도 팔이나 다리 하나쯤은 찍어낼 기세였다. 그런데 털보의 단검이 가로막혔다.

"어?"

놀란 얼굴로 제 손을 본 털보는 누군가 팔목을 잡았다는 걸 알았다. 커다랗고 검은 손이었다.

"뭐야, 이거?"

털보는 옆을 보았다. 그 순간 검은 얼굴의 큰 사내가 뺨을 후려갈겼다.

쫘악!

소리도 못 지르고 털보는 옆으로 핑글 돌았다. 그렇게 쓰러지며 지금의 상황을 생각했다. 이해할 수 없는 일이었다. 달려오던 자신 옆에는 아무도 없었다. 구경꾼들도 모두 멀찍이 물러난 상태였다. 그런데 갑자기 팔목이 잡혔다. 그리고 철퇴 같은 싸대기를 후려 맞았다. 이게 도대체 무슨 일일까.

철푸덕거리고 쓰러진 털보를 보고 물주사내는 몽둥이를 멈췄다.

"뭐, 뭐… 누, 누구야?"

털보를 쓰러뜨린 사내, 계장수를 보고 물주는 몽둥이를 들었다. 불안한 시선은 쓰러진 털보와 그 옆에서 엉덩이질로 물러나는 두 명의 동료들을 연신 곁눈질했다.

"뭐, 뭐냐? 나, 남의 일에 끼어들지 마라!"

더듬대며 소리쳤지만 물주는 일이 글렀음을 알았다. 척 보기에도 검은 사내는 보통 사람으로 보이지 않았고, 자기들 중에 제일 완력이 세던 털보를 쓰러뜨렸다. 그것도 귀신처럼 갑자기 나타나서 손 털듯이 한 짓이었다.

"우, 우린 이자에게 볼일이 있소. 귀, 귀하는 참견치 마시오."

옆머리를 감싸 쥐고 피를 흘리는 장년사내를 가리키며 물주사내가 다시 말했다. 경어까지 썼다. 그냥 도망가기엔 자신들의 체면이 안 서니 절충점을 찾으려는 의도였다. 상대가 이쪽에서 손을 거두자고 하면 못 이기는 척 물러서면 그만이었다. 하지만 얼굴이 시커먼 저 상대는 그럴 마음이 없는 것 같았다.

"참견하지 말라고? 그렇게 머리를 깨놓고 참견하지 말라면 다냐? 나도 그자에게 볼일이 있다."

계장수를 보는 물주의 얼굴이 여러 가지 표정으로 복잡하게 얽혀갔다. 그러다가 뭔가를 결심한 표정으로 입술을 물더니 발로 장년사내의 목을 밟았다.

"어디서 굴러온 놈인지는 모르지만, 피를 보자면 마다치 않으마!"

물주사내는 몽둥이를 버렸다. 품 안의 옆구리 쪽으로 들어갔다 나온 양손에는 날이 시퍼런 단검 두 자루가 잡혀 나왔다.

"우리도 이 물길을 따라서 잔뼈가 굵은 놈들이다! 우리를 무시했다간 황천으로……."

"놀고 있네."

갑자기 옆에서 들린 소리에 물주사내는 황급히 돌아봤다. 그 순간 안면으로 날아오는 바위 같은 주먹이 그가 정신 차리고 본 마지막이자 모두였다.

퍼억!

"케엑!"

훌떡 떴다가 땅에 퍼진 물주사내는 개구락지처럼 사지를 발발 떨다 축 늘어졌다.

"뭐 이런 허접한 새끼들이 다 있누?"

주먹이 허전한지 용태웅은 바닥에서 기는 두 놈을 노려보며 말했다. 두 놈은 바로 고개를 처박고 바닥에 엎드렸다. 그 꼴이 또한 가관이었다.

"허어, 참나. 이런 것들이 사내라고. *쯔쯔쯧*."

혀를 차던 용태웅은 못내 못마땅했는지 갑자기 성을 내며 소매를 걸어붙였다.

"에이, 썅! 이런 것들이 씨를 퍼뜨리면 세상만 더러워져! 내 이것들 오늘 부랄을 흩어버릴 테다!"

"어, 안 돼! 참아!"

달려드는 용태웅을 임홍빈이 달라붙어 뜯어 말렸다. 그 꼴을 풍오자가 흥흥대며 쳐다보는 사이에 계장수는 쓰러져 있는 장년사내에게 다가갔다.

"으윽······!"

깨져 피가 흐르는 옆머리를 감싸 쥐고 사내는 상체를 일으켰다. 자신 앞에 선 계장수를 보고 사내는 머리를 좌우로 까딱대며 말했다.

"제길, 머리가 터질 뻔했군. 고맙소이다."

비칠대고 일어서는 장년사내를 계장수는 지그시 바라보았다. 그 눈길이 이상했는지 사내는 피를 닦으며 계장수에게 물었다.

"왜 그렇게 보오? 내 모양이 측은하오? 허허허. 이거 꼴이 말이 아니구먼."

무안한 헛웃음을 웃는 사내에게 계장수는 처음으로 말을 건넸다.

"그동안 고생이 심했나 보군. 그 얼굴이면 늙은이 소릴 들어도 이상하지 않겠어."

웃음을 채 지우지 못했던 장년사내의 표정이 굳었다.

"날… 아시오?"

가만히 바라만 보던 계장수는 다시 입을 열었다.

"정말 오랜만이구나, 오자룡."

장년사내, 오자룡은 흠칫 뒤로 한 발을 물렀다.

"나, 날, 어, 어떻게⋯⋯?"

계장수의 검은 얼굴과 우묵한 눈매를 바라보던 장년사내, 오자룡은 무엇인가가 떠오른 듯, 출렁, 몸을 흔들었다.

"호, 혹시, 너, 너는⋯⋯?"

계장수는 고개를 깊게 끄덕였다.

"맞아, 나야."

오자룡은 맥 풀린 허수아비처럼 풀썩 주저앉았다.

❹

처음에 앉았던 잔술집에 계장수 일행은 또 둘러앉았다. 가운데 탁주가 가득 담긴 술 한 동이를 놓고 돌덩이 위에 앉은 그들의 모습은 참 먹는 농부들 같았다. 그런데 모두들 말이 없었다. 시선은 오자룡이란 사내에게로 몰렸다.

홀쩍홀쩍 술잔을 비워내던 풍오자는 오자룡에게 잔을 내밀었다.

"받아라."

망실한 표정으로 땅을 내려다보던 오자룡은 홀떡 고개를 들었다.

"한잔하라구."

엉겁결에 오자룡은 잔을 받았다. 동이 속에서 표주박을 꺼낸 풍오자는 잔을 채워주었다.

"머리통 육즙을 흘렸으니 보충해야지. 안 그래?"

히죽 웃는 풍오자의 얼굴을 일별한 오자룡은 잔을 두 손으로 잡고 내려다보았다. 찰랑대는 질그릇 사발의 술을 보던 그는 갑자기 거칠게 들이켰다.

"크읍."

입을 닦아낸 그는 여전히 고개를 들지 않았다. 시선도 빈 술잔에 그대로였다. 풍오자는 또 한 잔을 권했다.

"더 마셔."

표주박으로 채워주는 술을 받은 오자룡은 이번엔 망설이지 않고 들이켰다. 그리고 다시 이어진 또 한 잔의 술을 더 마신 후에야 시선을 들었다.

"산다는 게, 정말 꿈같은 일이야. 그렇지 않나?"

오자룡이 보며 말을 건넨 것은 계장수였다. 마주 보고 앉은 계장수는 말이 없었다. 그냥 면포 감은 오자룡의 얼굴을 바라만 보았다.

말없는 계장수를 보던 오자룡은 피식대고 웃으며 다시 말했다.

"꿈이지. 꿈도 이런 꿈이 어디 있겠나. 그런 섬에서 겪었던 일들도 꿈같고 살아 나온 것도 꿈같지. 그런데… 죽은 줄 알았던 네가 살아 있다니… 정말, 지금 이 순간도 꿈이 아닌지 의심스러워."

허망하고 허탈해하는 오자룡의 눈을 보고 계장수는 차분하게 말했다.

"꿈이 아니야."

흔들림없는 계장수의 눈을 들여다보던 오자룡은 고개를 끄덕였다.

"그래, 꿈일 리가 없지. 내가 살았는데 너라고 살지 못하란 법은 없겠지. 하지만 그런 네가… 네가 흑마왕이란 건 정말 꿈같은 거야. 그렇지?"

묻고 있지만, 오자룡의 말은 대답을 기대한 것 같진 않았다. 다시 수그러지는 고개가 그걸 말해 주었다. 빈 술잔을 본 그는 손수 표주박을 잡아 잔에 술을 채웠다. 그걸 단번에 비워내고서 중얼댔다.

"참, 허무하기도 하고 질기기도 한 것이 사람 목숨이지. 그중에 내 목숨은 질기디질긴 대껍질 같은가 봐. 섬에서도 살아 나오고, 그 뒤에도 살았지……."

다시 고개를 든 오자룡은 계장수를 향해 물었다.

"내가 어떻게 살았는지 알아?"

계장수보다도 옆에 앉은 용태웅과 임홍빈이 더 궁금한 얼굴이었다.

"너도 봤겠지만, 섬에서 그 귀신이 나왔을 때 그놈들은 보급 군선을 빼앗아 탈출했지. 그 와중에 병사들은 다 죽었어. 아주 참혹했지. 그런데 진태구 놈은 뭍에 나오자마자 제 옛 세력을 찾아 기반을 잡았어. 탁월한 놈이지. 모두가 그놈의 말에 휘둘렸어. 금와나 노대호도 마찬가지였지."

여전히 무표정한 계장수의 눈을 보던 오자룡은 한 잔의 술을 더 부어 마신 후 얘기를 이었다.

"놈은 수완이 좋았어. 빠르게 개봉의 뒷골목을 장악했지. 그런데 놈이 날 껄끄럽게 여겼어. 왜 그런지는 알지? 난 처음부터 그놈들과 함께 살아난 놈이었거든. 처음에는 몰랐지만 나중엔 알았지. 그놈들이 노린 건 귀신의 보석이었고, 그 때문에 군관 황남송까지도 한통속이 되었다는 걸 말이야."

취기가 오르는지 눈빛이 번지르르한 오자룡은 자신을 보는 네 사람을 주욱 둘러보았다.

"그래서 놈이 날 죽이려 한다는 걸 직감했지. 난 도망칠 궁리를 하고 있었어. 그런데 하늘이 도왔는지 그 때가 왔어. 놈들에게 어느 날 한 사람이 찾아왔지. 젊은 놈이었는데 얼굴이 창백했어. 몸에는 검은 장삼을 걸쳤더군."

조용히 듣기만 하던 계장수의 눈이 처음으로 빛을 뿜어냈다.

"긴한 거래가 있다며 찾아온 그놈은 진태구와 금와, 노대호가 보는 앞에서 귀신같은 짓을 벌였지. 그래… 그건 귀신의 짓이었어. 섬에서 본 그 귀신처럼……."

"그가 뭘 했나?"

단호하게 묻는 계장수의 눈을 보고 오자룡은 몸서리치듯이 말을 했다.

"그놈이 전신으로… 아가리로 불을 뿜었지. 그 불길에 다 녹아버렸어… 대전은 물론이고, 그 안에 있던 집기며 수십 명의 수하들까지 다 말이야……."

끔찍한 기억을 털어내듯 오자룡은 어깨를 후두둑 털었다. 임홍빈이 탄식처럼 말을 뱉었다.

"적염호귀로군!"

오자룡의 눈길이 임홍빈에게 돌았지만, 다시 계장수에게 돌아오며 뒷말을 이어냈다.

"난 그 와중에도 살아났어. 정말 운이 좋다고만 말하기엔 이상한 일이지. 더구나 그 기회를 놓치지도 않았어. 충격과 어수선함 속에 빠진 그들의 조직에서 그날 밤 탈출했어. 진태구 놈이 죽이기 전에 도망한 거지."

득의한 미소를 짓는 오자룡에게 계장수는 다시 질문을 던졌다.

"불을 뿜는 그놈, 적염호귀 놈이 그자들에겐 왜 찾아온 거지?"

오자룡은 의아한 표정으로 말을 받았다.

"몰랐나? 풍문엔 흑마왕이 금와와 황남송을 죽였다길래 그 내막을 아는 줄 알았는데?"

"모른다."

"이상하군. 그 때문에 싸웠던 것 아닌가? 벽력월인궁하고 손잡고 철무련도 박살 냈다면서?"

"묻는 말이나 말해."

표정을 굳힌 오자룡은 서늘한 계장수의 눈을 보며 침을 삼켰다.

"뭐, 뻔한 수순이지만… 그놈이 나타나서 한 말은 수하가 되라는 거였지. 복종하면 부귀영화를 보장하고, 거역하면 참혹한 죽음이 있다고 얘기했어. 당연히 진태구 등은 어이없어했고, 놈은 아가리로 적염을 쏟아냈지."

잠시 말을 끊은 오자룡은 계장수의 표정을 살피며 다시 말했다.

"내 짐작으로 그들이 노리는 건 하나야. 너와 벽력월인궁처럼 천하를 가지겠다는 것이겠지."

옆에서 듣던 용태웅이 즉각 말을 받았다.

"이보슈. 우린 그런 뜻이 아니오. 우리가 하는 일은……."

"치워라."

풍오자가 제지하고 나섰다. 뜨악한 표정을 만드는 용태웅은 무시하고 풍오자는 오자룡에게 다시 말할 것을 권했다.

"하던 말 계속해 봐."

풍오자와 용태웅을 보던 오자룡은 다시 계장수를 보고 입을 벌렸다.

"어디서 그런 놈이 나왔는지, 그놈이 뭣 때문에 진태구 같은 무리에게 나타난 건지는 나도 모른다. 하지만 한 가지 확실한 것은, 그놈이 내뿜는 불이 섬에서 본 귀신의 그것과 거의 똑같단 거지. 놈이 사람 같지 않다는 것도."

지그시 오자룡을 바라보던 계장수는 느릿하게 고개를 끄덕였다. 머리 속에 그들의 관계가 그려지기 때문이었다. 손발이 되어줄 세력이 필요했던 적염호귀나, 자신들의 뜻을 펼칠 언덕을 찾은 진태구. 그들은 서로 한 몸이 된 것이다.

생각에 잠기는 계장수의 옆에서 임홍빈은 오자룡에게 말을 걸었다.

"그동안 그들이 쫓지는 않았나요? 우리한테 당해서 망하기 전에 말이에요."

임홍빈을 탐탁지 않게 바라본 오자룡은 빈 잔을 들고 다시 술을 채웠다. 그렇게 대답없이 술만 채우고 마시고를 반복했다. 약 오른 얼굴로 임홍빈이 쏘아붙였다.

"이봐요, 물었으면 대답을 해야지요!"

크으, 소리를 내며 술잔을 내린 오자룡은 짜증난 얼굴로 입을 열었다.

"쫓기지 않았어. 내가 살아 있는 줄 알았다면 그냥 둘 놈들이 아니지. 모두가 정신이 빠졌던 그놈이 왔던 그날에, 아마도 타 죽었다고 생각했겠지."

임홍빈에게 대답을 던진 오자룡은 계장수에게 시선을 돌리며 다시 말을 꺼냈다.

"그런데 정말 몰라서 그러는 건가, 아니면 알면서도 그러는 건가?"

고개 들어 시선을 맞추는 계장수 대신 임홍빈이 잽싸게 다시 물었다.

"뭘 말이오?"

또다시 짜증 섞인 눈으로 임홍빈을 본 오자룡은 거칠게 말을 쏟아냈다.

"그놈들 말이야! 진태구와 노대호! 그놈들은 망한 게 아니라구! 내가 다시 봤어!"

계장수의 두 눈이 화악 하고 빛을 뿜었다.

"봤다고? 그놈들을? 어디서?"

거친 계장수의 기세에 놀란 오자룡은 주춤대며 입을 열었다.

"가, 감숙 땅과 섬서 땅의 접경에 보, 봉현이라는 곳이 있지. 그곳에 놈들이 여각과 기루, 자모은전가 등의 사업체를 벌인 걸 보았네. 분명 그놈들이었어."

계장수는 바로 또 다그쳐 물었다

"그게 언제야?"

"어, 얼마 되지 않았어. 몽고 땅으로 원행을 하던 길에 우연히 보았지. 그놈들의 눈을 피해 이곳으로 내려온 거지. 그러니 이십여 일쯤 되었으려나……."

계장수는 자리에서 벌떡 일어섰다.

"가자."

어벙벙한 눈으로 오자룡이 쳐다보자 풍오자가 다시 말했다.

"그놈들에게 길 안내를 하란 말이다."

풍오자에게서 다시 계장수의 검은 얼굴로 시선을 돌린 오자룡은 썩은 간 빛이 되었다. 하지만 피할 수 없다는 걸 직감한 그는 도살장에 끌려가는 소처럼 일어섰다.

계장수 일행은 그 길로 봉현으로 가는 최단의 거리를 따지며 길을 나섰다. 그들이 있다가 떠난 잔술집엔 빈 술 동이만 덩그마니 하늘을 봤다.

역천지적(逆天之敵) 2

❶

봉현은 허술한 듯하면서도 생각보다 컸다. 도시 자체가 벽지이긴 하지만 사통팔달의 요지였다. 물길도 닿아 있고 산길에 들길까지 뻗은 모양은 의외로 방대했다.

섬서와 감숙의 접경. 북진하면 몽고 야인들의 땅. 봉현은 중원의 외곽을 드나드는 상단과 장사치들의 기점이 되는 곳이다. 때문에 기루보다는 선술집 같은, 어여쁜 기생의 자태보다는 허름한 주점의 작부 같은 냄새가 나는 곳이었다.

황토먼지 날리는 대로의 한가운데 서서 임홍빈은 하늘을 봤다. 절로 미간이 찌푸려들었다. 머리를 익혀내려는지 해는 자꾸만 더 뜨거워져 갔다. 올 여름은 유난히도 덥겠다는 생각이 들었다. 그래서 짜증이 더했다.

"쳇, 하던 대로 하지 얼어죽을 정탐은."

투덜대는 그 모습을 지나던 서역 장사치들이 흘긋거렸다. 커다란 낙타를 탄 모습이 매우 이채로웠다.

"우와, 코 한번 되지게 크네. 코가 크면 그것도 크다던데 정말일까?"

오히려 임홍빈이 서역 상인들을 감탄하며 구경했다. 낙타 위의 서역인들은 자기들끼리 뭐라고 말을 주고받으며 낄낄거렸다. 분명 임홍빈을 두고 하는 짓이 틀림없었다.

"어라, 저것들이 뭐라고 짖는 거야? 내 얘기 하는 것 같은데? 더운데 머리엔 뭘 저렇게 처둘렀누?"

멀어져 가는 서역 상인들을 보며 임홍빈은 입술을 불룩 내밀었다.

"코쟁이들이 분명 내 욕을 한 것 같은데. 제기랄."

시선을 돌린 임홍빈은 전각과 건물들이 연이어 서 있는 봉현 중심을 봤다. 좌우로는 크고 작은 상단과 홀로 다니는 장사치들의 행렬이 계속 이어졌다.

복색도 가지각색, 인종도 가지각색이었다. 국경을 넘나드는 저들에게 허가와 통제가 필요할 것이지만, 허울뿐인 조정과 관에서 그런 일을 할 수 있는 지 의구스러웠다.

"염병, 아무려나. 막 가는 세상인데."

검고 노랗고 붉고 하얀 각종의 사람들을 보면서 임홍빈은 체념하듯 걸음을 옮겼다. 세상 돌아가는 꼴이 마음에 들지 않았지만, 자신이 어찌할 수도 없는 노릇이었다. 그리고 이곳에 들어온 지금은 해야 할 일이 있었다.

팔로자모은전가(八路子母銀錢家). 마방을 지나자 여각과 기루, 객주와 음식점들이 연이은 자리의 중앙에 그곳이 보였다. 주변은 고용 무사들인지 떠돌이 뜨내기인지 모를 사내들이 어슬렁거렸다. 입구를 중심으로 있는 그 꼴은 지키는 게 틀림없었다.

구경 나온 사람처럼 이리저리 휘둘러보는 모양으로 행세하며 임홍빈이 다가갔다.

"여기가 자모은전가로군."

현판을 올려다보며 들어서려는 임홍빈을 좌우에 섰던 사내들이 막아섰다.

"잠깐, 용무가 뭐냐?"

멀뚱대는 눈으로 그들을 본 임홍빈은 바로 말을 받았다.

"용무는 무슨 용무? 자모은전가에 온 이유야 뻔하지."

미간을 구기는 사내들의 표정을 보고 임홍빈은 웃는 얼굴로 바꾸어 다시 말했다.

"헤헤헤. 물건을 담보로 돈 좀 융통하려고요."

앞을 막은 사내들 중 하나가 눈썹을 꿈틀대며 물었다.

"물건? 잡히려는 게 뭔데."

임홍빈은 누런 삼베로 둘둘 만 기다란 뭉치를 내보였다.

"검입니다요. 조상 때부터 내려온 가보입죠."

검 뭉치와 임홍빈의 웃는 얼굴을 번갈아 본 사내 중 하나가 다시 말했다.

"그런데 여기서 못 본 얼굴인걸? 타지에서 왔나?"

"아, 예, 산서에서 왔습니다. 소문 듣고 왔지요. 여기서 장사 밑천을 마련해 몽고 땅으로 넘어갔다 오려구요. 양쪽의 물건을 사고 되파는 일이 이문이 많이 남는다고 해서… 헤헤헤."

실없는 임홍빈의 웃음을 보던 사내들은 서로를 보며 말했다.

"하긴, 이곳에 타지에서 안 온 놈이 있나."

"열에 아홉은 뜨내기 장사치지 뭘."

자기들끼리 눈을 한 번 맞추고 다시 임홍빈을 본 사내들은 입구를 비켜섰다.

"들어가 봐."

히죽 웃어 보인 임홍빈은 문 안으로 들어섰다.

안쪽에 들어서자 제일 먼저 보인 것은 상담용 좌대였다. 아니, 그것은 내부의 안쪽과 입구 쪽을 분리한 칸막이 같은 거였다. 실내의 중심을 반으로 가른 그것 뒤로 여러 명의 사람들이 보였다. 그들 앞에 돈을 융통하러 온 사람들이 좌대를 사이에 두고 흥정하는 게 보였다.

허리 높이의 좌대 앞으로 다가간 임홍빈은 안쪽을 넘겨다보았다. 상담하는 인원들 뒤로 쇠창살이 보였다. 마치 견고한 감옥처럼 꾸며진 그 안쪽에는 다탁과 집무용 탁상 등이 보였다. 그리고 사방에 저당 잡혀진 물건들이 종류별로, 품목별로 진열되어 있었다. 그 중앙에 초로의 사내가 보였다.

집무용 탁상에 앉은 사내는 고개를 숙인 모습이었다. 한눈에도 늘어진 귓불이 커다랗게 눈에 보이는 사내였다. 사내의 모습을 흘긋거리며 임홍빈은 좌대 앞에 섰다. 좌우로는 돈을 흥정하는 사람들이 여럿 보였다.

"뭘 잡히겠소?"

갑자기 앞에서 들린 소리에 임홍빈은 시선을 고정했다. 사십대 중반으로 보이는 사내가 좌대 안쪽에서 자신을 보고 있었다. 눈매가 날카로운 것이 자모은전가의 직원이라기보다는 병사나 무사 같은 느낌을 주는 사내였다.

"아, 예 검 한 자루를 맡기려구요."

"검?"

임홍빈의 허우대를 보다 손에 들린 삼베 뭉치로 시선을 고정한 사내는 손을 내밀었다.

"봅시다."

"대대로 내려온 가보로서 아주 귀한……."

"이리 내보시오."

임홍빈의 말을 가차없이 자르고 사내는 삼베 뭉치를 낚아챘다. 곧바로 삼베를 풀어헤치고 검을 손에 잡았다. 흰교룡피 검갑을 보는 순간 사내의 눈이 빛을 냈다.

"검갑부터 아주 귀한 것이지요."

넌지시 말을 건네는 임홍빈은 쳐다도 보지 않고 사내는 검병을 잡았다. 그리곤 조심스럽게 검을 뽑았다.

스르르릉.

맑은 물이 흐르는 듯한 소리가 검신을 타고 나왔다. 시리게 청아한 빛을 뿌리는 검신은 열여덟 처녀의 나신처럼 눈부시고 아름다웠다. 그 미려함 속에서 피어오르는 서늘한 예기와 중후함은 손이 떨릴 지경이었다.

"허어……!"

사내는 자신도 모르게 감탄을 내뱉었다. 동시에 실내의 모든 사람들이 눈길을 모았다.

"허, 저것 보게!"

"끝내주는구만……!"

돈 빌리러 왔던 뜨내기 무사나 장사치들도, 좌대를 사이에 두고 그들과 흥정하던 자모은전가의 사내들도 모두 입을 벌렸다. 그 모양을 보고 임홍빈은 야릇한 생각에 빠졌다.

'도장 어른이 이 꼴을 봤다면 어떤 표정일까? 아무튼 용태웅이가 덩치는 산만해도 사람 골탕 먹이는 재주는 있다니까? 으히히히. 한철검을 잡혀 버려?'

검을 진짜로 넘겨 버릴까 하는 생각을 임홍빈은 순간적으로 했다. 안 그래도 용태웅이 동태를 살피자는 꾀를 냈을 때 풍오자는 반대했었다. 그냥 찾아가서 부딪치면 될 일이라고 했다. 이제는 사세부득, 세불양립이라는 말이었다.

그런데 용태웅은 달랐다. 전적으로 오자룡이란 자의 말을 믿을 수도 없거니와, 평안하게 생업에 종사하던 무역 도시에 혼란을 줄 수 있다는 얘기였다. 이 도시에 호구지책을 걸고 사는 사람들에겐 큰일이 될 수 있다는 소리였다.

요상한 평계라며 투덜대는 풍오자를 흘겨본 용태웅은 결정타를 먹였다. 한철검을 홍빈 자신에게 들려서 자모은전가에 흥정하러 온 사람처럼 보내자는 거였다. 장수를 비롯한 다른 자들은 용모가 너무 튀어 안 되고 홍빈이 적임이라는 얘기였다. 당연, 풍오자는 길길이 뛰었지만, 오자룡의 말대로 풍현이 그들의 거점이고 또 그중에서도 자모은전가가 핵심이라면 그래야 한다고 했다.

"괜찮은 검이군."

검을 보던 사내의 말에 임홍빈은 상념을 털어냈다. 그런데 사내의 말과 태도가 마음에 들지 않았다. 고개를 까딱대며 이리저리 검을 돌려보는 눈길은 의도적으로 깎아 내려보는 눈길이 분명했다. 뒷말을 더 분명했다.

"쓸 만한 검이긴 하오만, 특상품이라 하기엔 조금 손색이 있는 듯하구려. 그래, 이 검으로 얼마나 융통하고자 하오?"

사내의 눈길을 살피던 임홍빈은 바로 물었다.

"얼마나 융통할 수 있소?"

잠시 임홍빈의 얼굴을 살피던 사내는 다시 한철검으로 시선을 내리며 대답했다.

"에, 이 정도 물건이면… 후하게 쳐서 은자 삼십 냥 드리리다."

"뭐요? 은자 삼십 냥? 허어, 아주 날로 먹으려 드는구만."

"이보시오. 것도 후하게 계산해 드린 거요. 이곳이니까 가능하지 다른 곳 같으면 어림도 없는 가격이오이다. 아시겠소?"

"이 양반 이거 날 완전히 물로 본 모양인데, 이보쇼. 당신 말처럼 이곳이 아닌 다른 곳 어디를 가도 최소 은자 백 냥에 거래가 가능한 물건이오. 그런데 뭐요? 은자 삼십 냥? 당신 눈엔 이게 그냥 쇠붙이로 보이시오?"

표정을 굳힌 사내는 잠시 사이를 두었다가 다시 말을 꺼냈다.

"좋소. 그럼 은자 오십 냥 드리리다. 그 이상은 안 되오."

단호한 사내의 얼굴을 직시하던 임홍빈은 피시식 웃었다. 그리곤 손을 뻗어 좌대 위에 놓인 검을 붙잡았다. 곧바로 검갑에 검을 갈무리하고 삼베로 다시 말았다.

"돈 좀 융통해서 장사해 보려 했더니만, 가보를 강도들의 손에 넘길 뻔했구만."

다시 처음처럼 모습을 감춘 검을 임홍빈이 들자 사내가 급하게 검자루를 잡았다.

"뭐요! 놓으시오. 당신들하곤 거래 안 하오."

사내는 얼굴을 들이밀고 음산하게 말했다. 눈빛도 붉은빛이 감돌았다.

"가보라 하지만 내 보기엔 그도 석연치 않아 보이는구려. 자고 이래로 분수에 넘치는 물건을 지니면 살신지화를 부르는 법. 좋은 흥정을 마다치 마시오."

불그레한 사내의 눈을 보던 임홍빈은 검자루를 홱 뿌리쳤다. 사내의 손이 떨어져 나가고 흥정을 지켜보던 모든 사람들의 시선이 걱정스럽게 꽂혔다.

"내 듣기를, 봉현의 상권을 장악한 실세들이 동쪽의 외딴 섬에서 귀신을 피해 살아난 자들이 뭉쳤다 하더니만, 귀신같은 꼬라지를 다 겪는군."

임홍빈이 던진 말에 사내의 불그레한 눈이 확, 빛을 뿜었다. 그 눈을 직시하며 임홍빈은 또 말했다.

"죄수 세 놈과 관복 입은 놈 한 놈이 뜻을 같이했지만, 귀신을 피해 섬에서 나와 제일 먼저 관복 입은 놈이 죽고, 또 한 놈은 제 동료의 꾀에 빠져 죽었으나, 나머지 두 놈도 결국은 귀신에게 잡혔으니 애초의 모든 것이 귀신의 장난인 게지."

잡아먹을 듯이 노려보는 사내를 향해 임홍빈은 빙긋이 웃으며 도호를 날렸다.

"원시천존."

뒤돌아 나가며 임홍빈은 그럴듯한 도관과 도복을 마련해야겠다고 생각했다. 아무래도 사람들이 자신을 도사로 보지 않는다는 느낌이 이젠 확실했다. 하지만 뒤돌아서는 순간에 철창 안쪽의 귓불 늘어진 사내가 시선을 던지는 것은 분명하게 보았다. 오자룡이란 자의 말대로 정말 귀가 큰 자였다.

'이제 곧 반응이 나오겠지.'

따가운 뒤통수를 무시하고 임홍빈은 대로로 나섰다. 곧바로 기루와 여각을 지나 마방 앞의 우물가로 발길을 옮겨갔다. 말똥 냄새와 건초 냄새가 코를 찔렀다. 메마른 황토먼지 사이로 진한 물 냄새도 반갑게 맡아졌다.

여유로운 걸음걸이로 우물가에 다다른 임홍빈은 두레박줄을 당겼다. 출렁대며 끌려 올라온 수통의 물을 벌컥대고 마신 그는 입을 닦고 돌아섰다.

우물을 등지고 돌아선 임홍빈은 눈을 찡그렸다. 하오로 기울어지기 시작한 해가 정면으로 보였다. 그 눈부심 속에서 예상했던 모습들도 보였다.

사내들. 자모은전가와 여각, 기루 등지에서 어슬렁대던 사내들이 걸어왔다. 수효는 대략 삼십여 명. 손에는 모두가 유엽도와 직배도, 거치도와 구환도 등 살벌한 무기를 들고서였다. 걸어오는 그들의 눈도 살기로 넘쳤다.

불그레한 눈만큼이나 붉게 보이는 황토를 밟고, 그 먼지를 뒤로 밀어내며 다가오는 사내들이 임홍빈은 생경스러웠다. 겪은 일이 많아서인지 이젠 두려움 따위도 들지 않았다. 그저 바라보고 있자니 눈이 부실 따름이었다.

거리의 기류를 눈치챘음인지 장사치와 상단의 사람들 등은 길 양쪽으로 물러났다. 일촉즉발의 흉흉한 기세를 몰고 온 사내들은 임홍빈의 이 장여 앞에서 멈춰 섰다. 사내들이 손에 쥔 무기들이 햇빛을 받아 번쩍거렸다.

사내들의 중앙에서 임홍빈과 흥정하던 사십대의 사내가 앞으로 나섰다.

"너, 이곳에 온 목적이 뭐냐?"

임홍빈은 뒷걸음질을 했다. 우물 벽에 허리를 기댄 그는 거리 풍경을 보는 자처럼 여유롭게 말을 꺼냈다.

"아까 얘기했잖아, 장사 밑천 좀 융통해 볼까 해서 왔다고 말야."

여전히 불그레한 눈으로 표정 변화를 보이지 않는 사내는 재차 물었다.

"네가 누구며, 네가 한 이야기들은 어디로부터 비롯했는지, 네 배후와 네놈이 이곳에 온 목적을 말해라. 그렇지 않으면 넌 죽은 목숨이다."

임홍빈은 빙그르 웃었다.

"궁금한 게 많은가 보네? 그런데 어차피 얘기해도 죽일 심산이고, 안 해도 죽일 계획이 아닌가?"

사내의 불그레한 눈이 점점 더 짙어져 갔다. 임홍빈은 개의치 않고 또 말했다.

"아까도 그랬지만, 난 밑지는 장사는 싫거든? 지금 이건 내가 밑지는 거 아냐? 그러니까 공평하게 하자고. 내 얘기가, 아니, 너희들이 물어본 게 왜 궁금한 건지, 너희들이 뭘 감추고 있는지, 여기서 뭘 꾸미고 있는지, 내 얘기 속의 주인공들은 어디 있는지 그런 걸 먼저 말해 봐. 응?"

다분히 조소와 장난기가 보이는 임홍빈의 태도에 사내들은 험악한 기세를 물씬 뿌렸다. 더군다나 선두에 나선 사내를 비롯한 그들 모두의 눈은 이제 혈안이 되어버렸다. 마주 보기 힘든 무서운 눈들이었다.

"그냥 둬선 안 될 놈이로구나. 네놈이 누구든, 일단은 잡아 껍질을 벗긴 후에 다시 물어보지. 그때도 네놈의 주둥이에서 그런 말이 나오는지 두고 보자."

앞선 사십대의 사내는 천천히 자신의 칼을 뽑았다. 사내의 칼이 들렸다가 내려쳐지면 공격이 시작될 것이다. 사내를 보는 임홍빈은 품 안에 손을 넣었다.

"눈알들이 벌건 것이 다들 토끼 눈이로군. 토끼는 밤일이 시답잖다지? 다들 토끼처럼 그런 건가? 쯔쯔쯧. 여자한테 사람 대접들 못 받겠군 그래."

태연한 임홍빈의 태도를 보며 사내들은 이를 갈아붙였다. 앞선 사내는 칼을 들어올렸다.

"이 새끼! 살을 바르고 뼈를 갈아주마!"

사내가 칼을 내려치며 뛰쳐나오려는 순간 임홍빈은 큰 소리를 쳤다.

"잠깐!"

사내들이 주춤했다.

"나한테도 기회를 줘야지!"

무슨 소리인지 의미를 파악하지 못한 사내들의 앞에서 임홍빈은 품 안에 넣은 손을 꺼냈다.

"이걸 이렇게 쓸 줄은 몰랐네."

임홍빈의 손에 들린 것은 거울이었다. 바로 무극조화신경. 전설의 그 거울을 치켜든 임홍빈은 햇빛을 반사시켰다. 번쩍대는 그 빛을 보고 사내들이 눈을 찡그릴 때, 임홍빈은 손에 들었던 한철검을 허공에 던졌다.

누런 삼베가 임홍빈의 손끝에 잡혀 촤르르르 풀렸다. 풀리는 삼베의 끝에는 팽그르르 도는 한철검이 허공으로 높이 떴다. 그것이 다시 떨어지려는 순간 고함 소리가 터졌다.

"갈!"

광량한 고함 소리는 거리 저 끝에서 들렸다. 소리가 들렸다고 느낀 순간 허연 그림자가 땅을 차며 날아왔다. 사람이라고 생각되는 그 그림자는 달려오며 손을 좌우로 흔들었다. 그 순간 허공에서 떨어지던 한철검이 울었다.

지이이잉!

귀를 울리는 낮고 강한 그 소리에 사내들은 다시 검을 보았다. 그 순간 검이 검갑을 이탈했다. 눈부신 은빛을 허공 가득 피운 검은 새처럼 허공에서 몸을 돌렸다. 그리곤 그림자의 손짓을 따라 뇌전이 되어 내리 꽂혔다.

피이이잉!

소리보다 더 빠른 검의 진체는 한 사내의 벌린 입을 뚫고 지나갔다. 뒤통수로 빠져나온 검이 허공으로 다시 몸을 틀어 올리는 순간, 무리를 이끌던 사십대 사내는 소리치며 몸을 날렸다.

"흩어져!"

사내의 명령과 검의 기세에 놀란 삼십여 명의 사내들은 사방으로 흩어졌다. 그런 사내들의 배후에서 지면을 박찬 그림자, 풍오자는 우물 앞의 임홍빈 곁에 착지하며 검결을 맺었다.

"일진(一震)!"

외치며 내뻗은 풍오자의 손끝을 따라 한철검은 수직강하, 다시 직각의 궤적으로 횡진했다. 사람의 어깨 높이로 비상하는 그것은 흩어지는 사내들의 목을 뚫고 그으며 날아갔다. 그러다가 다시 제비처럼 솟구쳐 올라갔다.

"회륜(回輪)!"

다시 외치는 풍오자는 검결을 맺은 양손을 서로 교차해 돌렸다. 그러자 솟구쳤던 한철검인 검신을 풍차처럼 돌리며 허공을 날았다. 사방을 돌며 날아다니는 그것은 도망치는 사내들의 몸을 여지없이 긋고 지나갔다.

날카롭게 허공이 난자되는 소리가 거리에 가득했다. 그 속에서 도망치던 자들이 내지르는 비명 소리가 터져 나왔다. 피와 살이 그림 속에 뿌려지는 꽃잎 물감처럼 화려하게 수를 놓았다. 그것은 아주 잠깐이었다.

"귀검(歸劍)!"

산발한 모습으로 풍오자는 또 외쳤다. 동시에 검결을 맺은 손은 품쪽으로 거둬들여졌다. 그것이 신호가 되어 허공을 맴돌던 검은 번쩍하는 빛을 보이고 날아왔다. 그때까지 허공의 한곳에 떠 있던 검갑도 마찬가지였다.

풍오자의 가슴 앞에서 거짓처럼 검과 검갑은 멈춰 섰다. 그것을 주인의 손이 뻗어 가만히 갈무리했다. 곁에서 지켜보던 임홍빈은 다른 소리를 했다.

"서른 남짓한 사람들을 다……. 너무 심한 거 아녜요?"

한철검의 어깨 걸이 끈을 등에 돌려 매는 풍오자는 퉁명스럽게 말을 받았다.

"심하긴 뭐가 심해? 저 자식들 눈알 못 봤냐? 마공을 익힌 놈들이야. 저기 저 자식 좀 보란 말이다."

풍오자가 턱짓으로 가리킨 사내. 맨 처음 임홍빈과 흥정을 하던 사십대의 사내. 그 사내 혼자만이 살아 거리에 몸을 세우고 있었다. 놀랍고 충격적인 얼굴로 주변을 정신없이 돌아보는 그 사내의 눈은 붉은 빛이 선명했다.

"저런 것들을 살려두면 다른 사람들이 다친다. 이미 겪어본 일이 아니냐? 새삼스럽게 자비심과 양심 따위에 얽매일 필요는 없다. 저것들은 그냥 짐승이야."

다시 살기를 뿜는 풍오자의 눈에서 임홍빈은 다른 그림자들을 발견했다. 고개를 돌려보니 홀로 남은 사내의 뒤쪽, 기루와 여각과 자모은전가 등이 있는 방향에서 사람들이 몰려나왔다. 일견 이백여 명은 넘어 보였다.

홀로 남은 사십대 사내의 뒤쪽으로 사람들은 몰려왔다. 역시 모두가 무기를 들었고, 혈안을 번득이는 자들이었다.

"저것 보라지. 진작에 그냥 들이닥쳐 밟아줬으면 번거로움이 덜하잖아. 뻔히 아는 사실에 무슨 빌어먹을 정탐을 한다고 그래. 여긴 완전히 놈들 소굴이야."

신경질적으로 턱을 긁으며 말하는 풍오자에게 임홍빈은 반론을 들이댔다.

"그래도 놈들을 모으는 일엔 성공한 것 같은데요? 더 있는지는 모르지만 우릴 죽이려고 놈들 패거리가 다 모인 것 같잖아요. 그럼 애초 생각대로 도망치는 놈들 없이 일거에 쓸어버릴 수 있지요. 그게 우리 계획 중 일부 아닌가요?"

못마땅하게 임홍빈을 힐긋 돌아본 풍오자는 불어난 놈들의 숫자를 확인하며 다시 말했다.

"삼백 명은 넘겠는데? 저놈들이 다 마공이라는 병에 걸린 놈들이란 말이지. 그런데 저 자식들, 어검술을 뉘 집 개 이빨로 아나? 뭐야, 저 기세는?"

풍오자는 자존심이 팍 상한 얼굴이었다. 그도 그럴 것이 새로 얻은 힘에 태극검보의 비전을 더해 어검술을 시전했건만, 순식간에 도륙난 제 동료들을 보고도 놈들은 다가왔다. 주저함이 없는 걸음에 붉은 놈들의 눈알은 광기처럼 번들댔다.

피부를 에일 것 같은 살기와 광기로 뭉쳐진 놈들의 무리를 보고 풍오자는 침을 뱉었다.

"퉤엣! 원시천존! 상제의 자비는 진작에 버렸지!"

등에 멘 한철검을 풍오자는 잡아 뽑았다. 그와 동시에 어디선가 짧고 강렬한 휘파람 소리가 터졌다.

휘이익!

소리가 터진 곳은 자모은전가의 문 앞이었다. 그곳에 한 사내가 있었다. 철창 안쪽의 사내, 늘어진 귓불이 덜렁대는 자. 그 사내가 휘파람을 분 것이다.

"죽여라!"

사내의 휘파람 소리가 신호가 되어 삼백여 광인들이 달려나왔다. 순서도 없고 계획도 없이 뛰어나오는 사내들의 눈엔 죽여야 한다는 살기, 그것뿐이었다.

달려오는 사내들의 광기와 살기가 밀물처럼 느껴지는 순간, 임홍빈은 우물 뒤로 몸을 숨기며 말했다.

"우리가 제대로 찾았네요. 일보세요."

우물 뒤로 머리만 내미는 임홍빈을 풍오자는 신경질적으로 돌아봤다. 그러다가 다시 앞을 보고 검을 치켜들었다.

"오냐, 이것들아! 다 덤벼라!"

한철검이 시린 빛을 검신에 응결시키고 꿈틀거릴 때였다. 거리 바깥으로부터 퍼런 번개가 날아왔다.

후아아앙!

뇌전처럼 순식간에 작렬하며 나타난 광선이 무리의 한중간을 꿰뚫었다. 아무도 의식하지 못한, 누구도 준비하지 못했던 촌음간에 도살이 벌어졌다.

혈안으로 달려들던 사내들의 몸통이 퍽퍽 터져 나갔다. 앞사람의 가슴을 뚫고 나간 진녹의 광선은 뒷사람의 몸을, 또 그 뒷사람의 몸통을 거푸 뚫으며 피를 터뜨렸다. 그렇게 꼬챙이처럼 지나간 광선은 옆으로 휘어 돌며 측면에서 또 날아왔다. 이번엔 사내들의 옆구리가 주욱 터져 나갔다.

꼭 불린 콩을 날카로운 바늘이 하나하나 꿰어나가는 것 같았다. 그렇게 사내들은 이리 쑤시고 저리 쑤시며 육편으로 널브러졌다. 그러던 광선이 허공으로 솟구치며 솟아올랐다. 그 순간 기루의 지붕을 뛰어넘는 거대한 그림자가 보였다. 그 그림자의 교차한 손이 땅으로 내려쳐졌다.

푸아아앙!

하늘로 치솟던 녹색 광선이 급강하하며 소리 질렀다. 거대한 그림자의 사내, 용태웅의 손짓을 따라서였다. 땅으로 착지하는 용태웅의 발이 지면을 밟는 순간, 혈안을 들어 보는 사내들 머리 위에서 녹색 광선이 폭발했다.

이번엔 소리도 없었다. 공기가 뭉그러지는 것 같은 환시가 보인 것은 찰나였다. 수십 개의 조각으로 흩어진 광선, 용태웅의 권환(拳丸)이 사내들의 몸을 휩쓸었다. 광풍에 낙엽이 날리듯 사내들은 사방으로 날려갔다. 몸통엔 광선 줄기들이 지나간 흔적들이 터졌다. 혈안만큼 붉은 핏줄기들이었다.

무너지는 사내들의 무리를 보며 풍오자는 쳐들었던 검을 들고 내달렸다. 미친 사람처럼 소리도 질렀다.

"야, 이 자식아! 내 손은 노는 날이냐?"

한철검이 내리그어졌다. 웅어리져 꿈틀대던 백색 검강이 용머리처럼 터져 나갔다. 죽어나가는 사내들의 무리 중심을 도강이 도끼처럼 찍어 내렸다.

쿠아앙!

황토 대로가 진동하고 자욱한 먼지가 피어올랐다. 시야가 구분이 안 될 정도의 충격과 먼지였지만 산 자들은 모두 알았다. 밭고랑처럼 길게 땅이 패이고 그 주변과 중심에 있던 자들은 모두가 먼지처럼 가루가 되었다는 걸.

흩어지는 먼지가 날려갈 무렵, 현장을 지켜보던 자모은전가 앞의 초로사내. 휘파람을 불어 공격 개시의 신호를 내렸던 노대호는 황급히 뒤돌아섰다. 도망가야 할 때라는 것을 직감한 것이다. 그런데 옆에 누군가가 있었다.

놀란 노대호는 흠칫, 몸을 뒤로 물렸다. 이제까지 앞을 보고 있었지만, 자신의 옆에 누군가 있었다는 걸 인지하지 못했었다.

"누, 누구냐?"

궁색한 소리란 걸 알면서도 저절로 물어졌다.

사내가 다가왔다.

"너희들은 한결같이 그렇게 묻는구나. 알던 사이인데 말이야."

다가오는 사내, 커다랗고 검은 얼굴을 한 사내가 무슨 말을 하는지 노대호는 알 수 없었다. 하지만 사내가 누구인지는 바로 알았다. 사내의 용모가 모든 걸 말해 주었다.

"흐, 흑마왕……!"

사내는 흑마왕인 거다. 무림맹을 무릎 꿇리고, 철무련을 없애 버린 사내. 인간이라곤 결코 생각되지 않는 봉공에게 부상을 입힌 자. 천하를 상대로 싸움을 벌이고 이제는 자신들을 쫓는 자……. 노대호는 절망을 느끼며 몸을 휘청거렸다.

"내가 왜 왔는지는 말 안 해도 알겠지?"

벽에 손을 짚고 몸을 지탱한 노대호는 떨리는 눈길로 계장수를 봤다. 그러다 계장수의 뒤, 건물의 옆 모퉁이에서 돌아 나오는 한 사내를 보고는 주르르 주저앉았다.

"오랜만이구나."

오자룡이었다. 그의 얼굴을 보고 노대호는 허탈하게 입을 벌렸다.

"죽지 않았었구나……."

"너희들도 살았는데 내가 벌써 죽을 수야 없지."

"그래… 섬에서부터 줄곧… 너는 살아남았었지."

"그건 너희도 마찬가지였다. 그런데… 이젠 끝이 된 것 같구나?"

오자룡의 얼굴을 직시하며 노대호는 천천히 고개를 끄덕였다.

"맞아… 어쩌면… 그 때를 넘겼는지도 모르지……."

수그러드는 노대호의 얼굴을 향해 계장수는 강하게 물었다.

"진태구는 어딨나? 마고지나와 적염호귀는 어딨지?"

이글대는 계장수의 눈을 마주 보기 힘든 듯, 시선을 회피하며 노대호는 말했다.

"나도 모른다. 그들의 일은 오직 진태구만이 안다. 그런데… 진태구를 아나?"

듣고 있던 오자룡이 피식 웃었다.

"알지. 알다 뿐인가? 그 지겨운 섬에서 동고동락을 한 사인데 말이야. 너희들이 마지막까지 보석을 취하러 보냈던 소년이 누군지 생각이 안 나나?"

노대호의 눈이 놀란 기색으로 올라왔다. 다시 계장수를 보는 그에게 계장수는 다가가 어깨를 움켜잡았다.

"으억!"

어깻죽지를 움켜잡힌 노대호는 고통을 참기 힘든 듯 소리를 질렀다. 계장수는 차분하고 살기 가득한 목소리로 말을 꺼냈다.

"그것들의 끈이 닿은 곳으로 날 안내해라. 그렇지 않으면 너는 귀신보다 사람이 더 무섭다는 걸 알게 될 거다."

노대호는 일그러진 얼굴을 정신없이 흔들었다. 하얗게 질린 그의 눈동자는 흑마왕이 왜 흑마왕이며, 오자룡의 말이 무얼 뜻하는 것인지 이해한 눈빛이었다.

노대호의 얼굴을 직시하는 계장수는 풍오자와 용태웅이 힘을 쓰는 곳으로 시선을 돌렸다. 이미 모든 일은 끝난 상태였다. 거리엔 광기에 물들었던 사내들의 시체만 가득했다. 멀리서 숨어 보는 사람들의 숨소리도 귀에 들렸다.

"끝났군."

옆에서 보던 오자룡이 허탈한 목소리로 말했다. 계장수는 그에게 시선을 돌렸다.

"여기까지다."

떠나라는 소리였다. 이곳까지 안내해 줘서 고맙다는 말도 아니었다.

오자룡은 계장수의 말을 듣고 고개를 끄덕였다.

"더 있고 싶지도 않다."

묵묵히 바라보는 계장수에게서 일그러진 노대호에게로 시선을 옮긴 오자룡은 천천히 한마디를 더 꺼냈다.

"언젠가 우린 다시 다 만나겠지."

늘어지던 말은 간단하게 맺음했다.

"지옥에서."

오자룡은 주저없이 뒤돌아섰다. 멀어져 가는 그의 뒷모습을 보던 계장수는 작게 중얼거렸다.

"그래, 우리 모두 거기서 만나게 될 거야."

황토바람은 번져 가는 대로의 피 위로 불고 또 불었다.

❷

계곡 사이의 분지로 들어선 순간 계장수는 느꼈다, 일찍이 경험해 보지 못한 존재들이 있다는 것을. 존재감은 모두 셋이었다. 하나하나가 적염호귀에 필적하는 패력이 느껴졌다. 하지만 찾고 있는 마고지나는 없었다.

정소연의 몸을 뒤집어쓴 그년의 존재는 느껴지지 않았다. 폐허 같은 분지의 저 끝, 깎아지른 절벽 아래에 뚫린 검은 동굴 속엔 오직 셋만이 느껴졌다.

멈춰 선 계장수의 옆으로 풍오자와 용태웅, 임홍빈이 차례로 섰다.

그들도 느낌을 받았음인지 돌처럼 무거운 표정이었다. 모두 계장수처럼 분지 끝의 동굴만 봤다.

바위 같은 시선으로 동굴을 보다 계장수는 시선을 옆으로 돌렸다. 마주 돌아보는 노대호의 불안한 시선이 보였다. 왼손에 움켜쥔 노대호의 손목을 풀고 그의 허리춤을 잡았다. 놀라는 시선을 외면하고 번쩍 들었다. 그리고 분지를 달려갔다.

"마고지나의 떨거지들은 나와라!"

분지가 흔들릴 정도로 강한 외침이 계장수의 입에서 터졌다. 바람처럼 다다른 동굴 앞쪽으로 노대호의 몸뚱이를 던져 버렸다.

"어어어!"

날아가며 노대호는 허우적댔다. 땅에 부딪치고 바닥을 구르면서는 아프다고 신음했다.

"커헉!"

등짝부터 떨어진 몸은 바닥을 수차례 구르고서 멈췄다. 일부러 그렇게 던진 건지 노대호는 균형을 잡지 못하고 짐짝처럼 굴렀다.

"크흐윽……!"

막힌 숨을 틔우려고 노대호는 몸을 뒤틀었다. 일그러진 얼굴 옆으로 커다란 귓불이 덜렁댔다. 그리고 그때 동굴의 어둠이 출렁댔다.

"조용히 해라."

출렁대는 어둠 속에서 말이 들린 후 번쩍 하는 빛이 터졌다. 그것이 막 일어서는 노대호의 오른팔을 훑고 지나갔다.

"크아악!"

노대호의 오른팔이 어깨부터 떨어져 나갔다. 마치 뜯어내 간 것처럼 떨어져 나간 팔은 바닥에서 타올랐다. 파랗고 맹렬한 화염에 휩싸인 그것은 순식간에 재가 되어 사라졌다.

"저럴 수가……!"

계장수의 뒤에서 임홍빈이 신음처럼 중얼댔다. 용태웅과 풍오자도 무섭게 눈매를 굳혔다. 순식간에 벌어진 일. 그 일을 만든 빛. 그것이 뭔지 그들은 알아봤다. 그것은 화염이었다. 빛처럼 푸르고 강렬하며 빠른 화염.

온몸을 부들대며 주저앉는 노대호의 앞, 출렁대던 어둠 속에서 사람의 그림자가 드러났다. 파랗고 붉고 하얀 화염에 휩싸인 세 명의 남자. 그들이 동굴 밖으로 나섰다.

느긋하고 여유로운 발걸음을 옮기는 그들 중, 청염에 싸인 자가 계장수를 보고 말했다.

"이곳은 성지다. 성스런 신교의 땅에서 청정을 어지럽힌 자는 벌을 받게 된다. 너희들 모두 죄를 범했다. 스스로 팔다리를 자르고 용서를 구하라."

말하는 사내의 입에서도 푸른 화염이 넘실댔다. 그 모습을 보고 용태웅이 입을 씰룩댔다.

"저 자식들이 청염수라, 홍염수라, 백염수란가 뭐, 그런 떨거지들인가 본데? 건방 떨면서 돼도 않는 협박하는 꼬라지가 거의 동네 애들 수준이잖아?"

용태웅의 말에 풍오자가 낄낄대고 산발한 머리통을 흔들었다.

"크헤헤헤! 맞다, 맞어! 야, 용가야, 너 봤냐? 저 자식 말할 때마다 아가리에서 불 꼬랑지 남실대는 거? 아가리가 저러면 아마 모르긴 몰라도 똥구녕도 저럴 거야. 그지?"

"그, 그게, 으하하하하!"

"키헤헤헤헤헤!"

두 사람은 마주 보고 커다랗게 웃어젖혔다. 옆에 선 임홍빈은 웃어야 할지 말아야 할지 고민하는 얼굴이었다. 하지만 놀림을 받은 당사자들은 불길을 사정없이 키워 올렸다.

화르르르르, 마주 보기 힘들 정도의 열기와 불길이 피어올랐다. 세수라의 몸을 감싼 불길이 두 배는 더 커진 것이다. 그건 그들의 분노를 대변하는 것이기도 했다.

"버러지 같은 것들이 신의 사자들을 놀리는구나!"

청염수라의 몸이 허공에 두둥실 떠올랐다. 그렇게 떠오른 몸이 공간을 물처럼 흘러 계장수의 앞에 내려섰다. 겨우 이 장 반쯤이나 사이를 두고서였다.

"몰골을 보아하니 네놈이 흑마왕이라는 놈이겠구나!"

청염수라가 말하는 사이 홍염과 백염도 청염의 뒤쪽으로 날아 내렸다. 계장수는 동네 건달처럼 목을 좌우로 꺾으며 심드렁하게 대답했다.

"알면 더 지껄일 필요 없지."

홍염수라가 확, 화염을 뿜으며 앞으로 나섰다.

"천둥벌거숭이 같은 놈!"

하지만 그의 발길을 청염수라의 손이 뻗어 가로막았다. 잠깐 동안 청염수라를 보던 홍염수라는 다시 제자리로 가고, 청염수라가 말했다. 어느새 차분해진 목소리였다.

"신녀께서 네놈에 대해 하시는 말씀을 들었다. 그래서 언젠가는 너를 보게 될 거라고 생각했지. 그런데 그 시간이 아주 빨리 왔구나. 밥버러지 덕분에 말이야."

청염수라의 손이 동굴 쪽으로 뻗쳤다. 무심한 그 동작을 계장수도, 용태웅도, 풍오자도, 임홍빈도 봤다.

"으허억!"

노대호가 줄에 끌린 소새끼처럼 주욱 끌려왔다. 바닥에 핏자국을 남기고 끌려오는 그는 버둥대며 안간힘을 썼다. 하지만 항거할 수 없는 힘은 그의 몸을 청염수라의 손으로 이끌어갔다.

"아, 안 돼!"

처절하게 소리치지만, 노대호의 머리통은 청염수라의 손에 잡혔다. 뜯겨 나간 어깻죽지를 붙잡았던 왼손으로 청염수라의 손을 잡고 흔들었다. 하지만 잡은 자의 손은 요지부동, 상처에선 피만 더 거세게 흘러나왔다.

"제, 제발! 사, 살려줘!"

발악 같은 애원을 쏟는 노대호를 향해 청염수라는 잔인하게 웃어 보였다.

"신녀의 종이 된 놈이 적도를 이끌었으니 마땅한 대가를 받아야겠다. 처음 볼 때부터 진가란 놈과 달리 물처럼 흐린 얼굴이더니 결국은 네가 꼬리를 밟혔구나. 하지만 상관없다. 밟아온 꼬리도 지우고 너도 지워내면 그만이다."

청염수라의 웃음이 더한층 짙어졌다.

"커허억!"

노대호의 눈이 흰창으로 돌아가고 전신이 부들부들 비틀리며 떨렸다. 그러다가 발끝부터 오그라들기 시작했다. 마치 몸 안에 든 것들을 머리 쪽으로 몰아내는 것처럼, 아니, 머리 쪽에서 그것들을 빨아내는 것처럼 쪼그라들었다.

"흐어……."

마지막 숨결 같은 소리가 노대호의 입에서 흩어진 후, 완전하게 나무토막처럼 말라 버린 그의 몸이 청염수라의 손에서 떨어졌다.

"배신자의 말로는 언제나 한가지지."

뇌전 같은 푸른 빛을 전신에서 파직대며, 청염수라의 눈이 다시 계장수에게로 돌아왔다. 지그시 웃는 그의 얼굴을 보며 계장수는 마주 웃었다.

"남의 생명을 빨아먹는 기생충들도 마찬가지야."

홍염과 백염이 동시에 노성을 터뜨렸다.

"이노옴!"

"쳐죽일 놈이!"

뛰쳐나오려는 그들의 기세는 또다시 청염수라의 양손에 막혔다. 파랗게 이글대는 화염의 눈으로 계장수를 직시하며 청염수라는 다시 입을 열었다.

"네가… 보통 놈이 아니란 소리는 들었지."

계장수는 대답없이 바라만 봤다. 말을 받은 건 풍오자와 용태웅이었다.

"지덜도 귓구녕이 있으면 소문쯤은 들었겠지."

"그럼요. 적염호귀인가 지랄인가 하는 놈도 얻어맞고 도망갔잖아요?"

임홍빈이 끼어들었다.

"그놈은 원래 그게 전문이야. 옛날에 우리 사부한테서도 도망갔다고."

홍염과 백염은 물론, 이제는 청염수라까지도 흥분을 참지 못하는 것 같았다. 퍼렇게 일렁이는 불길로 청염수라는 푸른 불길의 말을 토해냈다.

"봉공의 자비로 살아난 놈에게 억지소리를 하는구나! 이놈은 운이 좋았을 뿐이야!"

금방이라도 터질 것 같은 기세의 청염수라에게 계장수는 차분하게 말을 했다.

"네 말이 맞다. 난 운이 좋았을 뿐이야."

화르락대던 청염수라의 기세가 주춤, 한풀 꺾어졌다. 계장수의 목소리는 또 이어졌다.

"난 언제나 운이 좋았지. 죽을 위기에서 항상 살아났어. 그래서 너희 같은 것들에게 죽을 것이란 생각은 하지 않는다."

담담한 계장수의 얼굴을 바라보던 청염수라는 갑자기 웃기 시작했다.

"하하, 하하하, 하하하하하!"

푸른 화염이 사정없이 출렁대도록 웃은 그는 정색한 얼굴로 다시 말을 꺼냈다.

"그래, 넌 확실히 죽었던 놈이라고 했지. 그걸 내가 잊었구나. 하나, 너의 운도 오늘 이 자리가 끝이 될 거다. 너를 시작으로, 우리를 백수십 년 동안 가두었던 소림과 무당, 화산을 박살 내고, 세상을 신교의 은혜로 덮으리라!"

말을 마친 청염수라의 기세는 푸른 화염의 농도가 점점 더 짙고 강렬해져 갔다. 그것은 홍염수라와 백염수라 모두 똑같았다. 결전의 의지를, 신인(神人)인 자신들에게 항거하는 인간 버러지를 응징하겠다는 모습이었다.

화염의 기세가 더할 수 없이 강력해진 세 수라를 보던 계장수 일행 중 풍오자가 일촉즉발의 긴장을 깨며 갑자기 말을 던졌다.

"한 가지 묻겠다!"

기세를 최고조로 올리던 청염과 백염, 홍염의 시선이 풍오자에게 꽂혔다.

"말 중에 소림과 무당, 화산을 거론하던데, 너희 셋은 혹시 그들의 문하가 아니었나?"

청염의 뒤에서 백염이 입을 벌렸다.

"저놈이 뭔가를 아나 보군."

홍염도 한마디를 했다.

"미친놈처럼 보이지만, 도사 꼬라지를 했는걸?"

백염이 다시 말을 받았다.

"그렇군. 어쩌면 자네가 몸담았던 화산이나 내가 있었던 무당의 종자인지도 모르겠군."

홍염와 백염의 대화에 풍오자는 미간을 치켜 올렸다. 용태웅도 마찬가지였고 임홍빈은 이제야 알았다는 듯이 고개를 끄덕였다. 계장수만 무표정했다.

가라앉은 눈빛으로 계장수 일행을 보던 청염수라는 풍오자에게 시선을 고정시키고 나직하게 말했다.

"네놈 말대로 우린 그들의 제자였다. 그 시절은 광명을 보지 못한 암흑의 시기였지. 우리는 고리타분한 그들의 경전보다는 새로운 사상과 세계가 필요했어. 그런데 천운과도 같이 봉공을 만났지. 그분이 전한 가르침으로 우리는 하늘 문의 고리를 잡았다. 암흑과 미혹에서 벗어난 것이지."

청염수라의 얼굴에 미소가 떠올랐다. 만면에 그득한 그 미소를 보며 계장수는 담담하게 입을 열었다.

"악신과 요녀의 하수인이 된 것이 광명이더냐? 다른 자의 생명을 취해 저를 채우는 것이 암흑과 미혹을 벗어나는 방법인 거냐? 그렇다면 너희들은 장님에 다름 아니구나. 빛을 돌려 세운 그 어둠을 우리는 똑똑히 보고 있다."

미소 짓던 청염수라의 얼굴이 굳어졌다. 조금씩 뒤틀리는 그 표정은, 이를 갈아대는 것처럼 부득대며 화염을 꿈틀거렸다. 그러다 감당 못할 살기를 쏟아냈다.

"너희들의 궤변으로도 변하는 건 없다! 세상은 유일신 아리만과 신녀의 뜻대로 이루어질 것이다! 이 자리의 죽음을 피할 수 없는 너희들의 운명처럼 말이다!"

청염수라의 푸른 불꽃이 터지는 화산처럼 화악 솟구치며 일어섰다. 홍염과 백염도 마찬가지였다. 계장수는 두 주먹을 움켜쥐며 한 발을 내디뎠다.

"그래, 사설이 길었다. 죽이던가 죽던가, 둘 중의 하나지!"

섰던 자리에 말의 꼬리를 남겨놓고, 계장수는 튀어나갔다. 너무도 갑작스럽고 섬전 같은 그 기세를 아무도 예측하지도, 눈으로 좇지도 못했다.

콰앙!

청염수라의 화염이 흩어지며 전경이 드러났다. 계장수의 주먹이 화염을 뚫고 청염수라의 명치를 향해 뻗어 있었다. 그 주먹을 놀란 청염수라가 두 손을 모아 막은 형국이었다. 하지만 변화는 바로 그 순간 또 벌어졌다.

콰콰쾅!

계장수의 두 주먹이 연속해서 세 번을 내질렀다. 인중, 명치, 낭심을 차례로 치는 삼단 정권치기였다. 모든 권법에 나오는, 권로의 기본 중 기본이었다. 하지만 그 기본에 얻어맞은 청염수라는 뒤로 나가떨어졌다.

"커헉!"

홍염과 백염이 신속하게 청염수라의 몸을 붙잡았다. 그들은 놀란 눈으로 계장수를 봤다.

"자, 이제 시작해 볼까?"

계장수의 말과 함께 풍오자는 한철검을, 용태웅은 커다란 두 주먹을 쥐고 앞으로 나섰다.

"너, 허연 새끼! 너는 나하고 붙자!"

용태웅의 외침에 백염수라는 어벙한 얼굴로 바라보았다. 그때 풍오자는 홍염수라에게 말을 던졌다.

"벌건 새끼! 너는 나하고다!"

홍염수라와 백염수라의 얼굴이 동시에 일그러졌다. 악귀처럼 변한 그들은 화염의 기세를 부풀리며 앞으로 나섰다.

"오냐! 후회조차 부질없도록 만들어주마!"

이를 갈아댄 백염이 먼저 용태웅에게 달려갔다.

"가루를 내주마, 말코 놈아!"

홍염수라는 풍오자를 향해 터져 나갔다.

각자 부딪치는 넷의 격돌은 엄청났다. 용태웅의 푸른 주먹은 백염수라의 백색 화염강과 격돌하며 굉음을 터뜨렸고, 풍오자의 한철검은 백색 검강을 뻗어내며 홍염수라의 화염을 헤집었다. 분지가 들썩이고 바위가 터져 날았다.

　주변의 거친 상황과 상관없이 계장수는 주저앉은 청염수라를 내려
다봤다. 동료들조차 손을 놓고 간 그는 푸르디푸른 청염으로 제 몸을
감쌌다. 아마도 권격의 충격과 부상을 다스리는 행위가 틀림없었다.
그걸 계장수는 그냥 바라만 봤다.

　이윽고 찻물 반 잔 정도를 마실 시간이 지났을 때, 청염수라의 화염
이 뻗어나며 그가 일어섰다. 얼굴엔 고통과 분노, 수치가 어우러져 귀
면(鬼面) 같았다. 가격당한 인중은 아래 윗니가 모두 부서져 입술이 너
덜거렸다.

　"네놈이… 내 몸에 손을 댔구나……!"

　분노한 목소리지만 바람 새는 소리가 청염수라의 입에서 나왔다.

　무표정한 얼굴의 계장수는 아무렇지도 않게 대답했다.

　"처녀도 아닌데 손 좀 대면 어때? 아픈 게 가셨으면 시작하자꾸나."

　귀면 같은 청염수라의 얼굴은 더욱더 흉측하게 일그러졌다. 푸른 화
염은 전신에서 창날처럼 솟아올랐다.

　"죽인다아!"

　청염수라의 몸이 푸른 지옥의 불길처럼 부딪쳐 왔다. 그 몸에서 뻗
친 푸른 화염의 창들은 계장수의 전신으로 찍어 들어왔다. 살기만큼
충격적인 열기가 모공을 파고들었다.

　어금니를 문 계장수는 귀신도를 빼 들려다 주먹을 움켜쥐었다. 쇄도
하는 화염의 창들을 보면서 한 가지만 생각했다. 그것은 깨달음이었
다.

　'하늘은 하나를 얻어 하나가 되고, 땅은 하나를 얻어 둘이 되고, 사
람은 하나를 얻어 셋이 되나니, 하나가 쌓여 열이 되면 크니라…….

대해를 이루는 바다의 근본도 한 방울의 물이 모여 이루고 그 근원을 찾아 나서면 이미 흩어진 우주이며 큰 하나의 결정이니 모든 것은 끝과 시작이 여일함이라. 무릇 모든 무공이라함도 만(萬) 가지의 형태에 천(千) 가지의 공법으로 길을 달리하나, 그 시작과 끝이 귀종(歸宗)함은 이에 비춘 근본이라.'

화염의 창들이 전신에 박혀드는 그 순간에도 계장수는 생각에 몰두했다.

'철령기, 수단지도, 독왕의 비전, 암왕의 절공, 멸혼도법, 귀신도, 두 주먹과 두 다리, 나를 이루는 모든 것… 그 모든 것의 근원은 마음이라. 언제나 근원을 흩트리지 않는 항상심으로 일격에 또 일격… 필살의 의지로!'

계장수의 눈에서 번쩍 하고 빛이 터진 순간, 움켜쥔 두 주먹이 만 가지의 형상과 동작으로 앞을 향해 뻗쳤다.

슈파파파파파파팡!

공간이 터지고 깨지며 밀려 나갔다. 그 속에서 푸른 화염의 창들은 부서지고 함몰되며 바스러졌다. 조각나는 그것들 너머에서 경악하는 청염수라의 얼굴이 보였다.

환영 같은 모습을 연출하던 계장수의 두 손이 화악, 줄어들었다. 그건 줄어드는 게 틀림없었다. 만권(萬拳)을 뿜어내던 두 손이 합쳐지며 하나로 돌아왔을 때, 천둥 같은 기합과 함께 일권(一拳)이 터져 나왔다.

"가핫!"

푸항!

시커먼 쇠기둥의 줄기가 계장수의 주먹에서 터졌다. 그것이 흩어지는 화염 뒤의 또 다른 화염 장막을 뚫고 청염수라의 몸통에 들이닥쳤다. 당황한 청염수라의 두 팔이 교차하며 막았지만, 검은 기둥은 팔을 뭉그러뜨리고 몸통을 뚫고 나갔다.

퍼엉!

"크허억!"

푸른 화염의 덩어리가 되어 청염수라는 뒤로 날아갔다. 땅에 부딪쳐 몇 번을 튕기며 밀려 나간 몸이 멈췄을 때 거짓말처럼 벌떡 일어섰다.

"크허어억! 네, 네놈이……!"

부들대는 청염수라의 몸에서 화염이 거칠게 일어났다. 그것들이 처참하게 뚫어진 가슴의 구멍으로 맹렬하게 쏟아져 들어갔다. 꼭 들이붓는 물 같았다.

어느새 몸을 감싸던 화염은 다 들어가고 없었다. 잔 불결 같은 파릇함만 남아 있을 뿐이었다. 그런데 이번엔 가득 찬 내부에서, 뚫어진 구멍에서 불길이 터져 나왔다.

"크아아아악!"

청염수라는 고통에 찬 비명을 질러댔다. 내부에서 터진 푸른 화염은 그 몸을 다시 감싸 버렸다. 그리고 화산의 용암이 터져 나오듯, 전신의 모든 곳에서 화염이 터져 나왔다.

퍼어엉!

청염수라의 몸뚱이는 한순간에 푸른 광염에 휩싸여 재가 되었다. 가루조차 남지 않은 채 몸은 사라졌다. 그가 섰던 자리엔 화르륵 팽창하는 푸른 화염만이 있었다. 하지만 그것도 잠깐, 허공에 퍼진 화염은 허무하게 사라졌다.

빈자리만 남은 곳을 쳐다보던 계장수는 시선을 돌렸다. 눈에 보인 것은 홍염수라와 풍오자의 격전이었다. 허공에 떠 절벽을 차며 이동하는 홍염수라는 화염의 강기를 유성처럼 던져 대는 중이었다. 그것을 향해 풍오자는 강기를 뿌려댔다.

콰콰콰콰콰쾅!

지면이 깨져 일어서고 먼지가 휘날리며 화염과 강기의 편린들이 비산했다. 하지만 그 와중에 풍오자의 발이 한 발 두 발 뒤로 밀렸다. 계장수는 소리쳤다.

"힘을 써요!"

동시에 왼 주먹을 휘둘러 올려쳤다.

파앙!

권경이 투명한 얼음처럼 뭉글대는 모습으로 터져 나갔다. 화염강을 날리던 홍염수라의 붉은 장막에 작렬했다.

콰앙!

출렁, 홍염수라의 붉은 몸통이 흔들렸다. 그 짧은 순간에 풍오자는 이를 물고 한철검을 허공에 던졌다. 그리고 두 손의 검결을 깍지 끼듯 모았다가, 뿌려내듯 홍염수라를 향해 펼쳤다.

"열검(列劍)!"

허공에 뜬 한철검이 부챗살처럼 퍼졌다. 마치 처음부터 수많은 검날들을 합쳐 놓았던 것처럼 찬연하게 벌어졌다. 그것들이 홍염수라에게 비상했다.

피피피피피피핑!

은빛의 검인강(劍刃罡). 그 화려한 폭죽의 폭발 속에서 홍염수라는 입을 딱 벌렸다. 벌려진 그 입은 물론이고 화염 덮인 전신에 그것들이 박혔다. 그리고 비집고 나갔다.

퍼퍼퍼퍼퍼퍽!

허공에서 벼락 맞은 사람처럼 요동치던 홍염수라의 몸뚱이가 떨어졌다. 크게 한 번을 요동쳤던 몸은 이내 잠잠해졌다. 붉은 화염은 삽시간에 상처 구멍으로 빨렸다가 폭발하듯 튀어나왔다. 그리고 재가 되어 흩어졌다.

"허억, 허억! 제기랄!"

거친 숨을 쉬던 풍오자는 홍염수라의 최후를 보며 욕설을 내뱉었다. 한철검을 회수한 그는 곧장 계장수에게 화살을 돌렸다.

"야, 이 자식아! 누가 도와달라던? 나 혼자서도 할 수 있었단 말야!"

바락대는 풍오자의 뒤쪽에서 때마침 임홍빈이 소리쳤다.

"저거 좀 봐요!"

백염수라의 백색 화염강에 맞서던 용태웅이 권왕의 비기, 반뢰권의 정수를 정신없이 내질렀다.

파파파파파팡!

푸른 뇌전의 줄기와 백색 화염의 강기들이 서로 충돌하고 섞이며 폭발했다. 서로가 한 치의 양보도 없는 극한 접전이었다. 그런데 반뢰권을 정신없이 던진 용태웅이 갑자기 몸을 디밀었다. 왼발을 내밀어 시작한 전진은 몸을 비틀어 돌리며 두 주먹을 풍차처럼 휘돌리고 회전해 나아갔다.

후이이잉!

커다란 두 주먹이 푸른 강기의 정화를 손에 두르고 돌아가는 모습에 백염수라는 움찔한 모습이었다. 그 기세를 빌어 화염강을 헤치고 나간 용태웅의 수레바퀴 주먹은 백염수라의 두 팔과 맞부딪쳤다. 굉음이 터졌다.

콰콰콰쾅!

연속해서 네 번을 격돌한 주먹의 주인들은 얼굴이 서로 달랐다. 용태웅은 사천왕처럼 눈을 부릅뜬 악에 받친 얼굴이었고, 백염수라는 고통을 참지 못하는 표정이었다. 그 결과를 보여주듯 백염수라는 뒷걸음질쳤다.

용태웅의 눈에 한순간 벼락같은 빛이 번뜩였다. 돌던 두 팔과 몸은 멈춰 섰고, 거칠게 땅을 밟은 다리에서 올라오는 힘을 받아 허리를 뒤틀었다. 그 탄력을 이어 어깨를 출렁이며 주먹을 내질렀다. 주먹은 푸르게 폭발했다.

소리도 들리지 않았다. 한순간 눈이 멀 듯한 빛이 용태웅의 주먹에서 나와, 뒤로 물러나는 백염수라의 몸으로 건너갔다. 그 빛에 닿은 백염수라의 백색 화염들이 스러졌다. 스미는 것처럼 그렇게 뻗어간 빛이 경악하는 백염수라의 전신을 뒤덮었다. 아니, 그렇게 보인 것은 착각이었다.

부옇게 퍼진 푸른빛의 중심, 그곳에서 짙고 푸른 구체 하나가 밀려나왔다. 그리곤 백염수라의 벌려진 입을 관통했다. 그것은 권경의 핵이며 강기의 결정, 권환(拳丸)이었다.

퍼엉!

백염수라의 머리가 산산조각으로 터졌다. 터져 없어진 그 머리로 백색 화염들이 밀물처럼 몰려들어 갔다. 그리곤 곧바로 다시 터져 나오며, 백염수라의 몸뚱이도 터져 흩어졌다.

푸아앙!

후끈한 열기와 백색 화염이 확산했다. 하지만 허공에 흩어지는 것은 화염뿐, 남은 것은 아무것도 없었다.

풍오자처럼 헉헉대며 돌아서는 용태웅을 보고 임홍빈은 뒤늦게 생각난 듯이 말했다.

"다 죽여 버렸네? 하나는 남겨서 물어봐야 했던 거 아니야?"

풍오자가 버럭 신경질을 내며 윽박질렀다.

"야, 이 새대가리 자식아! 저 자식들이 마고지나의 행방 같은 걸 말할 것 같으냐? 싸움질도 겨우 했는데 뭐? 잡아야 했다고? 능력있으면 네가 해보지 그래!"

찔끔한 임홍빈은 궁색하게 중얼댔다.

"아니, 말이 그렇다는 거지 뭐, 그런 걸 갖고……."

"시끄러워! 여기다 불이나 싸질러 버려!"

거듭된 풍오자의 호통에 임홍빈은 한쪽으로 물러나며 계속 궁시렁댔다. 그 곁에서 주저앉는 용태웅의 힘겨운 얼굴을 보며 계장수는 말을 꺼냈다.

"일어서. 가자."

주저앉았던 용태웅이 어이없다는 얼굴로 눈을 치켜떴다.

"뭐라고? 지금? 어디로 갈 건데?"

계장수는 느긋하게 뒤돌아서며 대답했다.

"나도 몰라. 또 돌아다녀 봐야지."

용태웅은 물론, 풍오자와 임홍빈의 고함 소리가 동시에 들렸다.

"야, 임마!"

"어이, 거지 같은 자식아!"

"좀 쉬자고!"

대꾸없이 등을 보인 계장수는 손만 흔들었다. 일없다는 소리 같았다. 그렇게 걸어가는 그의 발길은 유난히 무거웠다. 하늘도 그 심정을 아는지 비를 내릴 것처럼 꾸물거렸다.

역천지적(逆天之敵) 3

1

혼들리는 마차의 주렴 밖으로 시선을 둔 마고지나는 문득, 아미를 찌푸리고 고개를 저었다.

"허무맹랑한 일이 생겼군."

맞은편에 앉은 적염호귀 태전동은 조심스레 고개를 들었다.

"무슨… 심기를 쓰실 만한 일이 계시옵니까?"

주렴을 손으로 걸어 바람을 맞는 마고지나의 얼굴에 무거운 기색이 떠올랐다. 휘날리는 귀밑머리는 파라락 소리를 내는 것만 같았다. 그래서 벌어지는 붉은 입술이 더 선명해 보였다.

"청염과 홍염, 백염, 세 수라의 생기(生氣)가 끊어졌다."

태전동의 눈이 벼락처럼 치떠졌다.

"예엣? 그, 그럴 리가!"

동요없이 창밖만 보는 마고지나에게 시선을 박은 태전동은 한동안 벌린 입을 다물지 못했다. 그러다가 천천히 시선을 바닥으로 내리며 중얼댔다.

"그들이 죽었다면… 그들을 죽일 수 있는 자라면… 지금 세상엔 흑마왕 그놈뿐인데…….."

홀떡, 고개를 든 태전동은 마고지나를 봤다. 여전히 창문에 시선을 둔 마고지나는 태전동의 시선에도 변함이 없었다. 태전동은 참지 못하는 얼굴로 물었다.

"흑마왕 그놈이 그랬을까요?"

대답을 하지 않는 마고지나에게 태전동은 또 물었다 조급스런 표정을 감추지 못하고서였다.

"정녕 그런 일이 벌어졌겠습니까? 그들의 본 교의 수호신장들입니다. 그놈에게 설혹 그럴 능력이 있다 해도 놈은 혼자고 그들은 셋입니다. 더군다나 그놈이 성지를 알 까닭이 없잖습니까? 그런데 어찌하여 이런 일이…….."

마고지나의 시선이 처음으로 돌아왔다.

"그가 혼자라고 누가 말하더냐?"

"예……?"

"그놈은 혼자가 아니다. 이미 철무련을 칠 때 옛 아우들과 뭉치지 않았더냐. 거기다가 환생한 이후로 동행한 자들이 있다. 그자들의 내력도 분명치 않아."

"하지만 아무리 그들이라고 해도 세 수라를 당해낸다는 건 말이 되지 않습니다. 소신이 알기로 그놈의 일행은 그저 오다가다 만난 도사 나부랭이입니다. 더군다나 수라신장들은 이미 소신의 능력에 필적하는 힘을 가지고 있었습니다."

주먹까지 쥐고 계속 말하는 태전동의 눈에는 힘이 들어갔다.

"그런 그들에게 달려든다는 건 숫자의 의미가 없습니다. 더군다나 소신과의 일전으로 흑마왕 놈은 부상이 녹록치 않았을 터입니다. 최소한 몇 달 이상은 자리보전을 했어야 정상인 놈입니다. 그런 놈에게 당했다는 건 설득력이⋯⋯."

"쓸데없는 소리야. 그들은 이미 세상의 먼지로 사라졌어."

낮고 단호한 마고지나의 음성에 태전동은 벌리려던 입을 다물었다.

천천히, 처음처럼 창밖의 풍경을 보던 마고지나는 다시 입을 열었다.

"그놈에 대한 판단을 다시 해야겠군. 너무 과소평가했어. 천하를 집어삼켰던 놈이거늘, 그저 운 좋게 죽고 다시 태어난 놈이라고만 생각했으니⋯ 화를 자초한 셈이야. 놈에겐 우리가 알 수 없는 다른 변화가 생긴 게 틀림없어. 그 변화가 우리로부터 비롯한 것인지 원래의 것인지 알 수 없군."

묵묵하게 고개를 숙이고 생각에 잠기던 태전동은 다시 시선을 들었다.

"인간에 불과한 놈이, 이토록 짧은 시간에 그들을 능가할 힘을 가진다는 것이 이해가 되지 않습니다만, 말씀대로 이미 벌어진 일. 하지만 과연 그놈은 성지의 위치를 어찌 알았을까요? 연결 지을 끈이라곤 전무했을 터인데 말입니다."

밖을 보던 마고지나의 시선도 다시 태전동에게로 돌아왔다.

"모르는 걸 알 수는 없는 노릇. 그놈이 변하게 된 것도, 성지가 드러나게 된 것도 모두 누군가 아는 자에게서 비롯했겠지."

태전동의 눈이 헤아림으로 가늘어졌다.

"성지를 아는 자라야 그곳을 지키던 세 명의 수라신장과 소신, 그리고 마차를 모는 진태구 놈과 봉현의 거점을 관장하는 노대호란 놈 외에는 다른……."

말하던 태전동의 눈이 파직, 불을 뿜듯이 빛났다.

"혹여, 외부 거점인 그곳으로부터……?"

고개를 가만히 끄덕인 마고지나는 담담하게 말했다.

"드러난 곳은 거기밖에 없다. 그곳을 거쳤다면, 그곳 또한 먼지만 남았겠지. 거기서 성지인 태백산은 지척이니, 당연히 아는 자의 손이 이끌었을 테고."

수차례 눈빛이 교차하던 태전동은 고개를 수그리며 용서를 구했다.

"소인의 불찰로 신녀의 대업에 누를 끼치게 되었습니다. 벌을 내리십시오! 달게 받겠습니다!"

진정과 결의가 묻어 나오는 태전동의 말에 마고지나는 변화없는 얼굴로 말을 꺼냈다.

"누라 할 것은 없다. 그곳을 맡겼던 놈의 소용 가치가 그것밖에 안 된 것을 어찌하겠는가? 또한 흑마왕이란 놈의 발길이 그리 닿을 줄은 나도 예상치 못했던 터. 세 수라신장 역시도 그만큼의 존재였으니 그리된 게지."

작게 흔들리던 태전동의 고개가 다시 들렸다. 시선을 받은 마고지나는 요요롭게 미소 지었다.

"재밌게 되었구나. 그놈이 나의 발길을 막아선단 말이지? 그 옛날엔 여섯 놈의 늙은이들이 나를 막더니만, 이번엔 그들 중 셋의 진전을 이은 한 놈이 나를 막는다? 섬에서 그놈과 섞였을 때의 야릇한 예감이 이거였나?"

소리없이 짙어지는 마고지나의 미소를 보던 태전동은 조심스럽게 말을 꺼냈다.

"그런 놈이라면, 지금이라도 미리 대비를 하시는 것이 좋지 않겠습니까? 소신 역시도 그놈과 조우했던 때를 놓친 것에 대한 후회가 앞섭니다만."

미소를 날리던 마고지나는 다시 흰 이를 보이며 말했다.

"대비라… 봉공, 너는 본녀가 왜 그 옛날 그놈들에게 당해야 했는지 아느냐?"

바라보던 눈을 내려 급히 머리를 조아린 태전동은 공손하게 대답했다.

"소신이 어찌 헤아리겠습니까. 다만 그 옛날 신궁의 터가 있던 사천 땅의 노산(蘆山)에서 육왕과의 전투가 있을 때, 아마간, 아보기 두 분 궁주님이 쓰러지시고 신녀께서 육신을 버리시던 일은 생생히 기억하고 있나이다."

옛일이 떠오르는 듯, 마고지나의 눈매가 지그시 내리 감겼다.

"그래. 아마간은 검왕 최염의 천지검(天地劍)에 가슴이 뚫리고 도왕 계문설의 귀신도에 목이 잘렸지. 아보기는 권왕 용정필의 반뢰권을 맞고 창왕 오세명의 무적신창(無敵神槍)에 미간이 뚫렸어. 그 와중에 난 독왕과 암왕의 공세를 뚫고 달아나야 했어. 몸을 버리던 그 순간에, 대전 밖의 한쪽에서 떨고 있는 네게 모든 걸 명했지."

태전동의 떨리는 시선이 다시 들렸다. 마고지나의 딱딱해진 목소리도 다시 이어졌다.

"후일을! 오늘의 이 모든 일을 철저하게 준비하고 도모할 것을 말이야!"

떨리던 태전동의 눈동자에 격한 감정의 기운이 솟구쳤다.

"머리 속에 울리던 신녀의 명을 받들어… 소신은 삼백 년간이나 세상을 떠돌았나이다. 그들의 죽음도 보았고, 절손(絶孫)의 위기에 처한 그들의 집안을 음지에서 돌봐왔나이다. 지금 그들의 후손은 소신을 대대로 이어온 그들 집안의 은인으로 알고 있습니다. 또한 은혜 갚음을 위해 준비를 하고 있습니다."

요기 흐르던 마고지나의 미소가 흡족함으로 변해갔다.

"긴 세월을 수고하였다. 너의 노고를 본녀는 영혼 깊이 간직하고 있다."

"송구하옵니다."

깊숙이 숙여진 태전동의 뒷머리를 보며 마고지나는 음산하게 말을 이었다.

"이제 시작이다. 계문설이 삼백 년의 안배로 나를 잡아 가두었듯이, 나의 안배는 삼백 년이 지난 지금 꽃을 피울 것이다. 그 때문에 나는 삼백 년간을 갇혀 기다렸다. 도왕, 그가 살아 있다면… 제 눈을 파내고 싶을 게야!"

끓어오르는 감정을 참을 수 없는 듯, 마고지나의 눈매는 파르르 떨렸다. 그 얼굴에 차가운 미소가 겹치고 살기 어린 목소리가 더해졌다.

"삼백 년 전 그때에도 그것만 내 손에 있었다면 그들은 날 어찌할 수 없었을 것이다. 그걸 찾으려는 날, 계문설과 다른 놈들이 가로막았지. 하지만 지금은 누구라도 어쩔 수 없다. 그것을 가지고 두 궁주의 혼을 불러내면, 모든 것이 끝이 난다. 세상을 신교의 뜻으로 아우르는 게지!"

파랗게도 보이고 붉게도 보이는 마고지나의 눈은 마주 보기 힘들었다. 그래서 적염호귀 태전동은 고개를 다시 수그렸다. 수그려진 그의 어깨는 가늘게 떨렸다. 긴 시간을 고대하던 숙원이 눈앞에 보이는 것만 같기 때문이었다.

마차 밖에선 비를 머금은 바람이 구슬프게 울며 지나갔다.

❷

대륙상가가 위치한 하남 땅 정주에는 이상한 소문이 돌았다. 무림맹이기도 한 대륙상가의 후원 깊숙한 어디로부터 귀신 소리가 들린다는 거였다. 소문을 뒷받침할 만한 증거도 있었다. 무슨 일인지 밤마다 은밀하게 후원으로 마차들이 드나들었다. 들어갈 때 빈 마차였던 것이 나올 때는 시신을 싣고 나왔다.

죽은 자들은 모두 무림맹에 투신한 각 문파의 제자들과 젊은 무사들이었다. 그들의 죽음은 갖가지 억측과 소문을 불러일으켰다. 하지만 대놓고 말하거나 이의를 제기하는 자는 아무도 없었다. 그랬던 몇이 소리없이 사라졌고, 사라진 그들을 보았다는 사람은 단 한 사람도 없었다.

대외적으로 아무런 반응을 보이지 않는 무림맹의 모습도 은밀한 소문을 부추겼다. 흑마왕과의 일전에서 패한 이후, 동굴 속으로 기어들어 겨울잠을 자는 곰처럼 아무 움직임이 없었다. 꽉 닫힌 문을 드나드는 사람들도 거의 없었고, 칙칙하게 잠긴 상갓집 같은 모습만이 언제나 보이는 전부였다.

비가 내렸다. 대륙상가의 후원에도 비가 내렸고, 정주에도, 하남 땅

전부에도 비가 쏟아졌다. 비는 제법 굵고 줄기찼다. 본격적인 여름을 알리는 장마비의 시작이었다. 떨어지는 빗줄기들은 모든 것들에 부딪치며 울어댔다.

쏴아아아아……

하늘 가득 퍼져 내리는 빗소리가 후원 그득히 울림을 만들며 내려앉았다. 두두둑. 후두둑. 정원수와 풀잎 더미에 부딪는 소리들은 정갈한 심회를 만들었다. 연못의 수면에 낙하하는 비의 소리들은 작은 연주처럼 명징했다.

하염없이 쏟아지는 빗줄기에 시선을 준 청진은 처마에서 흐르는 물줄기에 정신을 팔았다. 굵은 줄기로 떨어지는 그 물들이 비보다 더 큰 소리를 내며 열린 문 안쪽으로 파문을 만들었다. 탁자 위에 식어가는 차는 흐린 김을 피워 올렸고, 오롯한 정적이 감도는 실내에는 빗소리만이 가득했다.

"장마가 시작되었구나. 얼마 안 있어 날이 개이고 만물이 여무는 태양이 비추는 날이 오면 세상의 모든 것이 이치에 따라 익어가겠지. 그리고 그날이 지나면… 고대하던 모든 것들의 결과가 이루어지리라. 중화정도 세상의 날이……."

청진은 눈을 감으며 염주 알을 헤아렸다. 손끝에서 하나하나 넘겨지는 염주가 유난히도 느리게 보였다. 그것은 어쩌면 넘기는 자인 청진의 심중을 보이는 것인지도 몰랐다. 넘고 또 딛고 일어서 또 넘어가는 세상의 일처럼.

"흑마왕! 가히 악마에 버금가는 놈!"

청진은 저도 모르게 소리를 높였다. 그날의 일을 생각하면 지금도 전신에 치가 떨렸다. 대소림의 어른이며 무림의 원로인 자신이, 무림맹의 실질적인 주인인 자신이 새파란 애송이에게 무릎을 꿇은 것이다.

"갈아 마실 놈……!"

다시 생각해도 분이 풀리질 않는 일이었다. 그 일로 비롯해 많은 것을 잃었다. 명성을 잃었고 조직이 위축되었으며, 따르던 자들이 의심하고 세상은 손가락질을 했다. 하지만 그날의 일이 없었다면 내일을 꿈꾸지 못했으리라.

통렬하게 가슴에 남은 일이지만 그날의 일은 현명하고도 과감한 결단이었다. 만일 그날 그놈에게 맞섰다면, 결과는 끔찍했을 것이다. 놈은 그 일이 있은 후에 얼마가 지나지 않아 철무련을 깨부쉈다. 그렇다. 그건 말 그대로 깨부순 거였다.

의문은 있었다. 놈과 벽력월인궁의 두 괴물이 어찌 어울리게 되었는지는 알 수 없었다. 하지만 그런 과정에 의미를 두지 않더라도 그들이 함께 만들어낸 일은 너무 엄청났다. 철무련이 무너진 것이다. 조극강의 사후에 둘로 갈라지긴 했지만, 철무련은 여전히 그 이름만으로도 두려운 존재였다.

그랬던 철무련이 사라졌다. 그 자리의 모든 것을 벽력월인궁이 차지했다. 조극강의 여자였던 정소연과 그 자리를 꿰어찼던 사마용추는 비참한 최후를 맞았다고 했다. 그 둘의 아들이라 쉬쉬하던 조현수, 아니, 사마현수는 두 동강이 났다고 소문이 돌았다. 하루 저녁 만에 벌어진 일이었다.

그래서 그놈은 더욱 무서웠다. 이 모든 엄청난 일을 만들어낸 흑마왕, 그놈이 두려웠다. 몰락한 집안이던 도왕의 후손이 다시 세상의 전면에 드러난 것이다. 놈은 독왕과 암왕의 진전을 이었을 뿐만 아니라, 고약하기로 소문난 혁련휘와 위지강천까지도 주물렀다. 그들은 한편이 된 것이다.

대관절 어떻게 그리된 것인지는 이제 궁금하지도 않았다. 적의 적이란 상대적인 개념이 그리 만들었을 거란 추측만이 있을 뿐이다. 그러나 그럼으로써 그들은 세상을 차지했다. 원래부터 하나였던 철무련의 반쪽을 벽력월인궁이 흡수한 것이다. 하지만 그것조차도 다 버리고 놈은 떠났다고 했다.

"과연 그놈이 노리는 것은 무엇인가?"

청진은 염주 알을 헤던 손가락을 멈췄다. 흐린 바깥의 일기만큼 의문은 어둡기만 했다. 놈은 제 가문과 아비의 복수를 이루었다. 하지만 소문 속에 보이는 그놈의 행보는 꼭 그것만이 전부는 아닌 것 같았다. 더군다나 그놈은 내력이 불분명한 자들과 어울렸다. 미친 풍오자 놈까지 함께.

"가만, 풍오자……?"

뭔가 머리 속에 번쩍 하는 것 같았다. 그걸 놓치지 않으려고 청진은 미간에 깊은 골을 지었다. 기억의 편린들을 하나하나 되짚었다. 풍오자의 얼굴이 떠오르고 그가 했던 말들의 단편이 되살아났다. 그것들을 조합했다.

"그래… 그놈이 옛얘기를 했었지. 갇혔다가 도망간 세 문파의 잊혀진 자들 이야기. 그리고 그 배후를 확인했노라 말했다고 했지. 암흑마궁의 준동… 그놈은 그걸 막으려는 건가? 하지만 왜? 가진 것도 혁련휘와 위지강천에게 내준 놈이 무엇 때문에? 설마 정의감이나 그런 것?"

청진은 혼란스러웠다. 소림에 갇혔던 그들이 도망쳤을 때 자신도 본격적인 일에 착수했다. 때가 도래했음을 느꼈기 때문이다. 암흑마궁. 그들의 부활을 자신도 예견했다. 그 때문에 곤륜이성까지 찾았던 것이다. 하지만 그것을 기회로 여겼었다. 혼란스런 세상의 물결을 타고 품은 뜻을 펼치려 했다.

그런데 본격적인 일이 도래하기도 전에 장벽을 만나 주저앉았다. 그것이 흑마왕 그놈이었다. 놈은 순식간에 나타나 그야말로 순식간에 세상을 손에 쥐었다. 하지만 그것을 다시 다 던져 버렸다. 과연 그놈이 추구하는 것은 무얼까? 암흑마궁을 대비한다는 것은 이제 확실했다. 그러나 그 이유는 과연 무엇인가?

"무엇인가? 놈은 지금 어디서 무얼 하는가?"

쏟아지는 빗방울처럼 청진의 눈에서도 의문의 빗줄기들이 떨어져 파문을 일으켰다. 하지만 내외가 동화되는 그 고요는 오래가지 않았다.

"사형!"

허락도 없이 문을 열고 들어선 자는 청율이었다. 돌아보는 청진의 눈에 비친 청율은 왠지 흥분하고 상기된 얼굴이었다.

"사형! 기뻐하십시오!"

"무슨 일이냐?"

"연무기 그 친구가 고비를 넘겼다고 합니다!"

"뭐라? 정말이냐?"

청진은 자리에서 벌떡 일어섰다. 그의 얼굴도 청율의 얼굴만큼 흥분한 모습이었다.

"가자! 가서 봐야겠구나!"

청진은 청율을 제치고 제가 먼저 문을 나섰다. 뒤따른 청율이 사라지자 실내에는 빗소리만이 남았다.

후원을 때리는 빗소리는 점점 더 거세져만 갔다.

❸

마차 문이 열리고 주렴이 걷히자 마고지나는 발을 내디뎠다. 어느새 진태구는 우산을 펼쳐 들고 기다렸다. 다다다닥 우산을 때리는 빗소리가 귀에 선명하게 들렸다.

질퍽해진 땅에 발을 딛으며 시선을 던지니 오래된 절의 산문이 눈에 보였다. 꼭 오고자 했던 곳. 몽매에도 염원했던 곳이나 끝내는 오지 못했던 곳. 삼백 년을 기다려 다른 몸을 뒤집어쓰고서야 찾아온 곳. 청학사(靑鶴寺)였다.

"드디어 왔구나!"

마고지나의 입에서 감회 어린 목소리가 흘러나왔다. 우산을 든 진태구나 뒤따라 공손히 뒤에 시립한 태전동이나 마고지나가 이곳에 온 이유는 알지 못했다.

푸른 학의 날개처럼 휘어진 절의 지붕을 보던 마고지나는 발을 내밀었다.

"향화(香火)를 왔다 일러라."

눈알을 재빠르게 굴린 진태구는 우산을 태전동에게 넘기고 절 문으로 달려갔다. 빗속에 사라지는 그의 모습을 보며 태전동은 마고지나의 발길에 맞추어 걸어갔다. 하지만 시선은 절을 둘러싼 작은 마을을 주의 깊게 살폈다.

"외람되오나, 이곳은 어인 행차시옵니까? 오는 내내 궁금했습니다만, 중원 동북변의 이 벽지에, 더군다나 중원인이 아닌 이족의 마을인 듯싶습니다만."

천천히 걷는 마고지나는 차분한 음색으로 대답했다.

"제대로 보았구나. 이족의 마을이지. 동이족의 후손들이 사는 마을이다."

"동이족입니까? 변방의 오랑캐들이로군요?"

마고지나는 걸음을 멈췄다. 느릿하게 옆을 돌아본 마고지나는 태전동의 의아해하는 눈을 보며 물었다.

"변방의 오랑캐라고? 정녕 그리 생각하느냐?"

잠시 머뭇거리던 태전동은 대답했다.

"사실이 그렇지 않습니까? 중원 땅의 변두리를 겉도는 민족이 그들이 아니겠습니까?"

마고지나의 얼굴에 싸늘한 미소가 걸렸다.

"삼백 년을 헛살았구나."

다시 돌아간 마고지나의 걸음에 맞춰 태전동은 급히 발걸음을 떼었다. 하지만 방금 전 그녀가 한 말이 무슨 뜻인지를 몰라 계면쩍은 얼굴이 되었다.

그렇게 태전동이 머쓱함을 보이고 마고지나의 걸음이 절 문에 다다랐을 무렵, 안에서 진태구와 중년승 하나가 마중을 나왔다. 긴 머리에 굵은 염주 알을 목에 두른 중년승은 중 같아 보이지 않았다. 중보다는 무당 같은 모습이었다.

"어서 오십시오. 우중(雨中)에 행차를 하시다니 대단한 신심(信心)이십니다."

목례를 보이는 중년승은 불호를 외우지는 않았다. 생긋 웃는 마고지나의 얼굴을 일별한 중은 뒤돌아 앞서 나가기 시작했다.

"소승을 따르시지요."

수인사보다는 비를 피하는 게 우선이라는 모양새로 중은 작은 종각을 지나 요사채로 안내했다. 선방과 승방, 그리고 접객방을 겸한 듯한 요사채는 오래된 목조 건물이었다. 얼마나 세월의 때를 머금었는지 기둥과 문짝 등이 맨질맨질거렸다.

"이곳에서 잠시 노독을 푸시지요. 소승은 차를 내오겠습니다."

사라지는 승려의 뒷모습을 보던 태전동은 의자를 소매로 털어 마고지나에게 권했다. 문밖의 처마 밑에 서 있는 진태구를 확인한 그는 맞은편에 앉으며 말을 꺼냈다.

"아주 작은 절이로군요. 보아하니 중노릇을 하는 자도 저자 하나인 것 같습니다."

마고지나는 열린 문 밖을 보며 다른 소리를 했다. 아주 감회가 깊은 목소리였다.

"삼백 년 만에 왔군. 드디어 왔어!"

마고지나의 시선은 자신들이 있는 곳 건너편의 다른 승방을 향했다. 곧이어 두 건물의 사이, 안쪽 중앙에 위치한 대웅전을 보았다. 아스라이 더듬는 것 같은 그 시선을 좇아 태전동도 눈길을 주었다. 그런데 대웅전 뒤로 다른 건물이 하나 더 보였다. 의문스런 얼굴로 태전동이 물었다.

"대웅전 뒤로 다른 건물이 보이는군요? 절의 구조가 사뭇 이상합니다. 절이라기보단······."

"사당이지."

"예?"

단순명쾌한 마고지나의 대답에 태전동은 시선을 그녀에게 돌렸다.

빗속의 절을 바라보는 마고지나의 눈에는 많은 것들이 넘쳐 나오고 있었다.

"이곳은 본래 사당이다. 네가 업수이 여겨 말한 동이족의 조상신인 단군 왕검을 모신 사당이지. 대웅전 뒤의 건물이 바로 그의 영정이 있는 곳이다."

"아니, 그런데 왜 절의 모양을 하고 있는 겁니까? 부처까지 모셔놓고 말입니다?"

"세월의 침습을 받은 게지. 하지만 그들 근본의 도리는 변하지 않았으니 이토록 장구히 남아 내려오는 게야. 네 보기에 중은 아까 그자 하나라 하지만, 실상은 이 절, 사당을 둘러싼 마을의 모든 이가 지킴이인 거다."

태전동의 눈은 다시 밖을 돌아 절의 주변을 살폈다. 그런 그에게 마고지나는 다시 말을 걸었다.

"동이족이 중원의 변방을 겉도는 민족이라 했지?"

"그리 말씀을… 드렸습니다만……."

"그렇게 생각하게 만드는 데 수많은 세월이 걸렸다."

"그 말씀은……?"

"아직도 많은 문헌에 그들의 편린이 남아 있지."

궁금함이 가득한 태전동의 눈을 직시하던 마고지나는 작은 동종이 걸린 종각으로 시선을 던졌다.

"배달족인 동이의 이(夷) 자를 파자하면 큰 활[大弓]이 된다. 이것은 곧 대인을 뜻함으로 옛 책 가운데 하나인 '설문'에서 이르기를 '동방 사람은 대인으로 활을 따른다', '동이는 큰 것을 따르니 대인이다. 이(夷)의 풍속이, 인자한 자는 오래 살기 때문에 군자가 죽지 않는 나라가 있다', '살피건대 그곳은 하늘도 크고 땅도 크며 사람 또한 크니, 크대(大)는 것도 사람의 형상을 본받은 것이다' 라고 칭송했지."

"그런 일이……."

"비단 그 책만이 아니라 수많은 사서와 옛 책에 그들의 문화와 광대한 역사가 실려 있다. 그들은 구이(九夷)로써 이 대륙의 거의 전부와 저 아득한 북변의 땅부터 서역을 넘어 이르기까지 다스렸다. 이(夷)의 원래 속뜻은 '편안하다, 기쁘다, 떳떳하다, 평탄하다' 를 포함하지. 하지만 지금은 아무도 그런 뜻들과 그들의 위대했던 역사를 알지 못한다. 모두 묻혀졌지."

태전동은 입이 벌어진 것도 알지 못했다. 마고지나는 뒷말을 또 이어냈다.

"우리가 아는 철(鐵) 자 또한 원래는 금(金) 변에 동이족을 뜻하는 이(夷) 자를 합한 철(銕) 자였다. 이는 동이족이 최초로 쇠를 다루고 사용했다는 것을 뜻하지. 그런 문화적 우월성과 위대함을 감추기 위해 고구려가 당에 패망한 이후 현재의 철(鐵) 자로 바꾸어 버린 것이다. 중화인들이 말이다."

"서, 설마……."

"설마가 아니다. 그들은 위대함을 넘어 무서운 민족이다. 지금은 사분오열 뿔뿔이 흩어져 동방의 한쪽에 웅크리고 있지만, 그 시원의 역사와 저력은 몸서리가 쳐질 정도이지. 그래서 중원인들은 항상 그들을 경계하는 거다."

"하면 신녀께서 추구하시는 바도 궁극에는 그들을……."

"그래. 그들의 그림자를 씻어내고자 수없이 노력해 왔고 그것을 생사 이전의 목표로 삼아왔다. 서토 중화인의 역사를, 그들에게 지배당한 시간들을 지워내기 위해서 살아온 거다. 그리고 그 위에 아리만님의 뜻을 세우는 것이지."

마고지나는 살며시 미소 지었다. 그러다가 무슨 생각을 했는지 갑자기 아미를 와락 찌푸렸다.

"그런 나의 일을 항상 그놈들이 저지하는구나! 그 옛날에는 계문설 놈이 막더니만, 이제는 그 후손 놈이 막다니, 씹어먹을 동이족 놈들……!"

마고지나의 표정을 살피던 태전동은 조심스럽게 물었다.

"도왕 계문설이 동이족이었습니까?"

"그렇다. 그놈은 제 뿌리를 말하지 않았지만 나는 그놈이 처음 앞을 막았을 때부터 그놈의 뒤를 캤지. 계문설 그놈은 몰락한 백제 왕조의 팔대장수 가문 중의 하나인 목씨의 후예다. 놈은 제 근본을 감추기 위해 목(木) 자에 위로는 한 획을 긋고 아래로는 자(子) 자를 넣어 계(季)씨로 행세했지."

듣고 있는 태전동의 입을 더 벌어졌다.

"그런데 그놈이 없는 지금은 그놈의 후예가 또 나를 막아서는구나. 엄밀히 따지면 몸을 뒤집어쓴, 후예라 할 것도 아닌 개잡종 놈이 말이다."

"그렇지요. 그놈은 조극강이란 놈이지요."

"그래. 하지만 왠지 그놈에게서도 냄새가 나… 계문설이 놈과 같은 냄새가……."

잠시 마고지나의 눈빛 변화를 주시하던 태전동은 공손하게 말을 건넸다.

"잡스런 무리들이 있으나 모든 것은 신녀께서 바라시는 대로 이루어질 것입니다. 소신 또한 신교의 위업과 신녀의 뜻을 위해서라면 목숨을 아끼지 않겠나이다."

싸늘하게 가라앉던 마고지나의 눈이 태전동을 보며 조금씩 풀어졌다. 잠시 후엔 서늘한 미소가 다시 떠오르며 담담한 목소리가 흘러나왔다.

"그리하겠지. 그 때문에 이곳에 온 것이 아니겠더냐? 그들의 것으로 세상을 흔들기 위해서 말이다."

조심스런 의문을 태전동은 물었다.

"그들의 것이라 하심은⋯⋯?"

마고지나의 눈이 대웅전의 너머 뒷 건물로 향했다.

"저 사당에는 지난날 내가 찾으려던 그 물건이 있다. 수많은 사서와 문헌을 참고한 끝에 단서를 발견했지. 그리고 끝내는 이곳에 있다는 것을 알아냈다. 그것은 봉공 네가 차지할 뻔했다는 무극조화신경만큼 가치가 있는 보물이지."

눈으로 묻고 있는 태전동에게 마고지나는 기쁘게 말했다.

"죽은 자와 산 자의 경계를 허무는 건곤진혼령(乾坤鎭魂鈴)이다!"

챙그랑!

그릇이 깨지는 소리에 마고지나와 태전동은 동시에 고개를 돌렸다. 활짝활짝 열린 승방 문밖의 저쪽에서, 차를 내오던 중년 승려가 다기를 떨어뜨린 소리였다.

놀란 건 승려 하나뿐인 것 같았다. 마고지나도 태전동도 이미 그의 기척을 알았던 듯, 태연한 표정이었다. 거기에 험악한 인상이 된 진태구는 승려를 노려보고 있었다.

잠깐 동안의 침묵이 흘러간 후, 중년승은 뒤돌아 냅다 뛰기 시작했다. 그가 달려가는 곳은 사당이었다.

"호오, 저놈이 뭔가를 알아들은 모양인걸?"

마고지나는 천천히 자리에서 일어났다. 문밖에 대기하던 진태구는 얼른 우산을 준비했다. 충실한 개 같은 그 얼굴을 일별한 마고지나는 손을 저었다.

"필요없다."

밖으로 나선 마고지나는 절 마당을 걸었다. 걷는 그녀의 몸과 의복 위로 비는 젖어들지 못했다. 모두가 한 치 밖으로 튕겨져 나갔다. 그런 그녀의 몸 위로 붉은 안개 같은 것이 뭉실거리며 피어오르기 시작했다. 잠시 후엔 붉은 불길을 뒤집어쓴 것처럼 훨훨 타올랐다. 그 몸으로 대웅전을 향해 걸어갔다.

천천히 비를 튕겨내며, 붉은 지옥의 불길을 몸에 두르고 걸어가던 그녀가 손을 내저었다.

후아아아!

휘둘린 손을 타고 지옥의 겁화가 뻗어나갔다. 내리는 비를 뚫고 나가는 그것은 화염의 기둥이었다. 그것이 닿은 대웅전은 순식간에 재가 되었다. 꼭, 태풍에 날리는 바닷가의 모래성 같았다. 비가 그 위로 뿌려 날렸다.

마치 원래부터 그랬던 것처럼, 불길 속에 가루로 사라진 대웅전은 흔적만이 남았다. 그 뒤로 사당이 보였다. 또한 열린 사당문 안쪽에는 경악하는 중년승이 보였다.

"세, 세상에! 처, 천제시여……!"

외마디 소릴 내지른 중년승은 주저앉았다. 공포에 질려 뒷걸음질하는 그에게로 마고지나는 천천히 걸어갔다. 이윽고 그녀의 발이 사당문을 넘어 들어서자 중년 승려는 황급히 일어나 뒤로 돌았다.

중년승은 다급하게 손을 뻗었다. 그의 손이 뻗어가는 것은 오래된 목상이었다. 머리 뒤쪽엔 후광이 달리고, 긴 수염에 인자하면서도 매서운 눈매, 가슴엔 흉배처럼 구리 거울이 달렸으며, 의자에 앉은 모습은 단정하고 위엄이 넘쳤다. 그런 목상의 왼손에 누런 황금빛의 작은 나뭇가지가 보였다.

위엄 서린 목상. 단군왕검상의 왼손에 잡힌 황금가지를 중년 승려는 잡아 뽑았다. 그 순간 소리가 들렸다. 영롱하고 청아한 방울 소리가. 그것은 심금을 울려내는 소리였으며, 하늘과 땅을 동시에 울리는 기이한 소리였다.

한 개의 줄기 끝으로 세 개의 가지가 뻗은 모양. 그 세 가지의 끝에 달린 세 개의 방울. 그것이 중년 승려가 잡은 것의 모양이었다. 하지만 그걸 잡고 돌아선 승려는 어찌할 바를 몰랐다. 웃으며 다가오는 마고지나를 피할 방법이 없었기 때문이다.

"호호호호. 본녀의 수고를 덜어주려는 게구나. 기특하기도 하지. 어서 내게로 가져오려무나."

손을 내미는 마고지나의 웃음을 보며 중년 승려는 아득한 절망을 느꼈다. 그런 그가 갑자기 방울을 떨어뜨렸다. 그리고 발을 들어 힘껏 내리 밟았다. 하지만 밟았다고 생각한 것은 그의 마음뿐이었다. 마고지나의 외침과 함께 그의 몸은 죽 끌려 나갔다.

"안 되지!"

"으허억!"

사당 바닥을 미끄러지듯 죽 끌려간 승려는 머리통을 마고지나의 손에 잡혔다. 양팔을 허우적대는 그에게 마고지나는 얼음장 같은 목소리로 말했다.

"안 되고말고! 삼백 년을 기다려 온 일인데 그르칠 수는 없지!"

마고지나의 섬뜩한 눈은 단군왕검의 목상과 그 뒤의 벽에 걸린 영정으로 돌아갔다.

"저게 너희들의 조상신이지? 흐흥! 단군왕검이라고? 겨우 저따위 조상신이나 섬기는 너희 족속들을 벌레처럼 짓밟아주마! 너희들의 신앙까지 말이다!"

마고지나의 손이 벽을 향해 죽 뻗쳤다. 가공할 겁화가 그 손에서 또 뻗어나갔다. 단군왕검의 목상이 찰나간에 재가 되고 벽의 영정은 벽과 함께 터져 휘날렸다. 그와 동시에 다른 손에 잡힌 승려는 생령을 빨렸다.

"커허어어……."

흩어지는 숨소리를 낸 승려는 비틀린 덩어리로 떨어졌다. 생기를 지녔던 자가 순식간에 나무토막처럼 변한 것이다. 마고지나의 몸에선 그마지막 흔적이 푸르게 파지직거렸다.

푸른 기운이 사라진 후, 마고지나는 승려가 섰던 자리로 걸어갔다. 섭물공을 쓰지 않고 조심스럽게 무릎을 굽혀 황금가지를 주워 들었다. 잔물결 같은 떨림이 그녀의 손으로부터 시작해 팔과 어깨를 지나 전신에 퍼졌다. 환희에 찬 목소리도 떨려 나왔다.

"됐다! 드디어 손에 넣었다! 삼백 년 만에 건곤진혼령을 손에 넣었다! 오호호호호!"

미친 귀신의 울부짖음 같은 마고지나의 웃음소리는 우중의 사방으로 퍼져 나갔다. 그렇게 기쁨과 환희에 겨워 주변을 분간 못하던 그녀가 돌아섰을 때, 태전동이 굳어진 얼굴로 말을 했다.

"마을 사람들이 절 밖을 에워쌌습니다. 소리를 듣고 화재를 본 모양입니다."

마고지나는 불타는 대웅전 잔해의 밖을 쳐다봤다. 자신의 겁화는 비를 아랑곳하지 않고 모든 걸 활활 태웠다. 그 불길 너머로 사람들의 그림자가 보였다. 모두 합해서 백여 명은 되는 듯, 농기구와 더러는 칼 따위를 든 그들을 보며 마고지나는 하얗게 웃었다.

"흔적을 남기지 마라. 저들은 모두 동이족이다."

태전동은 사악하게 미소 지었다. 고개를 숙여 보이고 돌아선 그는 불 앞에 선 진태구에게 명령했다.

"쓸어버려라!"

진태구는 미친 듯이 달려나갔다. 달리는 그의 눈이 혈안인 것을 마을 사람들은 보지 못했다.

제12장
되살아나는 자들

되살아나는 자들 1

❶

후원 뒤의 별채로 들어서자 훅 하고 땅 밑의 냄새가 끼쳐 왔다. 오래된 곡식 저장고를 연 듯한 느낌과 냄새는 낯설지 않았다. 그래서 청진의 발걸음은 거침이 없었다.

"입구를 열어라."

앞선 청율이 명령하자 젊은 무사들이 둥근 철 바퀴를 돌렸다. 벽에 붙은 그것이 돌아가자 견고하던 돌벽이 둘로 갈라지며 열렸다. 돌이 밀리는 소리가 귀에 거슬렸다. 열린 벽 안의 공간은 작은 밀실과 같았다.

벽 안의 공간에선 희미한 유등이 보이는 전부였다. 벽에 붙은 그것의 불꽃이 작게 흔들렸다. 무심히 그 모양을 보던 청진은 청율을 따라 몸을 들이밀었다. 안으로 들어선 청율은 벽 한쪽에 튀어나온 쇠기둥을 아래로 내려 당겼다. 그러자 밀실의 가장 안쪽, 벽과 연한 바닥의 끝이 그르릉대고 구멍을 드러냈다. 지하를 향한 입구였다.

밀실 바닥의 한구석에 제이의 입구가 드러날 무렵, 등 뒤의 벽은 다시 원래대로 닫혔다. 바닥의 입구로 드러난 계단에 발을 딛으면서 청진은 이호패의 용의주도함을 생각했다. 이 모든 시설을 마련한 그의 의도와 숨겨진 야망이 눈에 보였다. 무당 장문의 수제자. 천하 상권의 반을 움켜쥔 젊은 효웅. 그러한 자를 품어들이지 않았다면 분명 골치 아픈 존재가 됐을 터였다.

"저기 부맹주와 백룡단주로군요."

청율의 말대로 무당 고월자와 그의 제자인 대륙상가주 이호패가 기다리고 있었다. 그 옆에 선 자는 종남의 장문인 태인이었다. 지하의 흐린 불빛 속에 선 그들의 모습은 음울하고 음습하게 보였다. 하지만 눈빛은 그렇지 않았다.

"어서 오십시오, 청진 도우."

고월자는 흥분을 감추지 못했다. 마지막 계단을 내려서며 청진은 물었다.

"연무기 그 친구가 고비를 넘겼다구요?"

"그렇습니다. 지금 안정 상태로 들어서고 있습니다."

청진의 물음에 대답한 이호패는 목소리마저 가늘게 떨리는 것 같았다.

"역시 곤륜이성의 전인이오! 이토록 빠른 시간에 성취를 보이는 것에 대해 적수의 탁지만도 놀라고 있소이다!"

유독 큰 소리를 내는 태인 장문의 들뜬 얼굴을 보며 청진은 담담하게 말했다.

"의지가 강한 친구지."

지하 석도의 안쪽을 바라보는 청진은 눈에서 파란빛이 나왔다. 곧바로 걸음이 옮겨졌다.

"갑시다."

발을 떼는 청진의 한마디에 사람들은 석도의 안쪽으로 걸었다. 청진을 필두로 한 그들의 걸음은 이리저리 꺾어진 통로와 작은 석실들을 지나 넓은 연공실에 다다랐다.

일행이 온 통로처럼 연공실의 사방으로는 또 다른 통로들이 보였다.

"정말이군. 고비를 넘겼어."

발걸음을 멈춘 청진의 목소리는 작았다. 그가 보는 곳은 널따란 연공실의 한쪽 벽에 움푹 파인 것처럼 들어간 작은 석실이었다. 그 앞에 초조한 얼굴의 적수의 탁지만이 보이고, 석실 안에는 알몸의 연무기가 좌대에 앉아 있었다.

"오셨습니까?"

탁지만의 인사에 목례만을 보인 청진은 연무기의 상태를 살폈다. 청진의 뒤를 따라 연공실을 건너온 다른 일행들도 연무기에게 시선을 꽂았다.

이미 중대한 고비는 다 지나간 듯, 좌정한 연무기의 모습은 평온해 보였다. 하지만 중대했던 순간의 흔적이 아직도 보였다. 전신에 퍼렇게 돋은 혈관의 모습이 그걸 증명했다.

혈관들은 아직도 간간이 꿈틀거렸다. 저렇게 신체를 가진 자의 의지와 상관없이 요동치는 혈관과 혈맥의 이상혈류현상이 난관이었다. 인간강화비술의 대법을 시술 후, 저 증상이 찾아오면 모두가 죽어 넘어갔다.

미친 자들처럼 광태를 보이고 난동을 부리다가 모두 혈맥이 터져 죽어버렸다. 그것이 이제까지의 경과였다. 난동을 부리는 동안은 어찌해 볼 도리도 없었다. 광기와 동반한 엄청난 힘을 감당할 수 없기 때문이었다.

적수의 탁지만의 혈류정경지도가 모든 자들에게 다 듣는 것은 아니었다. 다스려지지 못하는 자들은 광증의 폭발과 함께 죽어버렸다. 하지만 부작용에 대항하는 자들은 매일 한두 차례씩 발작과 제정신을 오고 갔다.

연무기. 확실히 남들과 뭐가 달라도 다른 존재가 분명했다. 가장 늦게 대법을 시술받았으나 가장 빠른 경과를 보인 것이다. 다른 곳의 석실에는 아직도 고비를 넘기지 못한 제이의 십팔금강동들과 백룡단원들이 있었다.

백룡단원들. 각파의 제자들과 무림맹에 투신한 젊은 기재들을 고르고 뽑아 시술한 그들은 부지기수로 죽어나갔다. 어쩔 땐 그 참혹함에 보는 자들이 눈을 돌려야 했다. 하지만 대를 위해서는 소의 희생이 따르는 법. 이들의 희생이 밑바탕이 되어 천하를 군림할 날이 올 것이란 것이 모두의 생각이었다.

"적수의께서 노고가 크시었소. 반년은 걸릴 것이라 하더니만 그 조차도 앞당긴 셈이 되었구려."

여전히 시선은 연무기에게 둔 청진의 말에 적수의 탁지만은 고개를 조아려 보였다.

"당치 않습니다. 소생의 덕분이라기보단 연 대협의 자질이 워낙에 특출난 때문이지요. 스스로 몸을 다스려 나가는 모습은 소생조차 감탄할 정도입니다."

청진의 고개가 끄덕여졌다.

"그러한 점도 분명 있겠지. 다름 아닌 곤륜이성의 전인이니 남과는 달라야지. 하지만 그것보다도 본인의 의지가 작용한 게야, 반드시 이루겠다는 의지가."

뒤에 선 청율과 고월자, 태인과 이호패는 수긍하는 눈빛을 보였다. 청진의 말이 무엇을 말하는지 알기 때문이다. 치욕 같은 패배. 예상하지 못했던 부상. 세상을 좌지우지할 줄로만 여겼던 힘에 대한 좌절감. 그 모든 것을 안겨준 흑마왕에 대한 복수의 일념. 그것이 연무기를 이끄는 힘인 것이다.

서 있는 자들의 조용한 시선을 받는 연무기는 편안해 보였다. 그런데 그런 연무기가 갑자기 전신을 떨기 시작했다.

"아니, 왜 저러지?"

태인장문의 말처럼 모두는 놀란 시선으로 연무기를 봤다. 탁지만조차도 갑작스런 상황에 당황한 기색이 역력했다.

"무슨 일이오? 갑자기 왜 저러는 거요?"

날카로운 청진의 목소리에 탁지만은 연무기와 청진을 번갈아 돌아보며 허둥댔다.

"이, 이게 대관절……!"

사시나무처럼 떨리는 연무기를 본 탁지만은 입술을 물었다. 곧바로 침통을 꺼내고 연무기에게 접근했다. 그런데 그 순간 연무기가 붕 떠올랐다.

"헛!"

놀란 탁지만은 엉덩방아를 찧으며 뒤로 물러났다. 바라보던 나머지 사람들의 눈이 커진 것도 동시였다.

"저, 저거!"

"어허!"

"아미타불!"

태인장문과 고월자, 청율이 차례로 외마디 소릴 질렀다. 청진은 눈을 부릅뜨고 연무기를 봤다. 모두의 시선 속에서 연무기는 변화했다. 연무기의 미간, 명치, 단전에서 세 가닥의 밝은 빛이 뿜어져 나왔다. 눈부시게 밝은 그 빛은 분수처럼 솟구쳐 서로 어울리더니 연무기의 전신을 감쌌다.

빛의 덩어리였다. 금빛도 아니고 은빛도 아닌, 그저 밝은 그 빛이 연무기의 전신을 두르고 허공에 부유했다. 그리고 그 빛 속에서 이상한 소리들이 들렸다. 나뭇가지를 꺾어대는 것 같기도 하고 장작을 쪼개는 것 같기도 한 소리였다.

소리는 한동안 계속됐다. 하지만 빛의 안쪽이 보이지는 않았다. 이윽고 놀라서 보고 듣던 사람들의 귀에 거북한 소리가 잦아들었다. 그런데 이번엔 빛이 소용돌이치기 시작했다. 연무기의 겉을 맹렬하게 빛들이 돌아갔다. 그것들이 아래로부터 차츰 위로 올라가더니 머리 위로 한줄기 선이 되었다.

"저럴 수가! 아미타불!"

청율의 불호와 고월자의 벌어진 입, 이호패의 부릅떠진 눈과 주저앉은 탁지만의 넋 나간 얼굴, 그리고 부들대는 태인과 청진의 파란 시선 속에서 빛이 스며들었다. 정확히 연무기의 백회혈로 밀려들어 가는 빛은 은하수의 물결처럼 장엄했다.

어느덧 눈부시던 빛을 다 빨아들인 연무기의 몸은 천천히 하강했다. 다시 처음처럼 좌대에 내려앉은 그의 얼굴은 시종 그대로였다. 눈도 떠지지 않고 처음처럼 닫혀만 있었다. 변화없는 그 모습을 보고 청진이 입을 열었다.

"뜻밖의 길을 열었군. 좋은 일이야, 좋은 일이고말고."

고개를 끄덕여 댄 청진은 아직도 놀란 감흥이 깨지 않은 사람들을 향해 말을 던지고 돌아섰다.

"자신만의 시간이 필요할 거요. 방해하지 맙시다."

다른 통로로 향하는 청진을 뒤따르며 사람들은 연무기를 연신 뒤돌아보았다. 주저앉았던 탁지만도 얼른 뒤를 따랐다.

거침없이 석도를 걷는 청진은 연무기의 일을 다 잊은 것 같았다. 표정없이 다물린 입은 다른 사람들이 말을 건넬 기미를 주지 않았다. 그런데다 간간이 눈에서 새어 나오는 퍼런 빛은 더욱더 그랬다. 그런 청진이 멈춰 섰다.

석실. 하지만 이번에 청진이 멈춰 선 곳은 연무기가 있던 곳처럼 개방된 곳이 아니었다. 어른의 팔뚝만한 굵은 쇠창살이 가로막은 감옥 같은 곳이었다. 그 안에 감금된 수인들처럼 웅크린 자들이 보였다. 석실은 수십 개였다.

첫 번째 석실에 있는 자는 구석에 몸을 쪼그리고 있었다. 두 무릎 사이에 얼굴을 박은 그는 어깨를 옹송거리고 떨었다. 창살 밖에 누가 왔든 내다볼 기색이 아니었다. 그를 지나치자 마차 두 번째 석실의 사내가 달려들었다.

"단주! 나 좀! 나 좀 꺼내주시오!"

이호패와 고월자가 미간을 찌푸렸다. 청진의 눈에서 퍼런 빛이 강해질 때 사내는 더욱 크게 고함쳤다.

"제발! 제발 좀 꺼내달란 말이오! 더 이상은 못 참겠소! 절정고수고 무림대의고 지랄이고 다 필요없소! 제발 나 좀 살려주시오!"

사내는 입에 거품까지 물었다. 바라보던 탁지만은 청진에게 지나갈 것을 권했다.

"강박 현상 가운데 하납니다. 가시지요."

눈빛을 가라앉힌 청진과 일행이 돌아서자 철창 안의 사내는 절규했다.

"야이 개새끼들아! 날 좀 꺼내달란 말이야! 그게 아니면 차라리 날 죽여줘!"

울부짖는 사내의 울음소리가 뒤이어 들렸다. 하지만 소리에 반응을 보이는 자는 아무도 없었다. 부처를 섬기는 청진과 청율이 그랬고, 상제를 받드는 고월자와 태인이 그랬다. 이호패와 탁지만은 말할 필요도 없었다.

석도에 울리는 사내의 울부짖음이 멀어져 갈 무렵 청진은 불현듯 걸음을 멈추었다. 멈춤과 동시에 홀떡 옆으로 돈 청진은 철창 안의 젊은 무사 하나를 주시했다.

"발작인가?"

청진의 말대로 철창 안의 젊은 무사는 바닥에 큰대 자로 누워 몸을 출렁댔다. 입에서는 전간병 환자처럼 거품이 몽글거렸다. 눈은 흰창만 이 보였다. 그러던 사내가 갑자기 벌떡 일어났다.

"크아악!"

흠칫한 청율과 고월자 등은 검은 수염과 흰 수염을 흔들었다.

"보통 저런 식으로 시작해서 반 시진 정도를 유지합니다."

탁지만의 설명에 청진은 유의 깊은 눈빛으로 바라봤다.

"카아악!"

쾅!

괴성을 지른 젊은 무사는 철창에 제 몸을 부딪쳤다. 육중한 울림과 동시에 돌가루가 떨어졌다.

"헛!"

"저, 저런!"

"어허!"

청율과 고월자, 태인의 외마디 속에 젊은 무사는 광란을 일으키기 시작했다.

"크아아아악!"

무사는 제 몸에 걸친 옷을 사정없이 찢어발겼다. 거추장스럽고 더워 못 참겠다는 사람처럼 전신의 옷을 다 찢어 내던졌다. 알몸이 된 무사는 이리저리 사방의 벽에 제 몸을 내던졌다. 쿵, 쿵, 하는 울림이 요란했다.

주먹과 발길질도 정신없이 해댔다. 제가 아는 권각술의 무공을 총동원한 듯, 상대 없는 허공과 사방의 견고한 바위 돌벽에 손발을 박아댔다.

쿵쾅쾅쾅쾅, 소리와 울림은 계속됐다. 그렇게 미친 듯이 전신을 휘둘러대던 무사가 갑자기 풀썩 주저앉았다. 탈진한 사람처럼 급작스레 주저앉은 무사는 이를 악물고 기어갔다. 기어서 벽에 몸을 기댄 무사는 가부좌를 틀었다.

광기에 휩싸였던 좀 전과 달리 이성을 회복한 듯, 고통스럽게 아미를 찡그린 무사는 호흡을 가다듬기 시작했다. 그런데 그런 무사의 전신에 이상한 현상이 벌어졌다. 팔과 다리, 몸통의 전신에 뻗은 혈관들이 부풀어올랐다.

"시작이군!"

낮은 이호패의 목소리 속에서 무사의 몸은 기괴하게 변모했다. 심장이 있는 가슴이 두드러지게 부풀었다. 꼭 사발 하나를 엎어놓은 것처럼 돋아 오른 그곳에서 굵은 혈관이 부풀며 뻗어나갔다. 그것은 꼭 나무뿌리를 잡아당기는 것만 같은 모습이었다.

부풀며 뻗어나가는 혈관은 어깨를 지나 목으로 해서 머리 전체를 휘돌았고, 팔로 해서는 손가락 끝까지, 복부와 허벅지를 지나 종아리와 발가락 끝에까지 혈관을 부풀렸다. 그리고 그것은 심장의 박동을 따라 꿀렁댔다.

참으로 기괴하고도 끔찍한 광경이 아닐 수 없었다. 덩굴의 줄기나 나무뿌리를 온몸에 덮어쓴 것 같은 모습은 말로 형용하기 힘들었다. 그 상태에서 젊은 무사는 자기 몸을 다스리려고 안간힘을 썼다. 보고 있기조차 힘든 광경이었다.

청진의 옆에서 무사를 지켜보던 적수의 탁지만은 공손하게 설명을 했다.

"다스리는 중입니다. 죽음의 고비는 넘긴 자입니다. 혈류정경지도를 시술받지 않은 상태에선 모두가 혈맥이 터져 사망했습니다. 저런 상태를 반복하면 혈맥과 신체에 내성이 생기게 될 겁니다. 그때가… 완성이지요."

청진의 고개는 또 끄덕여졌다.

"그렇구려. 하면 이제는 사망자가 없는 거요?"

"때로 사망하는 자들이 있으나, 전체의 일이 할에 불과하오이다. 염려할 수치는 아니지요."

"그리하면, 적수의께서 예상하시는 완성의 때는 언제쯤이오? 연무기는 벌써 대성을 눈앞에 둔 듯하오만."

"애초 말씀드린 대로라면 초겨울이 될 것이나, 연 대협 같은 이가 예상을 뛰어넘어 스스로의 경지까지 얻어내었으니… 그런 이들의 도움을 받는다면 사뭇 단축될 것으로 여겨지오이다."

"그런 이들이라면……?"

"십팔금강동인이지요."

듣고 있던 청진의 눈에서 파란빛이 또 새어 나왔다.

"그들도 진전이 있는 게로구려?"

"그러합니다. 연 대협과 같은 수준은 아니나 원체 탁월함이 두드러지는지라 거의 끝자락을 붙잡고 있습니다. 곧 결말이 있을 걸로 예상됩니다."

"그러하오? 참으로 수고가 많았구려. 이는 다 적수의의 노고 덕분이오이다. 빈승은 그 점을 진실로 감사드리오."

"당치 않으신 말씀입니다."

청진의 겸사에 탁지만은 고개를 숙이며 답례했다. 조금은 밝아진 얼굴로 그는 청진에게 말했다.

"이제 그들이 있는 곳으로 가보시지요."

십팔금강동인이 있는 곳을 말하는 것이다. 청진은 묵묵하게 고개를 끄덕이고 걸음을 돌렸다. 그렇게 움직인 그들의 걸음이 채 다섯 걸음도 못 갔을 때, 갑자기 철창 안에서 폭음이 들렸다.

퍼엉!

가죽 공 터지는 소리와 함께 후두둑 철창 밖으로 뻘건 덩어리들이 날렸다.

"뭐, 뭐야?"

소리치며 돌아본 청율의 시선을 필두로 일행들은 모두 보았다, 무사

하나가 철창 안에서 조각조각 흩어진 것을.

혈맥이 터져 죽은 것이다. 결국은 부작용을 다스리지 못해 폭사하고 만 것이다. 그 결과물이 일행들의 눈앞에 혈괴의 덩어리로 널려 있었다.

당황한 탁지만은 허둥대며 급히 말했다.

"사, 사소한 부, 부작용입니다!"

하지만 그때쯤 모두는 이미 알고 있었다, 탁지만의 혈류정경지도조차도 완벽하지 않다는 것을.

차가운 시선으로 죽은 무사의 시신 조각들을 쳐다보던 청진은 무심하게 말하며 돌아섰다.

"모든 일에는 대가가 따르는 법. 거름없이 맺히는 열매는 없지."

앞서 걸어가는 청진의 뒤를 청율과 고월자, 태인과 이호패가 따랐다. 그리고 낯빛이 붉어진 탁지만이 입술을 물며 따라갔다. 석도에는 짙은 피비린내만 진동했다.

❷

산 정상에서 협곡을 내려다보는 마고지나의 눈이 예리하게 빛났다.

"저렇게 산 지가 벌써 사십여 년이나 됩니다."

적염호귀 태전동이 말하는 협곡의 두 사내는 너무 멀었다. 하지만 마고지나와 태전동, 두 사람에게 이런 거리는 별 의미가 없었다.

"둘 다 중년인데, 후사는 없나?"

고개를 숙여 보인 태전동은 바로 대답했다.

"저 둘을 서로 한곳에 살게 한 여섯 살 이후엔 그런 일을 의도적으로 배제시켰습니다."

"그래? 인간의 자연스런 성정인데 가능했나?"

"끊임없이 주입을 하고 동기 유발을 시켰지요. 일찍이 세상을 위진한 검왕과 창왕의 후예로서, 병마에 시름대며 명맥만을 유지해 온 선대의 한을 풀기 전엔 사람 노릇 할 생각하지 말라 했지요. 명예는 소중하니까요."

"호오, 그래? 일리가 있는 말이로군. 그런데 저들은 봉공 너를 어찌 여기느냐?"

"대를 이어 관계를 맺어온 선대로부터의 은인인 줄만 여깁니다. 저를 대하는 저들의 마음은 아주 깍듯하지요."

흥미로운 미소가 마고지나의 얼굴에 떠올랐다.

"대대로부터의 은인이라? 얼굴을 알지 않겠나?"

"그럴 시간과 기회를 빼앗았지요. 식량과 가세를 유지할 만큼의 돈, 사는 데 필요한 것들을 주기적으로 놓고 갔습니다. 물론 모르게 하며 제 존재를 알리는 서찰을 전하는 것을 잊지 않았지요. 저들의 아비는 물론, 저들조차도 제 얼굴을 본 것은 어릴 적에 한 번뿐입니다. 아주 잠깐이었지요. 하지만 그 기억 속의 얼굴조차도 소신의 아비로 여기고 있는 거지요."

태전동의 대답에 점점 더 흥미가 이는 눈매로 마고지나는 물었다.

"몇 대를 거쳤을 터인데 저들을 어찌 붙잡아두었느냐? 행여 구속받지 않고자 하는 자도 있었을 터인데?"

"그렇습니다. 은혜는 감사하나 자기의 힘으로 살겠다는 자들이 있었지요. 하지만 그런 자들은 대를 잇게 해놓고 은밀히 병들어 죽게 했습

니다. 물론 저들의 선대 양쪽이 모두 그러한 수순을 밟았지만, 그런 자
들은 그 시간이 더 빨랐지요. 원천적으로 세상에 나갈 방법을 제거한
것입니다."

마고지나는 고개를 끄덕였다.

"천겁화공의 화독을 이용한 게로군."

"맞습니다. 저들은 자신들이 병마를 뿌리치지 못하고 죽는 이유가
선조로부터의 내림이라고 생각하지요. 검왕 최염과 창왕 오세명이 그
렇게 죽어갔으니까요. 그 안에 소신의 손길이 작용했음은 전혀 눈치채
지 못하고 있습니다."

"모두 병마로 수명이 다해 죽은 줄로만 알겠군."

"실제로 그렇게 죽은 자들도 있고, 소신이 직접 손을 쓴 자들도 있습
니다. 하지만 신녀의 부활 시간이 임박해서는 저들을 철저하게 무인으
로 관리해 왔습니다. 저 둘이 그 계획으로 준비된 마지막 열매인 셈이
지요."

태전동의 얼굴에서 마고지나는 시선을 돌렸다. 협곡 아래에서 몸을
움직이고 있는 두 사내는 검과 창을 들었다. 저들은 검왕과 창왕의 후
예였다. 그들이 남긴 무기를 들고 그들의 무예를 수련한 자들인 것이
다.

"그들의 최후를 보았다고 했지?"

가라앉은 마고지나의 음성에 태전동은 깊숙이 허리를 꺾으며 대답
했다.

"그렇습니다. 검왕이 먼저 죽었지요. 아마간 궁주의 화염강에 뚫려
진 아랫배가 끝내는 목숨을 앗았습니다. 세상에 그걸 다스릴 약 같은
건 없지요. 스스로의 힘으로 다스린다면 모르겠으나, 단전이 파괴된

검왕은 이미 그럴 처지가 아니었습니다."

"물론, 고통스럽게 죽었겠지?"

"근 반년을 화독에 저항하다가, 결국은 한 줌의 재로 타올랐습니다. 그로부터 꼭 달포 후 창왕 오세명도 가슴에 맞은 아보기 궁주의 화염강으로 인해 먼지가 되었습니다. 둘 모두 아주 고통스러운 시간들을 보냈지요."

마고지나의 옷소매가 파르르 떨리며 부풀어 올랐다. 산바람 때문이 아닌 것만은 분명했다.

"그래… 그렇게 죽어갈 것들이 아마간과 아보기를 해치고 나마저 도망치게 했었구나!"

태전동은 마고지나의 심사를 헤아리며 조용히 시선을 내렸다. 잠시 후 마고지나는 다시 물었다.

"검왕과 창왕을 택했던 것은 이유가 있느냐?"

고개를 들어 마고지나의 옆얼굴을 본 태전동은 바로 입을 열었다.

"신녀의 명을 받들어 돌아가는 그들을 뒤쫓았습니다. 상대적으로 부상이 덜한 권왕 용정필이 그들을 고향까지 데려다 주더군요. 하지만 그도 곧 떠나갔습니다. 검왕과 창왕은 부상이 심해 거동도 못할 지경이었지요."

마고지나의 옆얼굴에 시선을 맞추고 태전동은 말을 이었다.

"특별한 뜻은 없었습니다. 선택은 그렇게 이루어졌습니다."

대답없는 마고지나의 시선은 여전히 협곡을 향한 채 움직이지 않았다. 그러다가 불현듯 입이 벌어졌다.

"그런데 왜 저들은 저렇게 죽어갔을까? 독왕과 암왕에게 나를 붙잡게 하고 돌아간 계문설은 왜 저들을 돌보지 않았을까? 그가 그랬다면 봉공 너희 계획은 물거품이 되었을 텐데 말이야. 그놈은 뭘 생각한 거지?"

조심스러운 태도로 태전동은 입을 열었다.

"소신의 판단으로는 자존심 때문이 아니었나 싶습니다."

"자존심?"

"그렇습니다. 저들은 도왕 계문설의 출중함에 비교하여 자신들의 처지를 비관했습니다. 말없이 돌아간 용정필도 그렇고, 고향에 돌아온 저들은 곧바로 고향을 등졌습니다. 서로 간에 소식이 닿지 않을 곳으로 떠난 거지요."

"도왕 계문설 때문이라고?"

"신녀를 끝까지 추적해 물리친 것으로 여겨지는 계문설에게 시기를 느꼈음이 틀림없습니다. 그 뚜렷한 원인을 몰랐으나, 지난번 신녀의 말씀을 듣고 깨달았습니다. 다른 자들은 몰라도 검왕과 창왕은 중원인임을 언제나 자랑스럽게 여기던 자들이었습니다. 긍지로 여겼지요. 그런 그들에게 배달동이족인 계문설의 존재는 벗이긴 하나, 상처가 되었을 겁니다."

마고지나의 눈이 반짝 빛을 냈다.

"오호라! 중원 육왕이 시기라……? 그들에게 알려지지 않은 그런 내막이 있었다고?"

"검왕 최염과 창왕 오세명이 죽어가면서 자식들에게 남긴 말은 한 가지였습니다. 무공을 완수하고, 세상에서 적수를 만들지 말라는 것이었습니다. 그 누구라도 말입니다. 최고의 무공으로 최강의 자리에 서라는 말이었지요."

"최강의 무공에 최고의 자리라… 유아독존하라는 말이로군. 한갓

인간이… 하지만 그들이라면 그런 말을 할 자격이 있지. 육왕이라면 말이야."

마고지나의 눈은 이상한 빛으로 번득였다. 가만히 기색을 살피던 태전동은 조심스레 자신의 생각을 물었다.

"하지만 도왕 계문설의 행보는 이해가 가지 않습니다. 그는 돌아온 이후 잠시 집에 머물다가 다시 어디론가 떠나갔습니다. 그 때문에 그의 가문은 몰락해 갔지요. 소신은 아무리 생각에 생각을 더해 봐도 그의 행보가 헤아려지지 않습니다."

마고지나의 눈이 더욱더 섬뜩하게 빛을 냈다.

"그래, 그건 나도 궁금한 것이다. 과연 그놈은 뭘 노린 것일까? 제 벗들에게는 죽음을 불사하며 나를 붙잡으라 해놓고는 돌아갔다. 그런 놈이 또다시 사라졌다. 그놈이 왜 그랬을까? 뭘 생각하고 그리했을까?"

생각이 깊어지는 마고지나에게 태전동은 조심스레 말을 걸었다.

"이제 저들을 거두어야 하지 않겠습니까?"

마고지나의 눈이 다시 협곡의 사내들에게로 향했다.

"그럴려고 왔으니 그리해야지. 삼백 년의 대계가 이로써 꿰어 맞아 들어가는구나. 원수 놈들의 후대를 키워 신의 사자를 만드니, 그놈들도 이런 일은 상상도 하지 못했을 것이다. 그놈들이 이 일을 안다면 무덤에서 뛰쳐나오겠지."

태전동은 언뜻 마고지나의 입에서 이 갈리는 소리를 들은 것도 같았다.

"놈들에게 당하던 그때에, 나는 절감했다. 육왕 같은 놈들이 있는 이상 뜻을 이룰 수 없으리라고. 그래서 생각했지. 신의 능력을 대리한 몸에, 저들의 무공을 가진 몸이 합쳐진다면 어떨까 하고 말이야. 거기에 전설로만 전해지던 배달동이족의 신물을 얻는다면 완벽할 거라고 생각 했어."

섬뜩한 눈빛을 뿜던 마고지나의 얼굴에 희미한 미소가 피어올랐다.

"이제는 그것들이 모두 갖추어졌다. 전설로만 전해지던 세 가지 신 물 중 건곤진혼령을 손에 넣었고, 그로 인해서 아마간과 아보기 두 궁 주를 다시 불러낼 수가 있게 되었다. 거기다가 부활하는 그들의 몸은 검왕과 창왕의 무공을 지닌, 그들 후대의 몸이 준비되었지. 이는, 유일 신 아리만의 뜻인 게야."

화사한 미소가 마고지나의 얼굴 전체로 번져 나갔다. 태전동의 얼굴 에도 득의한 미소가 떠올랐다. 그런데 그 순간 협곡에서 장소성이 터 져 올랐다.

우우우우우.

장소성이라기보단 늑대가 울부짖는 소리 같았다. 소리는 협곡을 떨 어 울렸다. 그 소리와 동시에 검왕과 창왕의 후예, 두 사내가 산을 타 고 오르기 시작했다.

두 사내의 그림자는 표홀한 바람처럼 산을 타고 올랐다. 나무와 바 위를 차고 훌쩍훌쩍 오르는 모습은 흡사 나는 것만 같았다. 둘의 모습 은 소리가 들렸을 때 협곡이었지만 시선을 주었을 때는 벌써 산 정상 이었다.

바람 가르는 소리가 태전동의 귀에 들린 순간, 두 사내는 마고지나 와 태전동의 머리 위로 솟구쳐 올랐다. 둘은 허공에서 교차하며 양쪽 으로 내려섰다. 모두가 바람을 옆으로 맞는 위치였다. 또한 둘의 무기 가 겨눠졌다.

"누구냐?"

검고 짙은 수염이 목 어름까지 늘어진 중년 사내, 짙은 눈썹을 꿈틀대는 검왕의 후예 최우(崔宇)는 눈빛이 검날 같았다.

"이 산중에 어인 사람들이냐?"

홀쭉한 키에 깡마른 인상. 길다란 팔다리와 그보다 더 긴 은색의 철창을 거머쥔 사내. 창왕의 후예 오자서(吳自徐)는 눈에서 은빛을 뿌렸다.

비호처럼 산을 타고 날아 순식간에 둘을 둘러싼 검왕과 창왕의 후예를 보며 마고지나는 화사한 꽃처럼 웃었다. 젊은 그녀의 웃음을 헤아리지 못하는 그들에게 태전동은 품에서 작은 서찰을 꺼냈다. 불그름한 적황지였다.

"지난번 서신은 받아들 보았겠지요? 소생이 바로 무영자(無影子)올시다."

태전동이 내민 익숙한 적황지의 서신을 보며 최우와 오자서는 화들짝 놀랐다. 일견 이십대 후반으로 젊어 보이는 태전동을 바라본 그들은 말을 더듬었다.

"그, 그대가 무, 무영자?"

"하, 하면 은공이 되시는……."

태전동은 웃으며 손을 내저었다.

"나는 시종일 뿐, 그대들 가문을 대대로 도운 분은 여기 이분이시오. 이분의 선대들께서 주욱 그대들 집안을 도와왔던 것이오. 소생의 주인 되시는 분이오."

최우와 오자서의 시선이 마고지나에게로 꽂혔다. 잠시 격동 어린 시선으로 보던 두 사람은 바로 무릎을 꿇었다.

"은인을 뵈오!"

"은인을 대합니다!"

고개마저 숙인 두 사람의 모습을 보고 마고지나는 더욱더 환하게 웃었다. 태전동은 두 사람에게 다시 말을 건넸다.

"예고한 대로 은인의 후대를 모시고 왔소이다. 이분의 집안은 대대로 그대들 선조인 검왕 최염 어른과 창왕 오세명 어른의 명성을 흠모하던 집안이오. 그동안 음으로 그대들을 도운 것은 이분 가문의 유지와도 같은 것이오."

고개를 드는 두 사람에게 눈을 맞추며 태전동은 또박또박 말했다.

"또한 이제 직접 얼굴을 보인 이유는, 전한 대로 그대들에게 마지막 도움을 주기 위함이오. 그것이 이루어지면 그대들은 몽매에도 염원하던 그대들 선조의 유지를 완성하게 될 것이오."

흔들리는 두 사람의 눈동자를 향해서 태전동은 쐐기처럼 말을 박았다.

"오늘의 이 만남은, 세상을 뒤바꾸는 역사적인 만남이 될 것이오!"

태전동의 목소리가 두 사람의 귀를 스쳐 산자락을 타고 흩어졌다. 마고지나의 웃음은 비 개인 하늘의 빛을 받아 파랗게 윤을 냈다. 하지만 그들 모두를 스치는 산바람은 우는 것 같은 소리로 지나갔다. 몹시 슬픈 울음이었다.

❸

최우는 옆에 누운 오자서를 돌아봤다. 때마침 오자서도 돌아보았다.

눈이 마주친 둘은 잠깐 동안 서로를 보다 동시에 시선을 돌렸다. 천장은 검고 어두웠다. 알 수 없는 식물들의 줄기와 덩굴이 뒤덮었다. 그 아래 돌관 같기도 하고 제단 같기도 한 위에 둘이 누운 것이다.

은인을 따라 사천행을 한 것이 벌써 보름 전이었다. 배와 마차를 번갈아 타고 정신없이 길을 재촉했다. 과연 사천엔 무엇이 있는지, 무얼 하기 위해 가는지도 모르고 따라나선 길이었다. 그러나 거부할 수 없었다. 저들은 은인이고, 그들이 하려는 일은 자신들을 도우려는 일이었기 때문이다.

'은인이라… 저들은 정말 은인일까……?'

때때로 가지던 의문이 지금 이 순간 최우의 머리 속에 떠올랐다. 철이 들 무렵부터 가지던 의문이었다. 하지만 의문의 시간은 항상 짧았다. 사는 것이 우선이었기 때문이다.

오자서의 아버지도 그렇고 최우 자신의 아버지도 병마에 시달렸다. 선조로부터 내림한 병이었다. 그 시초는 검왕 최염 선조와 창왕 오자서 선조로부터라고 들었다. 참으로 지긋지긋한 병이었다. 얼마나 독하고 질긴 병인지 어머니는 아버지의 병수발을 들다 옮아서 돌아가셨다. 오자서의 경우도 똑같았다.

치료할 약도 전무했다. 의원들도 속수무책이었다. 그저 하는 말은 죽을 날을 받아놓은 사람이란 거였다. 유일하게 듣는 것은 주기적으로 도와주던 은인의 약이었다. 그 약을 복용하면 한동안 화독의 병마에서 벗어났다. 하지만 그도 완치는 아니었다. 그러다가 아버지가 돌아가셨다. 여섯 살 때였다.

오자서와 같이 산 것은 그때부터였다. 은인의 손에 이끌려 완벽한 산속에 틀어박혔다. 그전에 살던 방식도 거의 그러했지만, 그때부터의 삶은 완전한 산간에서의 삶이었다. 다행한 것은 대대로 물림하던 병마가 오자서와 자신 모두를 비껴갔다는 거였다. 정말로 천운이 아닐 수 없었다.

은인은 자신들에게 선조의 무예를 완성할 것을 종용했다. 그것이 비명에 간 조상들의 한을 풀 수 있는 유일한 방법이라면서. 이미 걸음을 시작하면서부터 선조의 무예는 기틀을 닦아왔다. 죽음의 기운을 벗어났으니 당연 추구해야 할 일이 필요했다. 선조의 무예는 그 방편이 되어주었다.

'생각해 보니 그로부터 삼십오 년이나 흘렀구나. 책과 무예 수련과 산속 생활밖에는 내 기억 속에 없어. 세상에 처음 발을 내디뎠는데… 세상에서의 삶이 어떠할지 항상 궁금했는데……'

최우의 생각처럼 세상에의 첫발은 가슴을 설레게 했다. 하지만 보름의 여정은 너무 짧았고, 그 시간 동안 스치는 세상의 모습은 너무도 빨리 지나갔다. 무슨 일인지 모르지만 은인들은 길을 서두르는 느낌이 들었다. 그 때문에 감흥은 덜할 수밖에 없었고 따로이 의견을 말할 처지도 아니었다.

그렇게 온 곳이 여기였다. 덥고 습하고 기습적으로 폭우가 쏟아지는 사천의 오지. 원주민들의 마을과 밀림을 지나 늪지가 펼쳐진 곳을 건너 모습을 드러낸 폐허. 아주 커다란 전각군과 웅장한 석조 건물들이 있었을 자리는 말 그대로 폐허였다. 하지만 오랜 시간이 흘렀을 터인데도 불구하고 그 자취는 뚜렷했다.

이미 밀림과 동화되어 버린 폐허의 자취를 뚫고 들어온 것이 지금의 석조 대전이었다. 이곳에 오자마자 한 일은 불그스름하고 푸르스름한 연기를 뿜어대는 향화를 피운 거였다. 그것들을 사방의 돌 향로에 피우고 자신들을 돌 제단 위에 눕혔다.

과연 저들이 하려는 일은 무얼까? 오자서와 최우 자신에게 세상을 오시할 마지막 힘을 준다는 것은 어떤 의미일까? 또 그 방법은 무엇일까? 저들은 왜 자신들을 돕는 걸까? 말처럼 검왕과 창왕을 흠모해서? 그래서 대를 이어서 얼굴을 감추고 자신들 집안을 도와? 고작 그런 이유로?

어려서부터의 의문이었지만 뚜렷한 답은 없었다. 그러나 분명한 건 저들이 고작 그런 이유로 자신들 집안을 도와온 것은 아니란 결론이었다. 의심스러운 점은 또 있었다. 무영자라는 저자, 저자의 모습은 기억이 맞다면 어릴 적에 본 그자의 모습과 똑같았다. 아무리 아비라 해도 그럴 순 없다.

어린 기억이지만 그 시절의 혹독함은 그때의 모든 정경을 또렷하게 박아냈다. 죽은 아비를 장례 지내고 불타는 집을 떠나올 때, 자신의 손을 잡아 이끌던 사내의 모습을 생생하게 기억했다. 그런 사내의 아들이란 자가 아비의 모습과 너무도 똑같았다. 오자서도 그렇게 여기는 것 같았다.

저들은 누굴까? 과연 무엇을 하려는 걸까? 우리에게서 원하는 것은 무얼까?

의문은 많지만 다 소용없는 짓이었다. 지금에 와선 아무 의미 없는 의문이며 생각이었다. 어차피 오자서와 최우 자신은 저들에게 코가 꿰인 소와도 같은 신세였다. 세상과 격리됐던 시간은 자신들을 반편으로 만들었다.

또한 저들이 뭘 얻게 해줄지는 모르지만, 그로 인해 세상을 오시할 힘을 갖게 된다면 나쁘지 않은 일이었다. 그것은 바라던 일이기도 했다. 지긋지긋하게 병마에 시달리던 아버지와 어느 날 갑자기 화독에 죽어버린 어머니, 그렇게 살아온 세월을 바꿀 수만 있다면 뭐든지 할 터였다. 이게 그 기회였다.

'이제 와서 무엇을 망설이겠나? 다시 그렇게 살 수는 없는 노릇. 저들이 뭘 원하는지 알 바 아니다. 그로 인해 내가 얻을 것만을 생각하자. 그래, 아무렴 어떠랴.'

마지막 마음의 각오를 다진 최우는 다시 오자서를 돌아봤다. 이심전심이런지, 때마침 오자서도 다시 돌아봤다. 둘은 서로를 향해 고개를 끄덕여 보였다. 그리고 그 순간 다른 이의 목소리가 울려 퍼졌다. 기분 나쁜 소리였다.

"天之五行 色動志象形 有象無形 春夏秋冬 四季 地之五行 變化疑義機 有形無象 金木水火土 人之五行 法極道理明 有象無形 無象有形 仁義禮智信(천지오행 색동지상형 유상무형 춘하추동 사계 지지오행 변화의의기 유형무상 금목수화토 인지오행 법극도리명 유상무형 무상유형 인의예지신."

최우는 속으로 생각했다.

'저건 삼재주(三才呪)인데?'

삼재주, 수련자가 수행을 할 때 며칠간 소리 내어 밤에 읽으면 그 지역 신계 책임자에게 신고하게 되어 잡귀들의 장난으로부터 보호를 받는다는 주문이었다.

이상하다고 생각하는 순간 눈앞이 아득해졌다. 주변은 푸르스름하고 불그스름한 연기로 가득 덮여갔다. 시야가 어지러워지고 코로는 매캐한 연기들이 자꾸만 들어왔다. 점점 몽롱해지는 그 속으로 목소리는 또 이어졌다.

"나먁삼만다 파즈라 단샌 다마카라샤 다스와트야 훔 트라타 캄 맘.
암 크링크링. 암 크링크링. 나먁 사라바타 갸테이약 사라바 보테이뱍
사라바 타타라셴타 마카로샤텐 갸키사라바 타타라셴타 갸키 사라바 비
키남 훔 트라타 캄 맘. 암 크리 훅 캭 훔."

몽롱한 속에서도 최우는 주문의 정체를 알았다. 산속 생활을 하는
동안 수없이 많이 읽은 책 중에서 습득한 지식의 단편들이 떠올랐다.
은인이라던 여자가 외우는 저 주문은 밀교의 주박법(呪縛法:不動金縛
法)이었다.

그중에서도 내박인(內縛印:이를 행할 때는 영(靈)들이 주위 장소에 묶여
서 움직이지 않는 모양을 관(觀)한다), 검인(劍印:이것으로 영(靈)은 검(劍)
으로 모양을 취한 맑은 힘에 압도되어 힘이 빠져나간다), 도인(刀印:이것으
로 영(靈)은 도(刀)의 모양을 취한 맑은 힘에 압도되어 힘이 빠진다), 전법륜
인(轉法輪印:커다란 자비의 힘이 주위를 감싸고 내박인으로 움직이지 못하
게 된 악령을 이곳에서 도망가지 못하게 하는 법으로 악령을 무력화시킨다),
외오고인(外五枯印:만트라수호의 모든 천신의 힘으로 만트라 외부 주위를
포위하여 악령에 대한 포위망을 완전하게 한다), 제천구칙인(諸天救勅印:
모든 천신의 힘을 빌어 악령을 천천히 조여 들어간다), 외박인(外縛印:이걸
로 악령을 완전히 잡아두어 바른길로 인도하게 된다)이 차례로 음송되었
다. 대체 무얼 하는 건지 의문스러웠다. 그런데 주문은 또 이어졌다.

"타다타 옴 아나레 아나레 비사다 비사다 바이라바지라타레 반다반
다 반다네반다네 바이라바 지라파네 파트 훔 브룸 파트 스바하 나무
스타타가타야 수가타야 아르하테 삼먁삼붇다야 사."

대불정능엄신주. 사마외도 귀신의 항복을 받아내는 주문이었다.

"옴 아모카 미로자나 마하모나라 마니바나마 마바라바라 말다야 훔."

멸악취 진언. 지옥 아귀 축생 등의 나쁜 세계를 없애는 진언이 이어졌다.

"나맣 사르바 타타가타남 옴 비푸라 가르베 마니프라베 타나가타 니다르 사네 마니마니 스프라베 비마레사가라 감비레 후훔 즈바라 즈바라 붓다 비로키테 구햐디 스티바 가르베 스바하."

대보루각 다라니. 죄업 소멸 진언으로 아무리 업장이 많은 영가라도 천도되고 이끈다는 진언이었다. 어지럽고 혼란스러웠다. 그렇게 더 이상 최우가 정신을 지탱하지 못할 무렵, 널리 세상을 이롭게 하고 중생을 구제하겠다는 진언이 들렸다.

"옴 소로소로 바라소로 바라 소로소로 소로야 사바하."

최우는 점점 깊은 혼미 속으로 빠져 들어갔다. 하지만 자신이 듣고 있는 진언들은 불가의 진언이란 것을 알고 있었다. 저 여자가 왜 저런 갖가지 주문들을 한데 섞어 염송하는지 알 수 없었다. 장난을 하는 건지, 아니면 제가 외고 있는 주문들을 비하하는 것인지, 종교를 초월한 신앙을 가진 것인지 알기 힘들었다. 그런데 이번엔 여자의 또렷한 목소리가 들렸다.

"유일신 어버이 아리만이시여! 뜻이 차고 은혜가 충만하여 세상의 질서가 아리만의 의지대로 펼쳐질 시간이옵니다! 이제 우주와 모든 삼라의 만상이 유일신의 뜻대로 돌아갈 것인즉, 그 후천개벽의 시간을 즈음하여 그대의 사자들을 돌려보내 주옵소서!"

최우의 의식을 파고드는 여자의 목소리는 높고 가파랐다.

"닫힌 지옥문을 여시와, 앞을 막는 여타의 잡신들을 모두 물리치시고, 일찍이 그대의 뜻을 받들어 세상을 등진 아마간과 아보기, 두 형제의 영을 소환하오니, 아리만 어버이의 힘으로 도와주시오소서! 염원하나이다!"

여자의 목소리가 터질 것처럼 울려 퍼진 그 순간이었다.

딸랑. 딸랑. 딸랑.

맑고 청아한 방울 소리가 머리 속을 때렸다. 그 순간 전신이 울렸다. 그것은 청신한 연못에 담긴 몸이 밀리는 물결에 흔들리는 그런 느낌이었다.

소리는 최우와 오자서의 몸과 정신만을 때린 것은 아니었다. 천지간에 홀로 아득히 퍼지는 것 같은 그 소리는 공간을 흔들고 시간을 허물며 높고 넓게 퍼져 나갔다. 그 느낌이 최우와 오자서에게 공명으로 전해졌다.

방울 소리는 그냥 방울 소리가 아니었다. 천지를 흔들어 깨우고, 우주에 울려 퍼지며, 아득한 시간을 거슬러 잠든 것들을 일으켜 세우는 각성의 소리였다.

딸랑. 딸랑. 딸랑.

"지옥문을 열라! 아마간과 아보기는 떨쳐 일어나라!"

여자의 목소리는 이제 고통스러웠다. 혼미해지던 정신은 더 이상 깊어지지도 않는 이상한 상태로 지속됐다. 그런 최우와 오자서의 눈에 이상한 것이 보였다. 분명 눈이 감겼건만 눈앞에 선명하게 보였다.

시커먼 구름과 암흑이 밀려나고 걷히며 층층의 암석이 내리 덮인 계곡이 보였다. 그 계곡 앞에는 시뻘건 용암의 강이 흐르고 불타는 숲이 있었다. 계곡에는 중앙 바위벽에는 이 세상 무엇으로도 부술 수 없을 것 같은 거대한 철문이 있었다.

철문 앞에 두 마리 짐승이 보였다. 호랑이의 머리에 소의 뿔이 돋았으며, 곰의 앞발을 달고 사람 같은 형상으로 서 있는 그것들은 갑옷과

갑주를 입고 거대한 언월도를 들었다. 불을 뿜는 것 같은 눈알은 연신 번득거렸다.

두 짐승은 철문을 지키는 수문장이 틀림없었다. 그런데 갑자기 철문이 콰앙, 소리를 내며 터졌다. 어떤 걸로도 파괴되지 않을 것 같은 철문이 부서진 것이다. 열린 문 안에선 밖의 용암보다도 더 뜨겁고 거센 불길이 화악, 치솟았다.

불길이 터지듯 치솟는 그 순간, 두 개의 그림자가 불과 함께 솟구쳤다. 놀란 짐승 수문장들이 그림자에게로 달려들었다. 하지만 달려들기가 무섭게 도로 튕겨 나갔다. 불길에 휩싸인 그림자들의 모습이 천천히 보였다.

두 명의 사내였다. 둘 다 엄청난 거구였다. 하나는 칠 척은 되어 보였고, 다른 하나는 팔 척은 넘어 보였다. 시커먼 암흑빛의 피풍의를 두른 사내들이었다. 그들이 앞을 보며 섰다. 이글대는 그들의 시선이 꼭 최우와 오자서를 보는 것만 같았다. 그런 그들이 걸어왔다. 용암의 강을 건너고 불타는 숲을 지나서.

점점 다가오는 두 사내의 얼굴이 선명하게 보였다. 왠지 자신들을 보고 웃는 것 같은 그 모습에 최우와 오자서는 소름이 돋았다. 하지만 이미 석화가 되어버린 것 같은 몸은 움직여지지 않았다. 사내들을 피해야 한다는 느낌이 본능적으로 들었다. 그러나 그럴수록 사내들은 더 가까워졌다.

'안 돼! 다가오지 마!'

최우는 소리쳤다. 오자서도 소리치는 것 같았다. 하지만 닫힌 공간에 울리는 소리처럼 머리 속에만 왱왱거렸다. 그런데 다가오는 사내들의 뒤쪽에서 소리가 들렸다. 천둥 같은 소리였다.

'천도를 거스르지 마라! 그 죄는 수억 겁의 시간이 지나도 사해지지 않는다!'

두 사내는 벽력같은 소리에도 동요하지 않았다. 그렇게 다가온 사내들은 어느새 눈앞이었다. 그들은 내려다보고 웃었다. 그러다가 뒤를 향해 대답했다.

'우리 자릴 대신 할 것들을 주마!'

칠 척의 사내가 손을 뻗는 것을 최우는 보았다. 팔 척의 사내는 오자서에게 손을 뻗었다. 사내의 손이 목덜미에 닿았다고 느낀 순간, 핑그르르 주변이 돌며 사내와 자신이 뒤바뀌는 느낌이 들었다.

느낌이 아니었다. 사내는 자신이 누웠던 자리에 누워 있었다. 손은 여전히 뻗쳐 자신의 목덜미를 잡은 채였다. 그런 사내의 모습이 이상했다. 원래의 칠척사내로도 보이고, 그 위에 겹쳐진 것처럼 자신의 모습도 보였다.

사내가 웃었다. 웃으며 벌어지는 그 입이 말하는 내용이 뭔지를 몰랐다.

'고맙구나. 잘 가거라.'

그 말과 함께 사내의 손이 놓였다. 그때서야 사내의 말이 무슨 뜻인지 알게 됐다. 최우 자신이 뒤로 끌려가고 있었다. 옆을 보니 오자서도 같은 모양이었다. 마치 깃털처럼 무게감이 없는 몸은 두 짐승이 지키는 철문으로 끌려갔다.

이제 모든 것은 확연했다. 저들은 지옥에서 불려 나온 자들이고, 최우 자신과 오자서의 몸을 차지했으며, 저들 대신에 자신들은 지옥으로 끌려가고 있는 것이다.

끌려가며 뒤를 돌아본 최우는 커다랗게 소리 질렀다.

'안 돼!'

하지만 역시 왱왱거리는 소리뿐이었다.

최우는 불길 치솟는 철문으로 빨려 들어가며 여자의 목소리를 들었다.

"백(魄)이 흩어지지 않도록 해라! 저들의 무예를 잃어서는 안 된다!"

최우와 오자서는 이젠 모든 걸 알았다. 하지만 불길에 감긴 몸은 철문으로 빨려 버렸다. 마지막 손길이 허우적거렸지만, 모든 것이 끝난 허무한 몸짓이었다.

쿵!

무언가 닫히는 소리 같기도 하고 열리는 소리 같기도 했다. 그 소리를 끝으로 모든 게 어둠에 묻혔다.

되살아나는 자들 2

❶

장강의 끝인 남통(南通)까지 와서야 일행들은 쉴 수 있었다. 그것도 번듯한 주루나 여각이 아닌 낭인들의 움막이었다. 바다가 멀지 않은 곳에 생성된 낭인들의 집합소는 피난민들의 거처처럼 옹색하고 추레하기 그지없었다.

"제길, 꼭 이래야겠어? 돈이 없는 것도 아니잖아?"

용태웅의 볼멘소리는 벌써 반나절이나 계속되었다.

"이 비 새는 것 좀 보라고. 꼴이 이게 뭐야? 에구, 이놈의 연기는 켁! 케엑!"

용태웅은 손부채질을 해댔다. 하지만 흙구덩이 가운데 피운 불의 연기는 계속 그를 쫓아 다녔고, 가죽을 이어 만든 움막의 거적 지붕은 비를 연신 새어 보냈다.

"지껄이지 말고 어디 가서 먹을 거나 구해와, 이놈아!"

거지 같은 꼴로 앉은 풍오자는 정말 거지처럼 먹는 타령을 했다.

"아, 정말 사람 미치게 만드시네! 이 비 오는데 어디서 먹을 걸 구해오란 얘기예요? 거, 때만 되면 먹는 타령하시는데 질리지도 않습니까?"

"질릴 게 따로 있지 먹는 게 왜 질려? 넌 질리냐? 그럼 숨구멍을 닫던가."

"에이 썅! 내가 말을 말아야지! 홍빈이 이 자식은 어디 간 거야?"

대거리를 포기한 용태웅은 임홍빈을 찾았다. 비는 추적추적 계속 내렸고 날은 침침했다.

움막의 안쪽에 앉은 계장수는 저 멀리로 보이는 바다 쪽으로 시선을 주었다. 주변은 모두 낭인들의 움막집. 앞쪽으로 작은 어촌이 있고, 동쪽으로 돌아가면 폐허가 된 수군 군영이 있었다.

용태웅의 볼멘소리에도 불구하고 불편한 이곳에 있는 이유는 하나였다. 항상 왜구들의 노략질을 당하는 이곳엔 용병들과 낭인들의 마을처럼 이런 집합소가 자연히 생겨났다.

수군마저 없어진 지금은 왜구들의 노략질로부터 백성들과 재산을 지킬 수 있는 힘은 낭인들뿐이었다. 돈 있는 재력가나 지방의 유지들이 이들을 고용하는 것이다. 그 때문에 왜구들의 노략질도 예전 같지 않았다.

무엇보다도 중요한 건 변란이 생기거나 세상이 어지러워질 땐, 제일 먼저 이들이 움직이게 되기 때문이다. 이들은 싸움과 전장을 찾아 나서는 무리이고, 돈에 목숨을 거는 청부 폭력자들이니 당연했다. 그것이 여기 있는 이유였다.

태백산에서의 일 이후 또다시 그들의 끈을 놓쳤으니 기다려야 했다. 그들이 움직이기만을 기다려야 하는 거다. 하지만 그들의 소식이 들렸을 때는 이미 세상에 그들의 뿌리가 견고해졌을 때가 분명했다. 그러나 도리가 없었다.

곧 닥칠 일이지만, 그런 때가 온다면 이곳의 소식이 제일 빠를 터였다. 장강 물길의 끝이며 바닷길의 시작인 동시에 세상의 힘과 폭력, 돈의 흐름에 움직이는 낭인들의 마을은 그런 장소였다. 이곳은 사방의 눈과 귀였다.

반응없는 계장수를 힐긋 노려본 용태웅은 불을 들쑤시며 툴툴거렸다.

"흥, 색시까지 있는 자식이, 엎어지면 코 닿을 데다 놔두고 잘하는 짓이다. 거지 같은 몰골로 거지 같은 자식들만 있는 거지 같은 소굴에서 거지처럼 밥 타령만 늘어놓는 거지 같은 영감하고 거지처럼 불이나 쬐고 있다니."

젖은 발을 내밀어 말리던 풍오자는 냉큼 소리 질렀다.

"뭐, 이 자식아! 너, 지금 뭐라고 했어? 뭐, 거지 같은 영감?"

"아, 누가 뭐랬다고 그래요? 그리고 그 발 좀 치워요. 꾸리꾸리한 냄새 때문에 사람이 살 수가 있나."

"뭐? 어디, 킁킁."

제 발을 코에 갖다 댄 풍오자는 슬그머니 내리며 변명했다.

"냄새는 무슨 냄새가 난다고 그래? 아무 냄새도 안 나는고만."

옹색한 표정은 좀 전에 자신이 소리치던 이유는 잊은 얼굴이었다. 그걸 놓칠 용태웅이 아니었다.

"그 냄새가 안 난단 말요? 바닷물이 코앞인데 좀 씻으쇼. 옷도 좀 빨고 말이오. 구질구질하기는, 제기럴."

"어, 그 자식 아무 냄새도 안 나는데 그러누만? 옷도 이만하면 깨끗

한데 뭘 자꾸 트집이야?"

용태웅은 기가 막혀 입을 벌렸다. 다시 소리치려는 순간 풍오자는 잽싸게 바깥을 향해 선수쳤다.

"야, 홍빈아!"

풍오자는 반색하며 손을 흔들었다. 평소에도 안 하던 그 짓거리에 용태웅은 물론 계장수도 코웃음을 쳤다.

"어? 그건 뭐냐? 뭘 지고 오는 거냐?"

낑낑대는 임홍빈에게 풍오자는 냉큼 달려갔다. 맨발로 나간 풍오자는 임홍빈이 짊어진 거적에 코를 들이밀었다. 빗속에서 코를 벌렁대던 그는 순식간에 화색이 돌며 입이 벌어졌다.

"아니, 세상에!"

풍오자는 뺏듯이 임홍빈의 거적을 옮겨 받았다. 번개처럼 움막으로 다시 돌아온 그는 임홍빈이 젖은 옷을 터는 사이 거적을 내려놓고 감격스럽게 말했다.

"오옷! 사는 기쁨이여. 육 것의 향기로움을 이 어찌 감당하리오!"

입이 벌어진 풍오자는 임홍빈을 쳐다보며 겸사를 늘어놓았다.

"장하구나. 만두 몇 개 사 오랬더니 이렇게 왕건이를 장만해 오다니. 넌 정말 우리에게 소금 같은 존재다. 암, 그렇구말구."

의아한 얼굴로 보는 계장수의 옆에서 용태웅은 사뭇 궁금한 얼굴로 물었다.

"뭔데 그래?"

뒤이어 계장수는 임홍빈에게 물었다.

"뭐냐?"

임홍빈이 뭐라 할 사이도 없이 풍오자는 둘둘 말린 거적을 풀었다.

"헛, 저거!"

"응?"

용태웅과 계장수가 놀라 임홍빈을 보는 사이 풍오자는 신이 나서 칼을 찾았다.

"야! 누구 칼 가진 놈 빨리 내놔라, 어서."

풍오자는 그러거나 말거나, 용태웅과 계장수의 시선을 받은 임홍빈은 우물거리며 말을 꺼냈다.

"저자에서 만두를 사 가지고 돌아오는데… 아, 글쎄 저 개새끼가 느닷없이 달려들어서 만두를 뺏어가잖아. 놀라서 보는 새에 반이나 먹었더라구."

용태웅이 잽싸게 물었다.

"그래서? 그랬는데 그 개가 왜 너랑 같이 왔냐? 그것도 이런 꼴로?"

계장수는 한마디를 덧붙였다.

"맞아 뒈졌는걸?"

한숨을 내쉰 임홍빈은 다시 말을 이었다.

"만두를 다시 뺏으려고 하니까, 저 개새끼가 날 보고 으르렁거리더라고. 도망갈 생각 같은 건 없고, 애초에 나를 만만하게 봤나 봐. 그 자리에서 그냥 다 먹더라니까."

"그래서 어떡했는데?"

은근한 용태웅의 질문에 임홍빈은 상기된 얼굴로 대답했다.

"화가 나더라고. 발길 하는 시늉을 하니까 물려고 하잖아. 마침 몽둥이가 있길래 그걸 주워 들고 냅다 후려쳤지. 깨갱대고 자빠지길래 계속 두들겼어. 그리고 잠깐 있다 보니까 저렇게 혀를 빼물고 늘어졌더라고."

"그리고 나서?"

이번엔 계장수가 물었다. 우물대던 홍빈은 할 수 없다는 듯이 말했다.

"저놈이 우리 만두를 먹었으니까, 저렇게 된 놈한테 물어달랠 수는 없잖아? 게다가 개잖아. 그러니 방법은 하나지. 저놈을 우리가 먹는 거."

짐작은 했지만, 홍빈의 말을 들은 계장수와 용태웅은 어이없는 얼굴을 했다. 반면에 풍오자는 물 만난 고기였다.

"잡스런 소리 할 거 없고. 잘했어, 아주 잘한 거야."

늘어진 개를 위아래로 보던 풍오자는 흡족하게 말했다.

"이거 꽤 실한데? 이것저것 많이 훔쳐 먹은 모양이야? 어구, 이 허벅지 좀 봐라!"

감탄까지 한 풍오자는 다시 용태웅과 계장수 등을 보며 손을 내밀었다.

"칼 좀 달라니까? 칼 없어?"

반응없는 두 사람을 보던 풍오자는 미간을 찌푸렸다.

"이잉, 쓸모없는 것들."

제가 앉았던 자리에 놓인 한철검을 잡은 풍오자는 빠르게 뽑았다.

"엇, 뭐 하려는 거예요?"

놀란 용태웅이 말했지만 풍오자는 홍빈과 계장수의 놀란 시선에도 불구하고 한철검을 쓱싹거렸다.

개는 곧 해체됐다. 배가 갈리고 머리가 잘렸으며, 다리 관절이 역으로 꺾어져 차례로 검날에 잘려 나갔다. 배가 열리자 뜨듯한 김이 모락모락 올라왔다. 한여름이었지만 숨결을 가졌던 짐승의 사체는 마지막

온기를 피워 올렸다.

배 안에서 내장들을 꺼낸 풍오자는 간과 쓸개를 따로 떼어냈다. 언제부턴가 허리춤에 매달고 다니던 호리병을 열더니 그 안에 쓸개를 집어넣었다. 그리곤 간을 조각조각 내어 늘어놓더니 홍빈에게 소금 병을 꺼내라고 했다. 곧바로 간을 소금에 찍어 낼름 집어삼켰다. 씹어 삼키는 모습이 침을 고이게 했다.

"아, 맛있다! 정말 별미다, 별미."

생간은 이제 서너 조각만이 남았을 뿐이었다. 동그래진 눈으로 보던 용태웅은 침을 삼키며 손을 뻗었다.

"뭐 하는 거야?"

풍오자가 손을 때렸지만 용태웅은 굳세게 간 한 조각을 집었다.

"흐흐흐. 같이 먹고삽시다."

용태웅을 풍오자가 노려보는 사이, 언제 붙었는지 임홍빈도 한 조각을 집어 들었다.

"어랍쇼, 이 자식까지? 야!"

얻어맞아도 상관없다는 표정으로 임홍빈은 소금을 찍었다. 간은 이제 한 조각이 남았다. 풍오자는 뺏긴 건 포기하고 남은 걸 지킬 생각을 했다. 그래서 얼른 그걸 집어 들었다. 그런데 검은 손이 쑤욱 다가왔다.

"내 입은 노는 입이오?"

인상을 구긴 풍오자는 계장수의 손에 마지막 간 조각을 넘겼다.

"어, 이거 정말 별민데?"

"음음, 그러게. 아주 각별한 맛이야."

지껄이는 용태웅과 임홍빈의 얼굴을 흘겨본 풍오자는 계장수의 입으로 넘어가는 마지막 간 조각을 보며 침을 꿀떡 삼켰다. 못내 아쉬운 듯 입맛을 다시던 그는 남은 것들로 손을 뻗었다.

"야, 불 좀 키워봐라."

풍오자의 지시에 용태웅과 임홍빈은 마른 나무를 더 던져 넣었다. 풍오자는 몸통을 쪼개며 중얼댔다.

"솥단지가 있으면 좋겠구만. 그러면 지난번 홍택호에서처럼 제대로 된 음식이 될 텐데 말이야."

풍오자의 말에도 불구하고 용태웅은 벌써 뒷다리 두 개를 불에 굽고 있었다.

"야이 자식아! 꽁시랑댈 때는 언제고 그건 왜 붙잡았어?"

풍오자의 공격에 용태웅은 눈도 깜짝 안 했다.

"내가 뭘 어쨌다고 그래요? 신경 끊고 어르신 일이나 하쇼."

쌍심지를 돋우던 풍오자는 버럭 소리치고 말았다.

"돌려가며 잘 구워! 잘 못 구우면 겉만 타고 속은 안 익는단 말야!"

"아따, 걱정은. 제기랄."

둘이 궁시랑대는 사이 임홍빈은 다시 일어섰다.

"어디 가려고?"

묻는 계장수에게 임홍빈은 웃으며 대답했다.

"솥단지 얻으러. 난 삶은 고기가 좋더라."

계장수가 뭐라 할 사이도 없이 임홍빈은 다시 움막 밖, 빗속으로 나갔다. 그런데 얼마 지나지 않아 임홍빈이 다시 뛰어들어 왔다. 눈으로 묻는 계장수와 용태웅 등에게 임홍빈은 다급하게 말했다.

"이번엔 개보다도 더 큰 것들인데?"

풍오자가 밖을 보고 미간을 찌푸리는 사이 용태웅은 거적을 확 걷어

붙였다.

십수 명의 사내들이 움막으로 걸어오고 있었다. 비를 맞으며 흉흉한 기색을 그대로 드러낸 저들은 낭인마을의 일원이었다. 왜 오는지도 알 것 같았다.

"비가 오는데도 고기 냄새를 맡았나? 개코 같은 놈들이로군."

풍오자의 말대로 개고기 냄새를 맡은 것이 분명했다. 그리고 다가오는 저들의 목적은 뻔했다. 낭인마을에선 하루에도 십여 건씩 싸움이 일어났다. 죽어나가는 자도 부지기수였다. 패를 지어 큰 싸움으로 번지는 일은 없었다. 하지만 십수 명씩 무리를 이룬 소집단 간의 주도권 싸움은 흔했다.

"저 애꾸새끼가 대장인 모양인데?"

용태웅의 말대로 무리의 선두에는 긴 장발의 애꾸눈 사내가 있었다. 한눈에도 사람 여럿 죽였을 것 같은 애꾸사내는 태연한 걸음으로 다가와 말을 걸었다.

"이보라구. 우리 인사나 하고 지내지?"

계속 내리는 비에 젖은 사내의 장발이 유난히도 검게 보였다. 사내의 검은 안대도 그랬다.

"난 이기명(李記名)이라고 한다. 강호의 친구들은 귀명도(鬼鳴刀)라고 부르지."

사내의 손은 제 허리춤에 찬 한 자루 협도를 탁탁 두들겼다. 아주 자신만만한 태도였다.

"귀명도라고? 누가 들으면 웃을 이름이구만. 야, 그렇지 않냐?"

어이없어하는 용태웅이 임홍빈에게 묻자 임홍빈은 한숨을 더 떴다.

"개나 소나 이름만 거창하게 하는 게 요즘 추세인가 봐."

비 맞고 선 사내와 사내의 동료들이 순간 살기를 뿜어냈다.

"아가리를 함부로 놀리는구나! 좋은 말로 웃자 하니 뵈는 게 없느냐?"

애꾸사내 이기명은 자신의 칼을 소리나게 뽑았다. 그것이 신호가 된 듯, 다른 사내들도 각자의 칼과 병장기를 뽑아 들었다. 그런 사내들의 기세를 가만히 보고 있던 풍오자는 혀를 찼다.

"쯔쯔쯔쯧. 자식들아, 개고기가 먹고 싶으면 먹고 싶다고 하지 무슨 지랄들이냐?"

"뭐라? 이 늙은이가! 혀를 잘리고 싶은 게냐?"

풍오자는 측은한 표정으로 또 말했다.

"너희들 엊그제 흘러 들어온 놈들이지? 강소 패거리들을 때려눕히고 어깨에 힘주고 다니는 놈들, 그놈들 맞지? 아서라. 이번엔 상대를 잘못 골랐다."

애꾸사내 이기명은 얼굴이 벌게졌다. 위세도 세우기 전에 면박만 당하는 꼴이었다.

"이 쌍노무 늙은이가!"

"어때? 이 개 대가리라도 좀 주랴? 골이 의외로 맛있는 거란다."

시비 거는 차례를 다 까먹은 애꾸사내는 흥분으로 소리쳤다.

"죽여!"

애꾸사내의 외침에 따라 사내들은 달려들었다. 그에 맞춰 용태웅이 일어서려는 순간, 검은 바람이 횡, 하고 움막을 나갔다. 장작불이 흔들리는 그 순간 검은 바람은 애꾸사내 이기명의 목을 움켜쥐었다. 계장수였다.

"커헉!"

놀란 다른 십수 명의 사내들이 달려들려는 순간 용태웅이 일어서며 외쳤다.

"움직이면 죽어!"

사내들은 용태웅의 두 주먹에서 어른대는 푸른 뇌전을 보고 멈춰 섰다. 순식간에 얼음처럼 싸늘해진 장내의 긴장 속에서 계장수는 애꾸사내에게 물었다.

"네가 귀명도라고?"

사내는 사색이 되어서 겨우 대답했다.

"커억… 그, 그렇……."

계장수는 사내의 손목을 잡았던 한 손을 풀어 사내의 칼날을 잡았다. 그리곤 불끈 움켜쥐었다.

탕!

칼은 쇳소리를 내며 자끈둥 부러졌다. 계장수가 손을 펴자 쇳가루들이 떨어졌다. 숨 막히는 정적 속에 빗소리만이 모두의 귀에 들렸다. 계장수는 또 말했다.

"내 칼을 보여줄까? 내 칼은 귀신도라고 하거든?"

빗물이 흐르는 무표정한 얼굴로 계장수는 귀신도를 잡아 뽑았다. 그 순간 칙칙하고 감당 못할 사기가 엄습했다. 애꾸눈 사내를 비롯한 다른 사내들은 부들부들 떨었다. 결코 비를 맞아 추워서 떠는 것이 아니었다.

"그쯤 하고 고기 먹자."

뒤에서 들린 풍오자의 목소리에 계장수는 귀신도를 내렸다. 손목을 휘돌려 빙글, 빗물을 털어낸 후 다시 칼집에 넣었다. 그리고 애꾸사내의 얼굴에 안면을 들이밀고 나직하게 말했다.

"오래 살고 싶으면 사람을 가려 볼 줄 아는 눈을 키워라. 알겠냐?"

목이 잡힌 사내는 정신없이 하나뿐인 눈동자를 위아래로 끄덕였다.

사내의 목을 밀어버린 계장수는 짧고 강하게 말했다.

"가라."

돌아서는 계장수의 눈에 개 갈비 한쪽을 집어 던지는 풍오자가 보였다.

"가져가서 처먹어."

슬금슬금 눈치를 보던 사내들은 개 갈비를 집어 들고 넓죽 고개를 조아렸다. 그리곤 꽁지에 불을 단 듯이 멀어져 갔다.

다시 자리에 앉은 일행은 언제 무슨 일이 있었냐는 듯, 고기를 들고 불에 돌려가며 구워댔다. 용태웅은 임홍빈에게 말을 걸었다.

"너, 솥단지 얻으러 안 가냐?"

"싫어. 이번에 또 뭐가 덤빌지 알아? 귀찮아. 그냥 구워 먹을래."

풍오자는 어느새 앞다리 한쪽을 뜯기 시작했다.

"냠냠. 어라, 조금 덜 익었나?"

뜯어 먹던 걸 다시 불에 굽는 그를 보며 용태웅은 혀를 찼고 임홍빈은 미간을 찡그렸다. 그런데 그때 낭인마을 안쪽에서 종이 울렸다. 그 소리가 울리고 나서 낭인들의 움막은 바쁘게 움직였다.

"뭐야, 무슨 일이야?"

자리에서 일어나는 용태웅의 눈에 움막 사이를 떠들고 뛰어다니는 한 사내가 보였다. 사내의 입에서 나오는 소리는 일행 모두를 일으켜 세웠다.

"난이다! 사천에서 난이 났다! 광신도들의 난이다!"

❷

"크아악!"

묘족 사내는 농부의 머리통으로부터 생기를 빨아들였다. 부들대고 푸른 뇌전을 파직대는 그의 눈은 이미 인간의 눈빛이 아니었다. 하지만 그의 목도 뎅겅 잘려 나갔다.

"개자식아!"

대도로 묘족 사내의 목을 딴 사내는 낭인이었다. 군대가 지리멸렬한 현실에, 갑자기 창궐한 광신도 집단들을 상대하기 위해 사천의 부호와 유지들이 연합해 낭인들을 고용했다. 그 무리에 섞여 계장수 일행도 사천으로 건너왔다.

"저것들 어쩌지?"

용태웅이 주먹을 쥐고 말했다. 누군가에게 묻는 말이었지만, 딱히 그 대상이 있는 것도 아니었다. 다만 안타까워서 하는 말이란 걸 일행은 모두 알았다.

계장수 일행이 있는 둔덕에선 사방이 모두 다 보였다. 얕은 산이 연이어진 곳 어디나 사투가 벌어지고 있었다. 산을 깎아 계단식 수전(水田)을 만든 이 지방은 공들여 키운 벼들이 다 짓밟히는 중이었다. 그 위로 피가 뿌려졌다.

"어떡해야 하지? 저들은 그냥 묘족인 것 같은데."

안타까운 목소리로 임홍빈이 또 말했다. 홍빈의 말처럼 광태를 보이는 자들은 전통 묘족의 복장과 머리를 한 토착민들이었다. 그런데 그들의 손에 다른 농민들과 낭인들이 죽어나갔다. 물론 방법은 예의 그 마공이었다.

물경 수백에 달하는 자들이 벌이는 난전에 계장수는 미간에 깊은 골을 그렸다.

"도대체 저 많은 사람들이 마공을 어떻게 배운 거지?"

계장수의 의문은 곧 다른 일행의 의문이었다. 풍오자와 용태웅, 임홍빈 모두 같은 생각을 했다. 도대체 저들 같은 토착민에게 저 마공을 누가 어떻게 가르쳤을까? 무공의 개념으로 생각하면 이건 불가능했다. 그렇다면 다른 방법?

생각을 굴리던 계장수는 일단 행동을 취하기로 마음먹었다. 어느새 낭인들은 퇴각하는 중이었다.

"저들을 일단 제압하자구. 방법은 그 후에 따져 보지."

계장수는 벽조목 목도를 꺼내 잡았다. 그리곤 곧바로 둔덕을 달려 내려갔다. 용태웅과 풍오자도 뒤를 따랐다. 풍오자는 옆구리에 임홍빈을 낀 모습이었다.

현장에 다다른 계장수는 괴성을 지르고 달려드는 한 묘족사내의 어깨를 후려쳤다.

퍽!

간단하게 쇄골이 부러지는 소리가 나고 사내는 주저앉았다. 그런데 사내는 고통을 느끼는 얼굴이 아니었다. 곧바로 일어서는 사내의 혈안은 더욱더 붉어 보였다.

미간을 찌푸린 계장수는 사내의 정강이를 후려쳤다.

빠악!

사내가 훌렁 뒤집어지며 자빠졌다. 하지만 다시 일어나지는 못했다. 기를 쓰고 일어서려 해도 부러진 다리는 중심을 자꾸 무너뜨렸다.

"하반신을 공격해!"

외치는 계장수의 목소리에 용태웅과 풍오자도 금방 알아들었다. 이들은 지금까지 상대하던 북마련이나 여타의 마공 습득자들과 달랐다. 그들은 이지를 가지고 있는 상태에서 상대를 해쳤고 고통도 느꼈다. 하지만 이들은 그렇지 않았다. 고통도 못 느끼고 이지도 없는 상태가 분명했다.

또다시 달려드는 두 명의 묘족들을 거푸 쓰러뜨리며 계장수는 이를 갈았다. 살인마라 불려도 손색없을 자신이 자비심 따위를 느껴서가 아니었다. 그러나 한 가지, 자신은 비열한 짓을 하지 않는다. 힘없는 자를 이용하는 짓 따위는 절대 하지 않는 것이다. 그런데 눈앞의 현실이 바로 그랬다.

힘없고 세상에 순응하며 살아가는 무지렁이. 한 줌 땅에 씨를 뿌리고 그것이 여무는 과정을 지켜보며 발 품을 팔아 사는 사람들. 부는 바람과 내리는 비 쪼이는 햇빛에 감사하며 사계절을 살아가는 사람들. 중원인으로부터 이족으로 몰려 사천의 험지에서 수난과 박해를 받고 살던 민족.

그런 저들을 이용한 것이다. 대관절 어떻게 저들을 저리 만들었는지는 모르겠으나, 묘족에게 마공을 전한 암흑마궁의 그것들은 저들을 이용해 난을 일으킨 거다. 저들은 이성도 없다. 그저 맹목적으로 달려들며 타인의 생기를 빨기 위해 몸부림칠 뿐이다. 이것이 대관절 무슨 일이란 말인가.

'금수만도 못한 것들!'

마고지나와 그 추종자들을 생각하며 계장수는 이를 갈아붙였다. 그리고 떼거지로 달려드는 묘족의 무리로 마주 달려갔다. 옆에선 풍오자가 검갑째로 후려치는 소리와 용태웅의 주먹이 패대기치는 소리가 요란했다. 풀잎처럼 쓰러지는 묘족들의 모습도 같이 보였다.

눈빛을 굳힌 계장수는 달려드는 묘족들의 정강이를 후려쳤다. 손을 갈고리처럼 해서 덤비는 자의 옆으로 비끼며 허벅지를 때리고, 그 옆에서 두 손으로 안으려는 자를 어깨로 받았다. 튕겨 나가는 자의 발목을 목도로 후렸고, 양옆에서 손을 뻗치는 자들에겐 휙 돌며 정강이를 타격했다.

때리고 후리고, 쓰러뜨리고 넘기고, 집어 던지고 패대기쳐도 묘족들의 수는 끝이 없었다. 죽여 버리면 간단할 것이나, 이들을 그렇게 할 수는 없었다. 이들은 적이 아닌 허수아비에 불과했다. 언젠가 장안에서 엽초희에게 당하던 사내. 아내를 잃고 복수하려다 당한 그 사내와 다를 것이 없었다.

힘이 없어서 당하고만 존재들. 자신들이 무슨 일을 하는지, 무엇에 휩쓸렸는지도 모르고 조종당하는 사람들. 이들은 그런 사람들이었다. 누구도 이들에게 칼을 들이밀어선 안 되며 그럴 자격이 있는 자 또한 없었다. 때문에 이들은 생명을 다쳐서는 안 되며 그렇게 되는 일 또한 막아야 했다.

그러나 수도 없이 달려드는 묘족들을 보는 계장수는 암담했다. 생명을 해치지 않고 이들을 상대하기란 결코 쉬운 일이 아니었다. 개미 떼처럼 달려드는 이들은 일일이 주저앉히자니 벌써 손목이 시큰거렸다. 그렇다고 몰살을 시켜 버릴 수도 없는 노릇이었다. 그럴 능력이 있다 해도, 그렇게 죽일 것들과 그렇지 않아야 할 일에 대한 구분은 분명해야 했다.

'그렇다면……!'

모종의 결심을 한 계장수는 연속해서 목도를 휘둘렀다.

투타타타타다퍼퍼퍼벅!

십수 명의 묘족들을 정신없이 때려눕힌 계장수는 훌쩍 뒤로 물러났다. 그리고 목도를 두 손으로 잡아 하늘로 향했다. 곧바로 기합성이 터졌다.

"하얏!"

하늘을 찌르고 섰던 목도가 앞으로 뻗쳤다. 목도 끝에서 푸른 별빛이 터진 건 환영 같았다. 푸른 칼 그림자의 모양인 그것이 전방으로 날아갔다. 하나가 둘이 되고 둘이 넷이 되고 넷이 여덟이 되며, 수도 없이 나누어진 그것들이 묘족들의 사이로 내리 꽂혔다. 그리고 허벅지와 정강이를 때렸다.

퍼퍼퍼퍼퍼퍼퍼퍽!

광기로 달려들던 묘족들은 풀썩풀썩 쓰러졌다. 기백의 사람들이 한꺼번에 자빠지는 광경은 기묘하고도 장했다. 그 모양을 본 용태웅은 뒤늦게 권풍(拳風)을 내쏘았다.

"이야아아아!"

요란한 목소리와 함께 그의 손에서 무형의 힘이 터져 나갔다. 그것이 남아 있는 다른 묘족들의 정강이와 허벅지를 연속해서 강타했다. 그들도 펄쩍펄쩍 뛰듯이 나가떨어졌다.

손을 거둔 용태웅은 커다랗게 웃어젖혔다.

"으하하하하하!"

저만치서 검을 탁탁 손바닥에 두드리는 풍오자는 입을 비죽대며 중얼댔다.

"병신 같은 눔."

못 들었을 리가 없는 용태웅이 홱 돌아보자 딴전을 피우는 풍오자 옆에서 임홍빈이 반대쪽을 손가락질했다.

"저기 좀 봐!"

낭인들이 후퇴하고 묘족들이 달려들던 방향의 측면, 작은 야산의 정상에서 몇몇 사람의 그림자가 어른댔다. 임홍빈의 손가락이 그들을 가리키자 얼른 사라졌다.

"어, 저 새끼들 뭐야?"

용태웅이 보고 의문을 말할 때, 계장수는 야산을 향해 질주했다. 쓰러진 묘족들의 사이를 딛고 몸을 띄우며 바람에 체중을 실어 바위와 나무를 차 수리처럼 날아올랐다.

잔먼지를 발끝에 일으키며 떠오른 몸이 야산의 정상을 넘어선 순간, 정신없이 산을 달려 내려가는 다섯 놈이 보였다. 그들을 향해서 계장수는 목도를 집어 던졌다.

피이이잉, 바람을 가르는 소리가 땅을 밟는 계장수의 귀에도 선명하게 들렸다. 하지만 목도가 뚫고 나가는 한 사내의 몸뚱이는 더욱 선명하게 보였다.

"커헉!"

벼락을 맞은 것처럼 한 사내가 자빠졌다. 그 일을 만든 목도는 허공으로 다시 솟구쳤다. 계장수는 왼손 검지와 오른손 검지를 모아 땅으로 그어 검결을 시전했다.

허공을 선회하며 방향을 바꾼 목도는 무서운 속도로 내리 꽂혔다. 좌로부터 날아 내린 목도는 도망치던 다른 사내의 목을 옆으로부터 뚫었다. 터지는 피가 퍼지기도 전에 그 옆의 또 한 사내를 꿰어버린 목도는 다시 한 사내의 가슴을 뚫고 지나갔다.

가슴 뚫린 사내의 몸이 핑글 돌며 쓰러졌다. 그 순간 그 옆의 사내와 처음 목을 뚫린 사내의 몸에서 피가 터졌다. 모든 것이 정말 순식간이었다. 하지만 마지막 한 사내는 그 순간에도 열심히 도망쳤다. 살기 위해 죽어라고 도망치는 그 사내에게 계장수는 오른손을 쭉 뻗어 검지를 찌르듯 내밀었다.

잔혹한 날짐승처럼 비상했던 목도가 다시 하강했다. 수리의 부리처럼 내리 찍히는 목도의 끝은 사내의 허벅지에 이빨을 박았다.

퍽!

"아악!"

쓰러지는 사내에게 계장수는 다가갔다. 땅을 접어 밟듯이 찰나간에 이동하는 움직임이었다.

허벅지를 잡고 꿈틀대는 사내 앞에 선 계장수는 목도를 잡아 뽑았다.

"크흑!"

고통스런 소리를 내는 사내를 보고 계장수는 나직하게 말했다.

"네놈들 줄기를 말해라. 너 같은 깃털 말고 몸통 말이다."

사내는 얼굴을 일그러뜨리며 몸을 부들댔다. 바로 그때 임홍빈을 안은 용태웅과 풍오자가 도약해 왔다.

"어라? 저 자식 저거는 다르잖아?"

사내가 이지가 있는 자란 소리였다. 당연히 고통을 느끼고 생각도 할 줄 아는 놈이었다. 그렇다면 유추할 수 있는 결론은 자연 한 가지였다. 묘족의 일과 관련이 있다는 것. 일의 주동자이며 암중의 조종 세력이란 말이 되었다.

"너 이 새끼, 뭐 하는 새끼야?"

용태웅이 눈알을 부라리며 사내의 멱살을 잡았다. 그런데 사내는 고개를 돌려 용태웅을 외면했다.

"얼라? 이 쌍노무새끼가!"

바위 같은 용태웅의 주먹이 사내의 안면에 박혔다.

퍽!

"컥!"

피거품을 쏟아낸 사내를 용태웅이 다시 치려 하자 풍오자가 주먹을 붙잡았다.

"야, 이 등신 같은 놈아! 죽일 작정이냐? 왜 이 지랄이야?"

"맞아, 뭘 물어보고 죽여야지."

옆에서 낀 임홍빈은 죽인다는 소릴 당연하게 했다.

늘어진 사내는 몸을 부들대다가 천천히 고개를 들었다. 임홍빈의 말 때문인지 사내는 제법 대범해진 눈빛으로 일행을 보았다.

"어차피 죽일 거, 그냥 죽여라. 내 입에서 뭘 얻어들을 수는 없을 거다."

싸늘해진 사내의 눈은 냉소를 띠었다. 그런 사내의 얼굴을 보고 풍오자는 어이없어했다.

"어, 이런 싹바가지없는 새끼 보게나?"

용태웅은 주먹을 다시 들려 했고 그 주먹을 임홍빈이 잽싸게 붙잡았다. 계장수만이 차분한 시선으로 사내를 내려다보았다. 물어보는 목소리도 그랬다.

"너희들은 조직이 와해됐을 텐데? 봉현의 노대호 거점이 너희들의 마지막이 아니었나?"

사내는 코웃음을 쳤다. 그 반응을 보고 계장수는 짐작했다. 첫눈에 사내는 석모도에서의 그들과 같은 부류로 보였고, 그래서 물었던 말이었다. 그런데 사내의 반응은 그들이 전부가 아니었다는 말이나 다름없었다.

"진태구에게 다른 조직이 또 있었군."

무심한 계장수의 말에 사내는 당황한 얼굴이 되어 계장수를 봤다.

"광기 부리는 개 같은 생김과 달리 용의주도한 놈이지. 수하를 부리는 것도, 힘을 사용하는 것도, 여건과 환경을 이용하는 것도 탁월한 놈이야."

거듭된 계장수의 말은 사내의 눈빛을 흔들리게 만들었다.

"네가 뭘 말하지 않아도 돼. 하지만 네가 죽는 건 변함이 없다."

사내의 눈은 조금 더 흔들렸다.

"언젠가 한번 써먹은 방법인데, 같은 조직이었으니 이름은 들어봤을 거다. 황남송이라고, 군관 짓을 하던 놈인데, 내가 죽였지. 이렇게 말이야."

계장수는 천천히 사내 앞에 무릎을 구부려 앉았다. 그리곤 사내의 발목을 손으로 붙잡았다. 그 손이 짙고 짙은 자색으로 물든 순간, 사내는 비명을 질렀다.

"끄아아악!"

계장수의 손이 치워지자 사내의 발목이 드러났다. 손자국이 꺼멓게 남은 그곳이 흐물흐물 녹아 내렸다. 사내는 사색이 되어 몸부림쳤다. 발목은 금세 녹아 뼈가 드러났다. 그 뼈마저 녹아 발목이 뚝, 분리되었다.

"어어억!"

사내는 뒹굴었다. 하지만 분리된 발도 녹았고, 사내의 발목을 타고 오른 자색 기운은 종아리를 녹이기 시작했다. 피부가 검게 변색하고 갈라지더니, 붉은 살덩이들이 흐물거리며 떨어졌다. 그 안쪽에서 혈관이 툭툭 터지며 녹아 피를 뿜었다. 하얗게 드러난 뼈는 금세 검은색으로 변하며 액체가 되었다.

"제, 제발! 살려줘! 사, 살려줘!"

몸부림치는 사내의 얼굴에는 식은땀이 비처럼 흘렀다. 악물리며 소리치는 입에서는 피거품이 흘렀다. 죽이라던 좀 전과는 판이한 모습이었다.

사내의 모습을 차가운 시선으로 내려다보던 계장수는 가볍게 물었다.

"너희들 본거지가 어디야?"

사내는 자신이 무슨 말을 하는지도 모르는 채로 지껄였다.

"묘, 묘족 수, 수달마을! 제, 제발 나, 나 좀! 나 좀, 어떻게 해줘!"

어느새 자색은 사내의 허벅지까지 올라가 있었다. 그런 사내에게서 눈길을 돌린 계장수는 임홍빈에게 물었다.

"수달마을이 어딘지 아냐?"

눈을 멀뚱대던 임홍빈은 대수롭잖게 말했다.

"모르면 물어보면 되지."

계장수가 입맛을 다실 때 사내는 죽어가는 소리로 또 애원했다.

"어헉! 차, 차라리, 주, 죽여줘!"

이번엔 용태웅이 임홍빈에게 물었다.

"근데 넌 저 아래 묘족들 어떻게 해볼 수 없냐?"

여전히 멀뚱대는 눈빛으로 임홍빈은 되물었다.

"뭘 어떻게 해봐?"

"아이 자식아, 저 사람들은 꼭 전염병에 걸린 사람들 같잖아. 그러니까 내 말은 무슨 사술 같은 거에 걸린 거 아니냔 말이지. 그거면 네 전문이잖아?"

어느새 허리까지 녹아 들어가는 사내는 바닥에서 웅얼댔다.

"크허억… 나, 나를… 좀……."

임홍빈은 생각에 잠긴 눈빛으로 용태웅을 보다 대답했다.

"내 보기에도 그런 것 같긴 한데, 확신은 없지만 그동안 틈틈이 공부한 걸 사용해 볼 수는 있겠어. 벽사진경에 저런 일에 대한 이야기가 있었던 것 같아."

가만히 죽어가는 사내를 보며 듣고만 있던 풍오자는 심드렁하게 물었다.

"되긴 될 것 같으냐? 저 사람들 수백 명이나 되는데 가능하겠냐? 하다 못하면 도사들 망신이다. 알지?"

임홍빈은 미간을 구기며 쏘아붙였다.

"하라는 거예요, 말라는 거예요?"

"그러니까 내 말은 잘하라는 거지, 이 자식아. 어쭈, 어디 어른 말씀에 눈알을 휘둥거리고, 이걸 그냥!"

풍오자가 임홍빈에게 주먹을 쳐들 때, 바닥의 사내는 가슴께가 녹아들고 있었다.

"그으으… 나쁜… 놈… 들……."

누구에게 하는지 모를 욕한 사내의 입에서 검은 피가 흘러내렸다. 하지만 그 말을 아무도 듣지 못한 듯, 용태웅은 계장수에게 말을 걸었다.

"빨리 쫓아가야 하지 않겠냐? 또 꼬리를 놓치면 낭패다."

계장수는 고개를 끄덕였다.

"그래, 시간을 아껴야지."

풍오자와 임홍빈은 바로 몸을 돌리며 움직였다.

"제단이 필요하냐?"

"아뇨. 그건 필요없을 것 같은데요."

야산 너머 묘족들에게로 가는 그들의 아래서 사내는 목과 머리만 남은 채로 죽어갔다. 그런데 벌려진 그 입에서 바람 소리 같은 게 흘러나왔다.

"흐으으……."

힐끗 고개를 내려 본 용태웅은 눈썹을 꿈틀 일으키며 소리쳤다.

"이거 해골만 남은 게 자꾸 웅얼거려, 쌍!"

용태웅은 뻥 하고 머리통을 차버렸다. 저 멀리로 날아가는 머리통을 보며 용태웅은 중얼거렸다.

"저거, 혹시 저렇게 사는 거 아니야?"

계장수는 고개를 저으며 홍빈과 풍오자를 따라갔다.

❸

수달마을에 도착한 시각은 삼경에서 사경으로 넘어갈 무렵이었다. 마을 이름이 수달마을인 것은 마을의 주 수입원이 수달피이며 수달의 사냥을 전문적인 업으로 살아온 때문이었다.

수달마을의 인원은 대략 칠십여 명. 중간 규모보다 조금 작은 마을이었지만, 이곳엔 묘족들이 신성히 여기는 당고리(단군)의 신상이 있기 때문에 항상 부족회의의 중심이 되는 곳이었다.

마을 중심의 광장에 환하게 밝혀진 커다란 장작불 더미를 보며 일행은 수풀 속에서 속삭였다.

"저기 저 사당 같은 곳에 세워진 석상이 보이지? 저게 당고리, 즉 단군상이야."

풍오자의 말에 임홍빈은 바로 되물었다. 얼굴을 간질이던 풀을 꺾어내면서였다.

"단군이라면 배달동이족의 시조 조상이라고 하지 않았나요? 그의 석상이 왜 여기 있지요?"

풀을 뜯어 씹던 풍오자는 투, 하고 뱉어 던지며 대답했다.

"묘족 또한 그 근원을 거슬러 올라가면 구환족(九桓族), 즉 구이(九夷)의 한 갈래지. 저들은 조상 대대로 당고리를 신성히 여기며 섬겨온 게야."

고개를 끄덕이는 임홍빈의 옆에서 용태웅은 계장수에게 말했다.

"쳐들어가야 되는 거 아냐? 잡아 족쳐야지."

계장수는 가만히 고개를 저었다.

"조금 더 기다려 보자. 놈들이 뭘 하는지 보자구."

모두의 시선은 다시 수달마을로 조용히 돌아갔다. 그들의 눈에 비친 마을은 분주했다. 자정을 훨씬 넘긴 시간임에도 불구하고 온 마을 사람들이 바쁘게 움직였다. 가만히 보니 무슨 제례(祭禮)를 준비하는 것 같았다.

마을 중심에 커다랗게 키운 불 주변으로 사람들이 속속 모여들었다. 사람들의 면면을 보니 모두 묘족이었다. 그런데 모인 사람들의 수효가 삼사백은 족히 될 것 같았다. 마을 사람들의 숫자보다도 훨씬 많은 수였다.

"다른 마을 사람들이 온 것 같아."

임홍빈의 말처럼 다른 마을 사람들이 제례에 참례키 위해 온 것이 분명했다. 무엇인가 중요한 의식이 있을 것임이 틀림없었다.

가만히 바라보니 전통 묘족의 무당 복장을 한 자가 나타났다. 긴 지팡이를 잡은 그는 불 앞의 중심, 당고리 석상의 바로 앞에서 멈춰 섰다. 무당은 전통 묘족의 말로 뭐라고 소리쳤다. 무슨 소린지는 모르지만 매우 격앙되어 있었다.

무당이 소리치자 한 사내가 사람들에게 끌려 나왔다. 검은 피부에 대머리를 가진 사내는 무당 앞에 무릎이 꿇려졌다. 포박당한 채로 끌려 나온 사내는 무당에게 고개를 들고 호통을 쳤다. 알아들을 수는 없지만 그건 호통이 분명했다. 하지만 준열하게 호통 치는 사내에게 무당의 기다란 지팡이가 내려쳐졌다.

머리를 사선으로 후려 맞은 대머리사내는 고꾸라졌다. 사내가 쓰러진 후에도 무당의 작대기질은 수차례 더 이어졌다. 씩씩대며 감정을 감추지 못하는 무당은 다시 군중들, 마을 사람들을 향해서 두 손을 치켜들고 소리쳤다.

마을 사람들은 일제히 무당과 당고리 석상을 향해서 무릎을 꿇었다.

"저 새끼 저거, 뭔가 구리구리해 보이는데?"

주먹을 불끈대는 용태웅의 말처럼 무당은 뭔가 이상해 보였다. 본 적은 없지만, 묘족의 전통 무당이 아닌 뭔가 다른 일을 꾸미는 것 같은 음모의 냄새가 무당에게서 풍겼다. 유난히 붉은 무당의 눈빛도 그렇게 보였다.

"저게 암만 해도 신성을 빙자해서 사람들을 선동하는 것 같은걸?"

풍오자가 짐작을 내놓을 때 무당은 당고리상을 향해 돌아섰다. 그리곤 사람들처럼 무릎을 꿇고 절을 하기 시작했다. 삼법구배(三法九拜). 배달동이족 전통의 예법으로 무당은 절을 올렸다. 그를 따라서 군중들도 절을 올렸다.

"어라? 저 빌어먹을 자식이⋯⋯?"

예법을 알아본 풍오자가 눈썹을 비틀었다. 바로 그 순간 다시 일어선 무당은 마을 사람들을 향해 두 손을 치켜들고 뭐라고 뭐라고 격앙

되어 소리쳤다.

우우우, 하는 소리가 사람들 사이에서 터져 나왔다. 겁에 질린 소리 같기도 했고 신성을 경배하는 소리 같기도 했다. 무당은 또 소리쳤다. 그러자 대머리사내를 끌고 나왔던 사내들이 여자와 아이 하나를 다시 끌고 왔다.

쓰러진 대머리사내에게 아이가 달려들어 울부짖는 걸로 보아 가족인 듯싶었다. 여자는 제 남편처럼 무당에게 소리치며 대들었다. 무당은 여자의 머리통을 손으로 붙잡았다. 그리고 어찌해 볼 사이도 없이 생기를 빨아들였다.

여자의 몸은 순식간에 쭈그러들었고 무당의 몸은 푸른 뇌전에 싸여 파직댔다. 그 놀랍고 엄청난 광경을 본 사람들은 공포스런 소리를 질렀다.

"우우우우—"

"저 개새끼!"

일어서는 용태웅을 풍오자가 붙잡았다. 용태웅이 무섭게 돌아보았지만, 창백하게 가라앉은 풍오자의 표정을 발견하곤 다시 주저앉았다.

"썅!"

용태웅도 풍오자도 임홍빈도 계장수도 두 눈을 부릅뜨고 앞을 보았다. 여자가 희생당한 순간은 참으로 어처구니없을 만큼 빠른 순간이었다. 무당 놈이 그렇게 바로 손을 쓰리라곤 생각도 못했다. 하지만 지금 움직여선 안 되었다. 놈들이 마공을 어떻게 전파시키는지 그걸 알아야 했다.

칼날처럼 벼려진 일행의 시선 속에서 무당은 다시 소리쳤다. 그러자 경배하는 사람들처럼 조아리던 마을 사람들 중에서 한 사내가 나섰다. 불 앞으로 나온 그 사내를 무당은 제 앞에 다시 무릎 꿇렸다. 그리곤 하늘을 향해 두 손을 들고 간구하는 모습을 보이더니 사내의 머리에 손을 얹었다.

"엇! 저, 저거!"

임홍빈이 놀라는 순간 무당의 팔을 타고 사내의 머리로 푸른 빛이 스며들었다. 짧은 그 순간이 지나고 무당의 손이 떨어지자 사내는 벌떡 일어섰다. 사내의 눈은 이미 혈안이었고 사방을 쓸어보는 눈에는 이성이 보이지 않았다.

"저거였군! 마공을 전염시키는 방법이 저거였어!"

용태웅은 바로 일어섰다. 그런 그가 마을 한쪽을 보며 의외의 소릴 했다.

"어라? 저 새끼들은 중원 놈들 같은데?"

바로 그 순간 마을의 한 가옥에서 나오던 이십여 명의 무사들이 일행 쪽을 보고 소리쳤다.

"적도다!"

검과 칼등 병장기를 잡아 뽑는 사내들을 보고 용태웅은 달려나갔다. 그 뒤를 풍오자가 달려갔고 제일 늦게 임홍빈을 안고 계장수가 달려갔다.

순식간에 이십여 장의 수풀을 가로지른 용태웅은 무사들이 아닌 무당에게로 쇄도했다. 놀라는 무당의 손에서 아이를 낚아챈 후, 커다란 손바닥으로 싸대기를 갈려 버렸다.

쫘악!

비명도 못 지르고 무당은 핑그르르 돌며 자빠졌다. 그 순간 대머리 사내와 가족을 끌고 나왔던 사내 넷과 마공을 옮겨 받은 사내가 합세해 달려들었다.

용태웅은 달려드는 한 사내의 멱살을 붙잡아 이마로 내리찍었다.

퍽!

사내의 안면이 부서져 쓰러졌다. 바로 옆에서 달려드는 두 놈에게 주먹을 횡으로 후려갈겼다.

휘잉!

퍼퍽!

두 사내가 동시에 머리통이 옆으로 꺾어졌다. 훌떡 떠오르다 떨어지는 두 사내의 뒤에서 남은 두 놈이 덤벼들 때, 아이를 내려놓은 용태웅의 두 주먹이 위로부터 휘돌려 내려앉았다. 물론 두 놈의 정수리 한가운데였다.

콰콱!

두 놈의 머리가 목을 없애고 움푹 주저앉았다. 눈알이 터져 나오고 귀와 코, 입으로 핏물이 뿜어져 나왔다. 그렇게 으스러진 호박 모양이 되어 두 놈은 넘어갔다.

같은 순간, 용태웅의 뒤를 좇아 달리던 풍오자는 한철검을 잡아 뽑았다. 앞에서 무당 쪽으로 용태웅이 방향을 틀자, 풍오자는 이십여 명의 무사들 쪽으로 몸을 띄웠다.

앞을 가로막던 거대한 고목을 발로 차며 도약한 풍오자는 한철검을 횡으로 그었다. 거대한 반월의 백색 강기가 그 검 끝에서 달빛처럼 터졌다.

휘아아앙!

병기를 들고 달려들던 이십여 무사들은 어찌해 볼 도리도 없었다. 백색 악마의 손길에 던져진 그들은 하반신이 찢겨져 나갔다.

"크아아악!"

"으아악!"

"카아악!"

처절한 비명 소리 뒤로 남은 건 바닥에서 꿈틀대는 무사들의 몸뚱이와 그들이 흘리는 피였다. 허리와 다리 등이 깨끗하게 잘려 나간 사내들은 몸부림쳤다. 그 앞에 천천히 내려선 풍오자는 무서운 눈빛으로 사내들을 보았다.

"개자식들이 아픈 건 아는 모양이네?"

유난히 싸늘해진 풍오자의 뒤로 계장수가 임홍빈을 안고 내려섰다.

"이놈들이군요?"

임홍빈의 물음은 사천에서의 일을 도모한 놈들이란 얘기였다. 하지만 그렇게 보기엔 눈에 띄는 인물들이 없었다. 이놈들 또한 그저 졸개들에 불과해 보였다.

고통에 겨워 몸부림치는 무사들에게 계장수는 다가서며 물었다.

"진태구는 어디 있나?"

그 순간 맨 우측 사내의 눈빛이 번득이는 걸 계장수는 놓치지 않았다.

"네가 책임자로구나."

사내의 눈빛이 위험해졌다. 그걸 간파한 계장수의 신형이 귀신처럼 사내를 덮쳤다.

"억!"

검은 손으로 사내의 턱주가리를 잡아버린 계장수는 싸늘하게 웃었다.

"지금부턴 죽는 것도 네 마음이 아니다."

"거어억!"

혀를 물려던 사내는 턱을 빼려고 도리질을 했지만 소용없었다.

차갑게 미소 짓던 계장수는 사내에게 또 물었다.

"이곳의 일은 다 끝났다. 저기 계신 우리의 젊은 도사님께서 네놈들이 전염시킨 마공을 깨셨지."

사내의 눈이 불안한 의문으로 물들었다.

"무슨 소린지 모르는 모양이구나. 네놈들이 묘족에게 퍼뜨린 마공, 그게 이제는 소용없게 돼버렸다. 저 도사의 법술로 그것에 걸린 사람들을 다 되돌렸어. 이곳의 일이 끝나면 다른 곳의 사람들도 모두 구제될 거다."

사내의 눈은 회의적이었다.

"못 믿는 게구나. 상관없다. 이제는 너희들이 어디서 무슨 짓을 하든 우리가 다 막을 거다."

계장수는 사내의 턱주가리를 놔주었다. 뒤로 물러서며 낮에 있었던 일을 생각했다.

마공에 전염됐던 묘족들은 홍빈이 거울 빛을 비추며 주문을 외자 모두 정상으로 돌아왔다. 그 일에 무슨 특별한 재주가 있어 보이진 않았다. 요행 같기도 했다. 하지만 고친 건 고친 거였다. 그리고 그걸 저놈이 알 필요도 없었다.

사내는 도도한 얼굴빛을 보이는 임홍빈과 계장수를 번갈아 보았다. 혀를 물 생각 같은 건 이제 없어 보였다. 그러다 뒤늦게 다리 잘린 고통이 찾아왔는지 얼굴을 찡그렸다. 하지만 곧 이를 물며 단호한 목소리로 말했다.

"신교의 대업을 너희들이 무슨 수로 막는단 말이냐? 어림없는 소리! 네가 아무리 흑마왕이라고 해도 신녀와 두 분 궁주가 부활하신 이상 꿈같은 일이다!"

사내의 말에 계장수는 물론 풍오자와 임홍빈도 미간을 뒤틀었다.

"두 분 궁주라고? 그게 누구지?"

사내는 득의한 웃음을 입에 물며 말했다.

"너희들은 이제 그분들의 신력에 먼지처럼 사라질 것이다. 그분들은 이곳, 숨결이 흩어졌던 사천 땅에서 부활하셨으나, 뜻을 펼칠 북변의 땅으로 이미 옮겨가셨다. 이제 남은 것은 세상의 혁변뿐, 후천개벽은 시작되었다!"

자신감으로 번들대는 사내의 눈을 보고 계장수는 고개를 끄덕였다.

"그래, 북변 땅이란 말이지? 더 자세한 건 물어봐도 말 안 하겠지?"

담담한 계장수의 말에 사내는 눈빛이 수그러들었다. 그런 사내에게 계장수는 말했다.

"난 너희 같은 것들이 정말 싫어. 싸움은 당사자가 하는 거야. 힘없는 남을 끌어들이는 건 정말 비겁하지. 그래서 난 너희들을 깨부술 거야. 알겠나?"

계장수는 발을 들었다. 그 발을 바라보는 사내의 안면을 내리 밟았다.

퍼억!

사내의 머리통이 으깨지며 터졌다. 그 광경을 본 다른 사내들에게 계장수는 돌아섰다.

"북변 땅 어디쯤인지 아는 사람 없나? 너희들이 옮겨간 곳 말이야."

다리 등이 잘린 고통에 까무러칠 지경이던 사내들은 책임자가 죽는 광경을 보고 기겁했다. 저렇게 죽을 줄은 상상도 못한 것이다. 때문에 사내들은 서로서로 눈치를 봤다. 그중의 한 사내에게 임홍빈이 말을 걸었다.

"이런이런, 정강이가 잘려 나갔네. 빨리 지혈하지 않으면 큰일나겠어. 나이도 얼마 안 들어 보이는데… 장가는 간 거야? 처자식들은 있어?"

은근하게 달라붙는 임홍빈의 말에 사내는 여러 가지 빛으로 얼굴이 변했다. 그런 사내에게 임홍빈은 다시 말을 흘렸다.

"죽고 나면 다 소용없는데… 살아서 왕후장상이지 죽어서야 무슨 소용이야. 목숨은 붙어 있을 때 도모해야 내일이 있는 거라구. 안 그래?"

눈썹과 입술이 푸들대던 사내는 발악처럼 입을 벌렸다.

"우, 우리도 급히 연락을 받고 온 것이라 자, 자세히는 모릅니다!"

"대충은 안단 얘기네?"

재차 묻는 임홍빈과 계장수의 얼굴을 번갈아 본 사내는 다시 말했다.

"소, 송화강 이북 어딘가에 근거를 마련한다는 것 외엔… 저, 정말 모릅니다!"

임홍빈이 계장수를 돌아보자 계장수는 고개를 끄덕였다. 풍오자는 한철검을 검갑에 소리 내어 넣었다.

"우린 약속은 지킨다."

그 말을 남기고 풍오자와 계장수, 임홍빈은 용태웅이 있는 쪽으로 걸어갔다. 뒤에서 살려달라는 절규가 들렸지만 세 사람은 아무 소리도 못 듣는 것 같았다.

용태웅은 무당 놈을 장난감처럼 패대기치는 중이었다. 이리저리 팔다리가 꺾어진 그는 이미 폐인에 다름 아니었다.

"야, 뭐 좀 알아내고 그러는 거냐?"

풍오자를 흘겨본 용태웅은 자신있게 대답했다.

"그럼요. 내가 누구 같은 줄 아쇼?"

풍오자의 안면이 꿈틀대는 순간 계장수가 먼저 나서 물었다.

"마을이 어떻게 된 거야?"

이미 흩어지거나 겁에 질린 채로 주저앉아 있거나 한 마을 사람들을 둘러본 후 용태웅은 대머리사내를 가리켰다. 무당에게 맞던 그 사내였다.

"중원 말을 할 줄 알아. 이 마을 족장이래."

계장수는 대머리사내에게 시선을 돌렸다.

"어찌 된 일이오."

죽은 아내의 시신에 아이와 매달려 있던 대머리사내는 계장수를 올려다보았다.

올려다보는 사내의 눈에 습기가 어렸다. 모습은 중년으로도, 그보다 좀 더 들어 보이게도 생각되는 그런 얼굴이었다. 떨리는 눈가의 습기처럼 울리는 목소리가 흘러나왔다.

"우리의 신앙을 이용했소……. 당고리와 삼신의 사자들이라 했지만 난 믿지 않았지요. 신력을 심어주고 죽은 자들을 되살린다 하더이다. 사교라 거부했더니 마을 무당과 더불어 나를 가두었소. 마을 사람들을 전부 그들의 꼭두각시로 만들려 했던 거지요……. 그대들이 그걸 막아주었소이다."

대머리사내는 깊숙이 고개를 숙여 보였다. 계장수는 돌처럼 무거운 눈빛으로 고개를 들었다. 때마침 풍오자의 시선과 마주쳤다. 풍오자는 무겁게 입을 벌렸다.

"그것들이 예상대로 배달동이족의 역사와 신성을 이용해 민가에 파고들려는 게야. 그것을 이용해 거부감없이 사람들 속에 퍼지려는 게지. 개 같은……!"

더욱더 무거워진 눈길을 거두며 계장수는 불을 보았다. 훨훨 타오른 장작불은 벌건 빛으로 어른거렸다. 흔들리는 그 불길들이 계장수의 마음을 보여주는 것만 같았다.

"장수(將帥)."

다시 들린 대머리족장의 목소리에 계장수는 시선을 돌렸다.

"그대를 내 처음 보았지만 낯설지 않구려."

족장이 무슨 말을 하는 것인지 계장수는 알 수 없었다. 족장의 시선은 계장수의 눈으로 곧장 들어왔다.

"내 신탁을 받은 자는 아니나, 사람의 인연이 때때로, 상대에 따라 조금은 보이는 때가 있소. 내 눈이 틀리지 않다면 그대는 조상의 업을 받은 장수요."

계장수는 의아한 시선으로 족장을 보았다. 족장은 당부하듯이 마지막 말을 했다.

"선조의 자취를 찾으시오. 그리하면 자신을 볼 것이오."

대머리족장은 쪼그라든 아내의 시신을 들고 일어섰다. 우는 아이와 함께 멀어지는 족장의 뒷모습을 보며 계장수는 속으로 되뇌었다.

'조상의 업을 받은 장수… 나를 본다……?'

문득, 계장수의 시선 안에 당고리의 석상이 들어왔다. 흑오석을 다듬어 만든 석상은 계장수 자신의 얼굴처럼 검었다. 그것이 자꾸만 웃는 것 같았다.

되살아나는 자들 3

❶

여름을 몰아쳐 알리던 마지막 큰바람과 비가 지나고 낙엽이 흩어져 내렸다. 그것이 쌓여 후원에 가득해질 만큼의 시간이 지났을 때 십팔 금강동인이 나왔다.

천천히, 자신의 앞에 긴 탁자를 두고 마주 앉은 그들의 면면을 보며 청진은 고개를 끄덕였다.

"고생들이 많았구나. 그 혹독함을 딛고 성취를 이루었으니 장하다 할 따름이다."

십팔금강동인들의 눈빛은 그저 담담했다. 청진은 좌측에 앉은 승려부터 차례로 이름을 호명했다.

"법천(法天), 법지(法地)."

맨 좌측의 두 승려가 고개를 숙여 보였다.

"법춘(法春), 법하(法夏), 법추(法秋), 법동(法冬)."

그 다음 네 명의 승려가 순서대로 고개를 숙였다.

"법자(法子), 법축(法丑), 법인(法寅), 법묘(法卯), 법진(法辰), 법사(法巳), 법오(法午), 법미(法未), 법신(法申), 법유(法酉), 법술(法戌), 법해(法亥)."

나머지 열둘의 승려도 차례대로 고개를 수그렸다. 열여덟의 승려들과 일일이 눈을 맞춘 청진은 나직한 음성으로 말을 이었다.

"내 너희들의 이름을 지을 때 한 가지 염두를 두었더니라. 그것은 세존의 뜻을 받들어 정토세상을 열어가매, 삿되고 부덕하며 거짓된 것들을 세상에서 쫓기 위해 세상 그 자체, 그의 성명을 너희들에게 주었노라."

열여덟의 젊은 승려들은 청진의 입과 눈만을 보았다.

"그로 말미암아 하늘과 땅, 사계절과 세상의 변화와 생로병사를 담아 도는 시간, 그것을 너희들의 이름으로 삼았다. 이에 담긴 뜻을 너희는 잊지 말아야 하느니라."

열여덟의 승려 중 맨 좌측의 승려, 눈썹이 숯검댕이처럼 시커먼 법천이 입을 열어 대답했다.

"소승들 그 누구도, 단 한시도 그 높으신 뜻을 잊은 자는 없나이다. 저희 모두는 세존과 사부님의 뜻을 따라 지옥불을 달굴 불쏘시개가 될 각오가 돼 있나이다."

결연한 법천의 대답과 표정을 본 청진은 희미한 미소를 떠올렸다.

"장하구나. 지난 시간이 헛되지 않았구나. 내 너희들을 위해 들인 시간과 정성이 결코 아깝다 생각되지 않는구나."

두 번째로 앉은 각진 턱의 법지는 당차게 말을 했다.

"이후로는 그 누구도 사부님과 저희 사문을 욕되게 하는 일이 없을

것입니다! 홍진의 먼지로 사라진 전대의 십팔금강동인들과 사부님의
치욕은 저희들 모두가 뼛속에 새기고 있습니다! 이젠 그것을 되돌려줄
때입니다!"

유난히도 강렬한 눈빛이 금강동인들의 눈에서 뿜어져 나왔다. 청진
은 그저 대견함만이 있는지 미소를 더욱 짙게 그렸다. 그러다 갑자기
미간을 찌푸렸다.

"흑마왕이라는 그놈! 도왕 계문설의 후예라는 그놈은 반드시 잡아야
한다. 그리고 빈승의 앞에 무릎을 꿇려야 한다. 정종 중원의 무공이 아
닌 근원도 모르는 무공을 쓰는 놈 따위가, 그렇게 세상을 휘저어서는
안 되지. 암, 안 되고말고!"

끊어지는 청진의 말을 잡고 법천이 물었다.

"그자가 쓰는 무공이 중원의 무공이 아니옵니까?"

청진의 눈길이 다시 들렸다. 그 눈이 옛일을 더듬는 것처럼 아리해
졌다.

"생각해 보면 그놈의 무공은… 철혈무제 조극강의 무공과 흡사했다.
그래… 철혈무제 놈의 철령기도 중원의 무공은 아니었어. 그런데 그놈
이 죽고 도왕의 후대라는 놈이 나타나서는 그와 흡사한 무공을 쓴다?"

대답이 아닌 스스로에 대한 자문자답을 하는 것처럼 청진은 생각에
잠겼다. 하지만 잠시 후, 흐릿하던 눈빛이 다시 거세지고 결연한 목소
리가 나왔다.

"뭐가 어찌 되었든, 잡스러운 이족의 것들을 모두 몰아내고 중화정
도세상의 기치를 세우는 일, 그런 순결하고 정화된 세상을 만드는 것이
우리의 목표다!"

청진의 퍼런 눈길은 십팔금강동인들의 눈동자를 주욱 훑었다.

"이제 세상은 파란의 난세로 접어들었다. 흑마왕 놈이 예기치 않게도 벽력월인궁과 손을 잡고 철무련을 무너뜨렸다만, 그보다 더 무서운 적이 세상에 드러났다."

청진의 입을 보는 금강동인들의 눈에도 퍼런 빛이 비어져 나오기 시작했다.

"그것은 다름 아닌 암흑마궁의 발호이다. 삼백 년 전에 세상을 암흑으로 몰아넣던 그들이 다시 나타났다. 그들은 이야기로 전해지는 것처럼 무섭고 끔찍하다. 그러나 그때에는 중원 육왕 같은 신인들이 있어 그들을 막아냈다."

잠시 숨을 몰아 내쉰 청진의 입은 다시 벌어졌다.

"현재에는 그러한 존재들이 없다. 있는 것은 흑마왕이란 놈과 벽력월인궁, 다시 몸을 일으킨 암흑마궁이란 존재가 있을 뿐. 그들에게 대적할 자들이 없다!"

금강동인들의 눈은 파랗게 이글거렸다. 그것은 살기로 뭉쳐진 투쟁의 의지가 분명했다.

천천히, 아주 느리게 금강동인들의 변화를 살핀 청진의 말은 자연스럽게 이어졌다.

"그래서, 그러한 일들을 막기 위해서, 우리의 순연한 의지인 중화정도세상의 완성을 위해서 너희들의 존재가 이루어진 거다!"

법천과 법지를 비롯한 나머지 승려들은 이제 눈뿐만 아니라 전신으로 기세를 뿜어냈다. 퍼렇게 마주 보는 청진의 눈 아래 입에서는 계속 말이 더해졌다.

"너희는 너희의 존재 가치를 알아야 한다. 사문의 무예에, 인간강화비술의 대법이 이루어진 너희들의 손과 발을 당할 자는 이 세상에 없다. 그것이 설령 삼백 년 전의 육왕 등이 온다 해도 말이다. 너희들은 그 힘으로 흑마왕과 암흑마궁의 무리들을 짓밟고, 중화정도세상의 완성을 이루어야 한다."

파릇한 기세를 무섭게 피워 올리는 금강동인들에게 청진은 아주 나직하게, 그러나 강하고 간곡하게 말했다.

"그것이 너희의 소명이다. 알겠느냐?"

열여덟 승려들의 고개가 일제히 숙여졌다. 그러나 소리 내어 대답하는 자는 없었다. 다만 눈빛만이 결연하고도 확고한 의지를 비춰 보일 뿐이었다.

파랗게 달구어진 눈길로 바라보던 청진은 사악한 느낌이 도는 음성으로 말했다.

"이제 그 시작을 하자꾸나. 어디 갔는지 모를 흑마왕 놈의 방수들. 철무련의 자리를 모두 차지한 벽력월인궁의 두 놈을 첫 시작의 제물로 삼아라."

다시 모두의 고개가 일제히 숙여졌다. 그런 모습들은 승려라기보다도 군문의 사람들 같은 모습이었다. 그렇게 숙여졌던 고개 중 법천의 고개가 들리고 질문을 던졌다.

"외람되오나, 연무기의 존재는 소승들이 어찌해야 하오리까?"

법천을 바라본 청진은 곧바로 들리는 법지의 시선도 보았다.

"그는… 곤륜이성의 후예다. 너희들의 수장으로 대하라."

반발하려는 법지에 앞서 법천이 다시 말했다.

"하명하신다면 따르겠사오나, 그와 소승들은 갈래가 다르질 않습니까? 혹여 모든 일이 이루어진 나중에라도 그가 딴마음을 먹는다면 어찌하리까? 소승이 본 바로 그는 결코 남의 아래에 있을 위인이 아니더이다."

청진의 눈매가 가늘어지며 웃음이 걸렸다.

"너희들이 제법 후일을 생각하는 여지를 가지게 되었구나. 열매는 익을수록 단맛이 난다더니 그런 이치인 게지."

소리없이 웃던 청진은 나직하게 속말을 꺼냈다. 결코 그들이 앉은 실내를 벗어나지 않는 말이었다.

"합종과 연횡은 병가의 기본이라, 뜻이 맞고 목표가 같으면 손을 잡아 동지가 되고, 뜻이 갈리고 추구하는 바가 다르면 등돌려 적이 되는 것이지."

법천과 법지는 물론 다른 승려들의 눈에서도 반짝 하는 빛이 나왔다.

"너희들이 염려하는 그러한 때가 도래한다면, 당연한 처리가 뒤따를 것이야. 그것 또한 너희들의 몫이 될 테지."

조용하게 닫히는 청진의 얼굴에는 소리없는 웃음이 더욱 커졌다. 그 웃음을 따라 열여덟의 젊은 중들도 소리없이 미소를 그려냈다. 그들이 웃는 미소는 그저 파장만으로 퍼져 나갔다. 그것을 듣는 것은 떨어지는 낙엽들이었다.

❷

마무리 공사로 쿵쾅대는 철무전에 앉아서 위지강천은 여유로운 표정을 지었다. 태사의에 앉아서 사방을 둘러보는 그에겐 깊은 감회가 물결쳤다.

"이곳에 다시 오게 되길 얼마나 고대하였더냐?"

다탁 위에 놓인 술잔을 든 그는 잔에 벽록색 술을 따랐다. 곧바로 입으로 넘기곤 행복한 찡그림을 보였다.

"크으, 좋다!"

생각해 보면 꿈만 같은 일이었다. 철혈의 무제였던 대형 조극강이 의문의 죽음을 당한 후, 사인을 밝히려다 정소연과 사마용추의 칼을 피해 떠나갔던 이곳에 다시 오게 될 줄은 정말 몰랐었다. 많은 기억이 있는 곳, 형제들과의 추억이 묻어 있는 곳, 세상을 제패한 자부심이 있는 곳이었다.

그랬던 곳이 대형인 조극강의 죽음과 함께 허물어졌다. 피땀으로 세운 철무련은 엉뚱한 놈과 년에게 빼앗기고 자신들은 형제의 죽음에 의혹만을 가진 채로 물러가야 했다. 그렇게 보낸 세월이 장장 십수 년이었다.

"허허허허……."

위지강천은 공연히 헛웃음을 웃었다. 자신도 모르게 나오는 웃음의 의미가 무엇인지 자신도 헤아려지질 않았다. 허무해서 그런 것인지 기뻐서 그런 것인지, 이도 저도 아니면 그냥 나오는 것인지.

죽었는 줄 알았던 대형 조극강은 다시 살아서 나타났다. 믿을 수 없는, 정녕 꿈같은 일이 벌어진 것이다. 환생을 했다고 했다. 그것도 도왕 계문설의 후손 몸으로 살아난 것이다. 공교로운 일이 아닐 수가 없었다.

하지만 그는 분명 자신들의 대형 조극강이었다. 남의 몸을 가지고 나타났다고 해서 못 알아볼 형제가 결코 아니었다. 그런 대형이 자신이 세웠던 철무련을 까부쉈다. 정소연은 놓쳤지만, 사마용추는 잡아

죽였다. 그 둘의 아들놈인 사마현수도 이수가 반 조각을 냈다. 복수를
한 것이다.

"당연한 귀결이지."

혼자 중얼대며 위지강천은 또 술을 따랐다. 때마침 벽력대주 이수가
대전으로 들어섰다. 쿵쾅대는 울림과 먼지의 부유 속으로 가을볕이 스
며들었다. 그 한가운데를 이수가 걸어왔다.

"궁주, 찾아계시옵니까?"

"오냐, 이리 와 앉아라."

허리를 꺾는 이수에게 위지강천이 권한 자리는 태사의 옆에 놓인 자
리였다.

바라본 이수가 놀라 허리를 다시 꺾었다.

"제가 어찌 감히!"

"주접떨지 말고 올라와, 자식아."

꼴같잖다는 위지강천의 표정에 떨떠름한 표정을 지은 이수는 뭉기
적대고 자리로 올라섰다. 하지만 역시 쉽게 앉을 수는 없는 노릇이었
다.

"아, 앉으라는데 왜 그러고 있어?"

"저, 이 자리는 원래 정소연이 앉던 자리 아닙니까?"

"그래, 맞다. 그 계집이 앉던 자리지. 왜? 그년이 앉던 자리라서 싫
으냐?"

"아니, 그것이 아니오라… 철무련의 주인들이 앉는 자리가 아닙니
까? 그런데 소신이 어찌 이 자리에… 그것도 궁주님과 같은 자리에 앉
겠습니까? 거두어주십시오."

"놀고 있네."

이수의 얼굴이 똥 씹은 표정이 되었다. 딴에는 예의를 차리고 정중하게 겸사를 부렸건만, 때때로 종잡을 수 없는 둘째 궁주의 저 심보는 아주 곤란하게 했다.

"잡소리 말고 앉아, 자식아. 곧 없애 버릴 자리다. 그러니까 군소리 말고 앉아서 술이나 받아."

별수없이 이수는 자리에 앉았다. 위지강천은 미리 준비한 잔에 술을 따라주었다.

"마셔."

조심스럽게 잔을 잡는 이수에게 위지강천은 아무렇지도 않게 말했다.

"그동안 고생 많았다."

잠시 잔을 들고 멈추어 보는 이수의 눈에 위지강천은 감회에 젖은 모습이었다.

"그 연놈들의 종자를 반 조각 낸 건 정말 잘했어. 그놈인 줄 알았다면, 나나 형님이 손을 쓰기엔 좀 그랬을 거야. 그래도 한때는 안아주고 얼렀던 놈이니까."

손에 잡았던 잔을 이수는 벌컥 넘겼다. 그리고 위지강천에게 넌지시 물었다.

"그런데 흑마왕… 아니, 계 대협은 어디로 가신 겁니까?"

위지강천을 힐끗 이수를 돌아보며 되물었다.

"네가 그건 알아서 뭐 하게?"

"아니, 뭐 한다기보담 그저 궁금해서……."

"너 배고프겠다?"

"예?"

"궁금한 게 많은 놈들은 원래 배가 고프거든. 나도 옛날에 그랬어."

다시 구겨지는 이수의 표정에도 아랑곳 않고 위지강천은 술을 들이켰다.

"크읍, 둘째 형님은 궁에 잘 계신가? 아, 나 혼자 여기 와 있으니 따분하구만."

위지강천의 말처럼 혁련휘는 벽력월인궁에 남아 있었다. 폐허가 되다시피 한 철무련을 복원하기 위해서 위지강천이 넘어온 것이다. 항상 같이 있다 떨어지니 적적한 생각이 드는 건 당연했다. 그래서 이수에게 술 푸념을 하는 것이다.

가만히 위지강천을 표정을 살피던 이수는 아주 조심스럽게 다시 입을 열었다.

"그런데 두 분 궁주님은 계 대협에게 아주 깍듯하십니다. 꼭 손윗사람 대하는 것처럼요. 그분의 명성이 대단하기는 하지만 지나치지 않습니까?"

뜨악해진 위지강천의 눈길이 돌아왔다.

"네가 뭘 안다고 궁시렁대는 거야?"

"소신은 그저 느낌이 그러해서 드린 말씀입니다. 다른 뜻은……."

"다른 뜻이 있어도 상관없어, 임마."

멀뚱해지는 이수에게서 시선을 돌린 위지강천은 다시 한 잔의 술을 따라 마시며 중얼댔다.

"누가 뭐라든 변하지 않는 것이 있게 마련이지. 그런 게 변하면 세상은 망하는 거야. 크읍."

술의 잔 맛에 인상을 찡그리는 위지강천을 보면서 이수는 속으로만 하던 말을 되새김질했다.

'그날 밤! 저는 두 분이 혼란 중에 그분을 부르는 소릴 들었습니다! 형님이라고 하는 소리를 말입니다!'

이수의 외침은 목구멍에서만 맴돌 뿐 말이 되어 나오지는 않았다.

"너 표정이 왜 그러냐? 꼭 똥 참는 강아지 같은 꼴이구나?"

가늘어진 위지강천의 눈을 피해 이수는 제가 술을 채워 벌컥 들이마셨다.

"뭐야? 불만있어?"

눈꼬리가 솟구치는 위지강천에게 이수는 시선을 외면하며 한숨 쉬듯 말했다.

"불만은요, 제가 그런 게 있을 리가 있겠습니까? 술이 들어가니 속에서 열이 좀 나서 그렇지요."

"그래? 그럼 더 마셔."

술 마셔서 열난다는데 위지강천은 술을 따라주었다. 이수는 고개를 수그리고 한숨을 또 내쉬었다.

쿠콰콰쾅!

갑자기 들린 소리는 술 따르던 위지강천과 한숨 쉬던 이수의 동작을 동시에 멈추게 했다.

"이게 무슨 소리야?"

일어선 위지강천의 눈에선 한광이 쏟아졌다. 이수도 무서운 눈매를 만들며 일어섰다.

❸

연무기는 마무리 공사 중인 철무련의 본전, 지금은 벽력월인궁이라고 불러야 할 곳을 보며 희미한 미소를 지었다.

"이곳을 그놈이 박살 냈단 말이지?"

계장수를 일컫는 말이 분명했다. 그 말을 던진 연무기의 눈에서는 서리 같은 빛이 새어 나왔다. 가을 정오의 볕은 그 시림을 무디게 하지 못하고 비껴 내렸다.

검 손잡이를 무심하게 쓰다듬는 연무기는 조용하게 물었다.

"법천, 그대의 생각은 어떠시오?"

연무기의 뒤로 서 있던 십팔금강동인들 중 법천이 나서며 대답했다.

"굳이 우리가 손을 쓸 필요도 없이 백룡단만으로도 초토화시킬 수 있습니다."

연무기는 고개를 가만히 끄덕였다. 법천의 말대로 자신이나 십팔금강동인이 아니더라도 저들은 싹쓸이가 될 것이다. 그 일을 할 백룡단원들은 자신들처럼 변복을 하고 이곳에 와 있었다. 항시 무인들의 왕래가 많은 곳이라 저들의 눈에 특별히 의심을 살 일도 없었다. 모든 건 순조로웠다.

"그럼 시작해 볼까요?"

연무기의 말을 신호로 법천은 계도를 빼 들었다. 어느새 연무기와 십팔금강동인들의 주변으로는 빽빽하게 사람들이 모여들었다. 모두 검을 든 젊은 무사들이었다. 숫자는 백 명. 그들이 위장했던 옷을 떨치자 짙은 남의가 드러났다. 그 위에 흰눈처럼 새겨진 한 마리 백룡. 백룡단원들이었다.

철무련으로 향하는 대로에는 삽시간에 살기와 긴장감이 팽창했다. 영문 모르던 지역 상인들과 장시치들은 기겁해서 문안으로 들어갔다.

그들이 알기로 이런 일은 지난번에도 있었다. 여름이 올 무렵 한밤중이었다. 그런데 가을이 채 가기도 전에 같은 일이 벌어지는 것이다. 이번엔 대낮이었다.

"무림맹의 이름으로 저들을 처단하라!"

법천의 외침이 떨어지자 백룡단원들은 일제히 땅을 박차고 달려나갔다. 백 명이 일시에 물결처럼 퍼지며 도약하는 모습은 차라리 아름다웠다. 지붕과 지붕을 차고 넘으며 비상하는 그들의 모습을 보며 연무기는 검을 빼 들었다. 오른손에 잡은 그 검을 왼손 검결로 밀어내듯이 쏘아 던졌다.

피아아앙!

백색의 전광이 되어 검은 날아갔다. 백룡단원들의 사이를 유영하듯 비집고 날아간 검은 다시 세워진 정문의 거대한 현판에 몸을 박았다.

콰앙!

벽력월인궁의 현판과 커다란 솟을대문이 산산이 터져 나갔다. 일개 검이 만든 일이라곤 믿기지 않는 광경이었다. 그런데 그 순간 폭음은 또 터졌다.

콰콰콰콰쾅!

이번엔 복원된 담벼락들이 일시에 모래처럼 부서지고 터졌다. 그 일을 만든 것은 하늘을 날것들처럼 휘저으며 번쩍대는 십팔금강동인의 계도였다.

불시에 기습당한 벽력월인궁의 무사들은 비명을 지르며 죽어나갔다. 공사를 하던 인부들도 담벼락에 깔리고 잔해에 맞으며 이리저리 쓰러졌다. 그런 그들이 전열을 가다듬을 사이도 없이 백룡단원들이 들이닥쳤다.

검빛이 난무하고 비명이 이어졌다. 그들이 휘두르는 검에서 모든 걸 갈라 버리는 검강이 물줄기처럼 쏟아졌다. 그 앞에 벽력대원들의 저항은 무의미했다. 그저 휘날리는 수많은 검강의 한줄기에 스쳐 쪼개질 뿐이었다.

백 명의 백룡단원들이 휘둘러대는 검강의 물결 앞에서 벽력월인궁은 순식간에 초토화되어 갔다. 무사들은 변변한 대항 한 번 못해보고 모두 쓰러졌다. 검으로 휘두르는 게 귀찮았는지 몇몇의 백룡단원들은 권각질을 해댔다.

퍼퍼퍼퍽, 하고 머리통 터지는 소리가 섬뜩하게 울려 퍼졌다. 그런 그들의 몸에 요행히 맞은 벽력대의 검과 도는 쇳소리를 내고 튕겨져 나갔다. 병기를 놓친 벽력대는 죽음을 피하지 못했다. 어떤 자들은 광기 어린 눈으로 머리통을 잡아 뽑고, 팔다리를 뽑아 던지며 몸통을 찢어 던졌다.

한편의 지옥도가 펼쳐졌다. 백 명이선 결코 해낼 수 없는 일을 수천의 군사를 상대로 만들고 있었다. 야차처럼 검을 휘두르고 날뛰는 백룡단원들을 이제는 벽력대원들이 피해 도망쳤다. 감당할 수 없음을 알았기 때문이다.

사태는 급전직하, 이제는 도망치는 벽력월인궁의 무사들을 백룡단원들이 쫓으며 도살하는 기세로 흘렀다. 그렇게 되기까지 많은 시간이 흐른 것도 아니었다. 하지만 백 명이 검강을 뿌려대는 현실은 결코 대항할 수 없는 것이었다.

밀리는 벽력대원들이 철무전의 앞에까지 몰렸을 무렵, 엄청난 폭갈이 대전에서 터져 나왔다.

"갈!"

소리와 함께 은빛의 섬광이 허공을 갈랐다. 눈이 시리게 터져 나온 빛은 벽력대원들의 머리를 지나 백룡단원들에게로 쇄도했다. 그리고 세 명의 백룡단원들을 차례로 강타했다.

카카캉!

불꽃이 요란하게 튀며 은빛은 다시 날아올랐다. 그것이 한 자루의 도라는 걸 이제는 모두 알았다. 그것과 격돌한 세 명의 백룡단원들은 뒤로 주저앉았다. 검으로 막긴 했지만 칼에 실린 역도를 감당하지 못해 땅을 구른 것이다. 하지만 그들은 주저앉기가 무섭게 다시 일어섰다. 일어서는 그들의 눈은 검빛보다 더 시렸다.

"이놈들!"

검은 수염을 휘날리며 한 사내가 벽력대원들의 머리 위로 날아 나왔다. 손에는 허공을 날던 그 칼이 잡혀 있었다. 청수한 중년의 문사처럼 보이는 저 사내가 누군지는 모두가 알았다. 벽력월인궁의 궁주, 위지강천이었다.

위지강천은 검을 들고 주욱 늘어선 백룡단원들을 보며 이를 갈았다.

"개 같은 놈들! 무림맹 놈들이구나!"

위지강천의 이 갈림에 대답을 해주는 자가 백룡단원들의 사이로부터 걸어나왔다.

"알아봤으면 죽을 준비를 하는 게 순서다."

젊은 사내, 계집들이 보면 침을 게게거릴 만큼 영준한 사내, 한 자루 고검을 뒷짐 지듯 들고 나선 사내가 누군지 위지강천은 짐작했다.

"버릇없는 강아지 새끼! 네가 곤륜이성의 전인이라는 연무기로구나!"

웃는 연무기의 뒤로 열여덟 명의 젊은 승려들이 계도를 들고 주욱 늘어섰다. 위지강천은 눈썹을 꿈틀댔다.

"설마 네놈들은……?"

여전히 환한 미소를 보이고 있는 연무기의 바로 뒤에서 짙은 눈썹의 승려 법천이 말을 했다.

"왜 아니겠나. 우린 두 번째 십팔금강동인이다."

위지강천의 안면은 일그러졌다. 바로 뒤에서 검을 움켜잡은 이수의 표정도 똑같았다.

천천히 연무기와 십팔금강동인, 그리고 백 명의 백룡단원들을 보던 위지강천은 강하고 또렷하게 말했다.

"그래, 너희들이 온 건 우릴 치기 위해서겠지. 어떠냐? 쓸데없는 희생을 치를 필요 없이 너와 나, 수장끼리 결판을 내자. 그것이 현명하지 않겠나?"

빠른 순간에 사태를 파악한 위지강천의 결단이었다. 검강을 뿜어내는 백 명의 검수라면 지금의 상태로는 무슨 수를 쓰더라도 승산이 없었다. 그렇다고 저 생목숨들을 몰살시킬 수도 없는 노릇이었다. 방법이 있다면 자신의 제의뿐이었다. 만일 저들이 제안을 받아들이고 자신이 이긴다면, 명색이 무림맹인데 약속을 지키지 않을 수는 없을 것이다. 또한 그 반대라 해도 자신만이 희생되면 그뿐, 수하들의 목숨은 보장이 될 것이다.

대답을 기다리는 위지강천을 바라보며 연무기가 피식 웃음을 터뜨렸다.

"얕은 수를 쓰는군."

위지강천은 미간을 확 구겼지만 동요하진 않았다.

웃던 연무기는 여유롭게 대답했다.

"그게 원이라면 그렇게 해주지."

연무기는 검을 뽑았다. 그 모습을 보고 위지강천은 칼을 고쳐 잡으며 앞으로 나섰다. 연무기도 걸음을 옮겨 나왔다. 그렇게 두 사람은 서로의 병기가 맞닿을 거리까지 다가섰다. 두 사람의 시선이 서로의 모든 걸 살폈다.

싸늘하게 가라앉은, 마치 얼음 구덩이 같은 눈빛을 보이던 연무기는 위지강천에게 말했다.

"이제, 시작해 볼까?"

그 말을 함과 동시에 연무기의 검이 아래서 위로 그어 올라갔다. 공간을 찰나에 베어내는 그 기세 속에 백색 얼음 기둥 같은 기운이 화악 밀려왔다.

이를 악문 위지강천은 자신의 애도를 사선으로 그어 내렸다. 그의 칼에서도 감당 못할 시린 은빛이 은하수처럼 터져 나왔다.

두 힘이 부딪쳤다. 칼과 검이 닿을 만큼 가까운 거리였으니 그 힘은 엄청났다.

콰앙!

폭음과 동시에 화끈한 빛의 폭발이 일어났다. 그것은 힘의 팽창이었다. 한데 그것이 두 사람의 사이에서 위지강천 쪽으로만 터져 나갔다. 그 빛과 힘의 폭풍에 휘말린 위지강천은 정신없이 뒷걸음질을 했다. 뒤쪽의 병사들은 이미 날아간 상태였다.

움푹움푹 발자국을 남기고 뒤로 밀려가던 위지강천이 멈춰 섰다. 살인적인 기세의 폭풍이 사라진 직후였다. 그런데 멈춰 선 위지강천의 모습이 말이 아니었다. 입과 코에선 피가 흘렀고 얼굴과 전신은 찢기고 터지고 뭉그러진 상처들로 가득했다. 특히 왼팔은 뼈가 튀어나온 채로 덜렁거렸다.

"커허억!"

위지강천은 피를 토해냈다. 출렁대는 그의 모습을 보고 뒤쪽으로 날려 동그라졌던 이수가 소리쳤다.

"궁주!"

일어나 달려오려는 그를 위지강천은 칼 든 손을 들어 제지했다.

"일없다!"

손을 내린 위지강천은 연무기를 노려보았다. 그러다가 갑자기 침을 뱉었다.

"카악! 퉤!"

입가에 피가 흘렀지만, 아무것도 개의치 않는 눈빛으로 위지강천은 말했다.

"손이 제법 맵구나? 어디… 한 번 더 얼러보랴?"

다시 웃는 연무기의 얼굴을 보고 위지강천은 어금니를 악물었다. 그리곤 흔들리는 몸을 곧추세우며 커다랗게 소리 질렀다.

"난 월인천강도 위지강천이다!"

위지강천의 손에서 애도가 떠났다. 그것이 은빛의 시린 빛을 뭉글리며 비상할 때, 웃고 있는 연무기의 뒤에서 십팔금강동인들의 계도가 날아올랐다.

빛의 폭산처럼 터진 열여덟 자루의 계도는 위지강천의 전신을 스미고 뒤로 날아올랐다.

"커헉!"

위지강천의 벌어진 입에서 피가 흘렀다.

"비… 겁… 한……."

단속적으로 말이 나온 입에서부터 위지강천의 전신에 붉은 금이 생겼다. 그것들이 빨갛고 진하게 번져 가더니, 위지강천의 몸이 조각조각 흩어졌다.

"하하하하하!"

연무기의 웃음소리가 구르는 위지강천의 몸뚱이 조각 위로 울려 퍼졌다. 대소하는 그의 발 앞에는 위지강천의 애도가 떨어져 있었다. 그것이 연무기의 발에 밟혀 동강이 나버렸다. 그와 동시에 연무기는 커다랗게 외쳤다.

"다 쓸어버려라!"

광기에 찬 백룡단원들은 일제히 달려나갔다.

『일격필살』 5권에 계속…